독일의 개구쟁이, 게르만 민족의 익살꾼

틸 오일렌슈피겔의 재미있는 읽을거리

이상일 옮김

지식산업사

옮긴이 이상일

　서울대 독문학과 출신으로, 같은 학교 대학원에서 석사학위를, 성균관대에서 박사학위를 받았다. 스위스 연방정부 장학생으로 취리히 대학에서 드라마와 민속인류학을 연수하였으며, 일본 국제교류기금의 지원을 받아 축제 연구자 필드워크에 참여하기도 했다.

　한국독어독문학회장, 브레히트학회 초대회장을 역임하였고, 연극과 무용 분야에서 오랜 평론 활동을 해오며 한국공연예술평론가협회장을 지냈다.

　현재는 성균관대 명예교수이자 문화예술 기획연구 집단인 사단법인 문화다움의 이사장을 맡고 있으며, 지은 책으로는 《브레히트-서사극과 소외효과》, 《축제와 마당극》, 《축제의 정신》, 《춤의 세계와 드라마》 등이 있다.

틸 오일렌슈피겔의
재미있는 읽을거리

초판 제1쇄 인쇄　2012. 10. 4
초판 제1쇄 발행　2012. 10. 10

옮긴이　이 상 일
펴낸이　김 경 희

펴낸곳　(주)지식산업사
　　　　본사 ● 413-832, 경기도 파주시 교하읍 문발리 520-12
　　　　　　　전화 (031) 955-4226~7 팩스 (031)955-4228
　　　　서울사무소 ● 110-040, 서울시 종로구 통의동 35-18
　　　　　　　전화 (02)734-1978 팩스 (02)720-7900
　　　　한글문패　지식산업사
　　　　영문문패　www.jisik.co.kr
　　　　전자우편　jsp@jisik.co.kr
　　　　등록번호　1-363
　　　　등록날짜　1969. 5. 8.

책값은 뒤표지에 있습니다.

ⓒ 이상일, 2012
ISBN 978-89-423-7560-8 (03850)

이 책을 읽고 저자에게 문의하고자 하는 이는
지식산업사 전자우편으로 연락바랍니다.

사기꾼 트릭스터와 피카레스크소설의 악한
— 악동의 원형에서 민중 영웅까지

중세 유럽의 민중본과 틸 오일렌슈피겔 이야기

이 책은 15, 6세기 무렵 옛 고지(高地)독일어로 씌어진 민중본(民衆本) 《딜 울렌슈피겔의 재미있는 읽을거리》(Ein kurtzweilig Lesen von Dil Ulenspiegel)를 원전(原典)으로 삼고 있다. 이 민중본 작품은 독일 문학사의, 또 중세 유럽의 민중생활사 연구 자료로서 귀중한 문헌이 아닐 수 없다. 1519년 간행된 원본은 92개 이야기에 87개의 목판화가 붙어 있는 개구쟁이 악동 틸 오일렌슈피겔의 행적기(行績記)로서 현대에 들어와 1966년 레클람(Reclam) 판으로 복간되었다.

틸 오일렌슈피겔 이야기 묶음은 익명(匿名)의 편자

나 저자를 두고 논란도 없지 않았다. 독일의 위키피디아 (Wikipedia)에 따르면, 가장 오래된 판본은 1510/1511년의 것이고 프란체스코회 수도승 토마스 무르너(Th. Murner)를 주인공으로 가정하기도 하지만(J. M. Lappenberg), 브라운슈 바이크의 세관 서기이자 집달리였던 헤르만 보테(H. Bote) 를 주인공으로 추정하기도 한다. 그러나 가장 신뢰할 만한 연구인 위르겐 슐츠-그로베르트(J. Schulz-Grobert)의 1996 년도 학위논문 〈슈트라스부르크 오일렌슈겔본(本)〉(Das Strassburger Eulenspiegelbuch)에 따르면, 슈트라스부르크 인쇄 업자 요한네스 그뤼닝거(J. Grüninger)의 이력이 이 무명의 편저자(編著者)에 가장 근접할 것이다.

나는 1998년 성균관대학 독문학과 교수직을 정년으로 물러나면서 계속 공부하는 마음으로 옛 고고독어(古高獨 語, althochdeutsch)로 씌어진 틸 오일렌슈피겔 이야기를 번 역하고 주해(註解) 달기 작업에 착수하였으며, 12년이 지난 2011년 들어서야 완성된 원고를 출판사에 넘겨 간신히 스 스로의 약속을 마무리하였다.

고지(高地)독일어와 저지(低地)독일어는, 라인 강의 발원 지인 알프스 고지대와 북해로 흐르는 유럽 저지대의 옛 로 마군의 만족(蠻族) 저지선을 경계로 생겨났으며 나중에 저 지독어가 독일의 표준어가 되고 고지독어는 일종의 방언으 로 남게 된다. 그런 옛 저지독일어, 곧 고저(古低)독어로 수

집·집필된 틸 오일렌슈피겔 이야기는 다시 방언인 고고(古高)독어의 민중본으로 옮겨져 출판되었으며, 이것을 복간한 것이 레클람 판본이다. 따라서 그것은 대학 시절의 어설픈 어학 실력으로 겁없이 덤벼들 번역 작업이 결코 아니었다. 하물며 내 노후의 공연 평론 활동과 병행될 성질의 것은 더더욱 아니었다.

그러나 중세 유럽의 베스트셀러였던 독일 민중본의 번역·주해 작업이 그런 대로 꾸준히 진척된 것은 나를 사로잡고 놓지 않았던 장난꾸러기 '트릭스터'(trickster)상(像) 때문이었을 것이다.

독일 민족은 근엄하고 진지한 철학적 성향으로 알려져 있다. 따라서 유머나 해학(諧謔), 장난꾸러기 기질 같은 것은 누구도 상상하려고 들지 않는다. 게르만 신화부터 밝고 즐거운 빛깔보다 어둡고 무거운 분위기가 질펀하다. 그러나 모든 민족들은 저마다 우스개 이야기로 구원받는 전통적인 이야기 구조를 전승하고 있다. 독일에도 그런 것이 있다면, 그것이 바로 틸 오일렌슈피겔 이야기이다.

틸 오일렌슈피겔 이야기의 번역과 주해 작업은, 문학 갈래로 말하면 후세의 낭만파 괴레스(J. Görres)가 시직했던 그대로, 15세기에서 16세기에 걸쳐 성행했던 이른바 '민중본'에 속하는 문학양식과 관련이 있다. 민중본은 구텐베르크의 인쇄술 발명에 발맞추어 잠재적인 시민계급의 성장을 배경으로 민중들의 지식욕을 선도해 폭발적으로 읽혔던 학습과 오락의 매개체였다. 따라서 당연히 그 언어는 당시의 지식계급이었던 귀족, 성직자, 학자 등 엘리트들의 상용어인 라틴어가 아니라 서민들, 일반 대중들이 써 오던 게르만어, 곧 도이치말이었다. 무한한 잠재고객인 그들에게로 눈을 돌린 출판·인쇄업자들의 박리다매 전략이 민중본의 탄생과 보급으로 이어졌다고 보아야 할 것이다.

그만큼 민중본 작품들은 통속적 이미지와 결부되기 쉬운 문학적 유산이지만, 나중에 문호 괴테나 바그너에 의해 니벨룽겐 전설의 주인공 〈불사신의 지크프리트〉라든지 악마에게 영혼을 파는 〈요한 파우스트 박사 이야기〉 등의 불후의 고전으로 되살아났다. 중세 민중본은 독일 문학의 커다란 유산이 아닐 수 없다.

'신성한 사기꾼' 개구쟁이 익살꾼

책 제목에서 짐작할 수 있듯이, 독일 민족의 개구쟁이 악동 오일렌슈피겔은 민중적 트릭스터(trickster)이다. 일설에 따르면, 틸 오일렌슈피겔은 브라운슈바이크 근교의 크나이틀링겐 마을에서 태어나 1350년 메른 시에서 페스트에 걸려 죽었다고 한다. 그 장난꾸러기 야바위꾼의 삶의 궤적에는 똥, 오줌, 방귀 등 스카톨로지(Scatologie: 신체 부위)적 표

6

현이 많다.

그의 이름과 관련된 두 개의 어원적 풀이 자체가 틸 오일렌슈피겔의 이중적 성격을 말해 준다고 해도 지나친 말이 아니다. 오일렌슈피겔(Eulenspiegel)은 라인 강 상류지역인 고지독일어의 이름으로 부엉이(Eule)+거울(Spiegel)인 것과 달리, 라인 강 하류의 저지독일어로서는 '울 덴 슈페겔'(Ul den Speigel), 곧 '궁둥짝을 닦아라'는 지시의 뜻이 담겨 있다. 슈페겔(Speigel)은 사냥꾼들 사이의 은어(隱語)로서 엉덩이로 해석된다. 자기가 사기 치거나 속여서 웃음거리로 만든 상대방에게 '똥 묻은 궁둥짝이나 닦으셔!'라고 퍼붓는 이런 대담한 익살과 독설 가운데는 '똥 묻은 궁둥짝이 아닌 깨끗한 엉덩이를 지녔다'는 자기 나름의 긍지와 자랑도 스며들어 있다.

오일렌슈피겔이 벌이는 이런 독설과 사기, 놀림 등의 꾀돌이·개구쟁이·악동 짓은 단편적인 형식으로 구전되어 오다가, 어느 시기에 이르면 한 인물의 영웅서사시처럼 집대성되어 문학작품으로 성장한다.

그런 인물에게 '트릭스터'라는 이름을 붙여 준 학자가 폴 라딩(P. Radin)이다. 아메리카 인디언 윈네바고(Winnebago) 족의 설화를 수집·분석했던 인류학자 라딩 교수는 인디언 종족의 악동 설화를 수집해서 《거룩한 사기꾼》(Der göttliche Schelm, 1945, Zürich)으로 출간했다. 이어 그는 카알 케레니(K. Kere'nyi)와 카를 융(C. G. Jung) 같은 석학들과 손잡고 신화적·심리학적 분석을 더한 학제 간 연구 작업 끝에, 1956년 런던에서 신성한 야바위꾼이자 개구쟁이 이야기의 주인공을 '트릭스터'라는 이름으로 명명하여 새로운 번역본을 선보였다. 이렇게 설화 속의 꾀돌이·장난꾸러기·사기꾼은 한편으로는 세태를 꼬집고 비웃어 가며 스스로 얼간이·바보·광대로 행세하지만, 다른 한편으로는 학문적·이론적 조명에 힘입어 가난하고 불쌍한 이웃들을 도와주는 민중 영웅의 모습으로 확대되면서 체계적인 명맥을 이루게 된다.

앞서 말한 대로, 장난꾸러기, 개구쟁이, 악동은 라당 등의 학자들에 의해 트릭스터(trickster)라는 이름과 함께 '거룩한 사기꾼'이라는 개념을 얻게 된다. 이렇듯 사기 치는 사람에게 거룩한 신성(神聖)의 후광을 입히는 데는 신화적 종교적 내력이 있다. 대모신(代母神) 이미지와 창녀 이미지를 동시에 느끼게 만드는 단어인 '성창'(聖娼)이라는 관념이 그것이다. 성창은 신을 모시는 성역인 제단과 사원의 무녀들이었다가 이윽고 신성의 이름으로 몸을 파는 계층이 되었다. 그런 유사한 사고(思考)를 밟아서 트릭스터는 장난꾸러기, 개구쟁이에서 꾀돌이, 악동, 어릿광대, 야바위꾼, 사기한(詐欺漢)의 관념으로 바뀌어 간다. 일반 민중의 상식적인 발상을 넘어서는 그들은 어쩌면 초월적인 존재일지도 모른다. 그렇게 생각은 바뀌어도 신화 세계의 흔적은 이어져 나가는 것이다.

원래 트릭스터는 똑똑하고 재주 많은 동물 토끼가 이야기의 중심에 있다. 인디언 윈네바고 족은 우리가 사는 세계를 토끼가 다스린다고 본 것이다. 자연과 사람이 하나이고 동물과 인간이 구별되지 않던 신화적 설화적 세계에서는 동물이 인간보다 더 영험하고 초월적이기도 했다. 그런 원초적 사고방식은 지역에 따라서 뱀이나 여우, 원숭이, 혹은 악어나 사자, 호랑이를 영물(靈物)로 받들게 된다.

이러한 동물 숭배는 차츰 인간 숭배로 바뀌어 대상이 의인화(擬人化)된다. 뛰어난 재주꾼, 꾀돌이, 장난꾸러기, 개구쟁이, 악동, 야바위꾼, 사기꾼조차 엉뚱하고 기상천외한 발상법으로 이웃을 놀라게 하고 세상을 뒤집어놓는다. 그래서 뛰어난 거짓말쟁이, 사기꾼, 놀라운 대도(大盜)조차 평범한 일반 사람보다 높게 평가받는 잠재적 심리적 바탕이 마련된다. 힘센 사람, 영웅에 대한 민중들의 꿈은 뜻을 이루지 못하고 죽는 아기 장군 이야기, 용마 전설, 의적(義賊)에 대한 소망으로 변형되기도 한다.

그런 사유(思惟)의 잔존 형식이 설화 세계에 단편적으로 남아 있는 꾀보 이야기에서 엿볼 수 있다. 대동강 물을 팔아먹는 〈봉이 김선달〉, 〈정수동 이야기〉라든지 〈어린 한음과 백사 이야기〉 등이 모두 그런 흐름을 지니고 있다.

설화나 전설의 주인공들도 긍정적인 꾀돌이 캐릭터만 강한 것이 아니라 심술궂기도 하고 악동 같은 부정적인 측면을 보여줄 때가 있다. 트릭스터라는 성격은 그런 이중성을 보여준다. 장난이 지나쳐 피해를 주기도 하고 개구쟁이가 남을 속이는 야바위꾼 노릇도 하고 사기꾼 행세도 한다. 또한 바보, 어릿광대 노릇으로 속이 뻔히 들여다보이는 공갈을 치거나 엄포를 놓고 허세를 부리는 허풍쟁이 캐릭터를 만들어 내기도 한다.

개구쟁이, 꾀돌이, 악동, 허풍선이, 사기꾼, 어릿광대 모습 같은 다양한 성격이 트릭스터의 원형(原型)이라 할 것이다. 윈네바고 족 설화의 개구쟁이 토끼는 사기꾼, 어릿광대, 악동으로 의인화되고, 나아가 인간적인 부정적 악덕(惡德)을 구체화한 게으름뱅이 아니면 식탐꾼인 먹보, 혹은 고약한 심술꾸러기의 행적을 더해 간다. 욕심 사나운 배불뚝이 같이 육체적 이물(異物)의 외설스런 이미지를 강력하게 뿜고 다니는 이 사회적 아웃사이더는, 함부로 똥오줌을 갈기고 국부를 드러내며 방귀를 뀌고 다닐 뿐만 아니라, 윤리 도덕을 어기는 무절제한 무뢰한, 뒷골목 깡패, 도적의 모습으로 그려진다. 이 아웃사이더는 마침내 질서 파괴자와 반항아의 모습을 띤 악한(惡漢, picaro)소설의 모델로 성장한다.

피카레스크소설 · 악한소설 속의 영웅 이미지

개구쟁이 악동의 모험담은 악당을 뜻하는 주인공 피카로(picaro)를 따서 하나의 문학양식으로 발전하였다. 피카레스크(악한)소설(picaresque novel)은 가난하게 태어난 주인공이 가정과 사회를 떠나 겪는 개인적 체험을 통해 사회적 부조리나 부패를 고발하는 가운데 정신적 성장을 이루는 성장(교양)소설의 유형이다.

오일렌슈피겔이 겪는 정치·경제·사회적 모순의 체험, 그리고 고발과 저항이 문화기층(文化基層)의 가난한 민중들에게는 상층계급에 대한 빈정거림과 풍자가 되고 웃음이 되고 통쾌한 야유가 되는 것이다. 원래는 가난하고 무식한 장난꾸러기 소년이 가정의 보호나 사회적 보장 없이 내버려진 채 장돌뱅이처럼 굴러다니며 겪는 체험담은 하나하나 단편적인 것들이다. 그런 단편적인 이야기들이 한 주인공의 이야기로 묶이고 체계화하면서 피카레스크소설 속 주인공 행적이 그의 성격을 규정한다. 그가 겪는 사회적 모순에 대한 비판적 안목이 사회적 부조리에 대한 풍자가 되고, 그에 대처하는 그의 행적이 익살이 되거나 어릿광대짓이 되고, 그의 바보짓이 바로 사회적 모순에 대한 일그러진 거울이 된다.

그러므로 오일렌슈피겔 같은 개구쟁이, 익살꾼, 사기꾼, 악동은 어릿광대의 바보 행실로 모순된 사회구조에 조롱과 비웃음의 칼날을 꽂는다. 스스로 악동이 됨으로써 악의 세계에 보복의 침을 놓는 그는 이제 악당, 도적, 사기꾼에서 꾀돌이, 장난꾸러기, 개구쟁이로 변신해 약자를 비호하고 대변하는 의적이 되어 민중들의 갈채와 박수를 받는다. 민중적 영웅이 된 것이다.

악한소설의 역사와 구조는 트릭스터의 원형에서 발전한 것이다. 사기꾼·장난꾸러기·악동의 행적에서 피코로(악한)의 1인칭 너스레 소설 구조로의 발전은 서로 멀지 않다. 집도 보호자도 없는 이 떠돌이는 어떨 때는 바보 어릿광대 노릇으로 위기를 벗어나고 꾀돌이 사기꾼으로서 남을 등쳐먹기도 하며 장난꾸러기 개구쟁이 노릇으로 얼렁뚱땅 뜻하지 않게 어려운 이웃을 도와주는 트릭스터이자 피코로이다. 그런 행적의 에피소드 하나하나가 독립적인 서사 구조를 지녀 그의 핍박과 모험이 연속적인 이야기가 될 때, 그의 일생은 어쩌면 좌절과 핍박과 모험의 정신적 성장사와 관련될 것이다.

피카레스크소설·악한소설류는 단편적인 여러 개의 이야기들이 모여 체계화해서 흥미 있는 읽을거리를 제공하고, 그 흐름을 유형화하면서(1인칭에서 3인칭으로) 인격적 발전상을 도모하면 쉽사리 교양소설(Bildungsroman)이 될 수도 있다.

그렇게 트릭스터 이야기, 피카레스크소설은 악동을 민중적 영웅으로 승격시킨다. 악한, 도둑, 산적이 의적(義賊)이 되어 로빈 후드가 되거나 〈임꺽정〉, 〈장길산〉, 혹은 〈수호지〉(水滸志)의 영웅호걸로도 둔갑하는 것이다.

오일렌슈피겔이 민중적 영웅으로서 지배계급을 골탕 먹인 역사적 실재 인물인지는 알 수가 없다. 그러나 이 게르만 민족의 트릭스터 오일렌슈피겔은 음악가 리하르트 슈트라우스의 즐거운 교향시에서, 또는 영화 〈틸 오일렌슈피겔〉(Till Eulenspiegel, 1973/74)이라든가 5천 명의 단역과 3백 명의 기사들, 20척의 범선을 거느린 러시아의 〈틸 전설〉(Legenda o Tile, 1976)로 스크린 위의 영웅이 되기도 했다. 그는 빨간 어릿광대 모자와 망토를 걸친 애니메이션 이미지를 통해 도이치 문화와 게르만 민족의 트릭스터상을 온몸으로 그려 내고 있는 것이다.

독일 민족의 타고난 DNA가 근엄하고 관념적이고 진지하다는 일반론 가운데 독일 문학의 웃음의 일면을 더듬어 보려는 번역자의 의도가 오일렌슈피겔의 행적에서 떠오를 수 있었으면 하는 바람이다. 그가 갓 태어난 날 세 번 세례를 받았고 죽어서도 유언장으로 사람들을 골렸으며 무덤 속에서조차 누워 잠자는 것이 아니라 선 채 잠들어 있는 그의 행적은 익살과 웃음과 코믹과 풍자의 만화경, 그 자체이다.

그것도 원본(민중본) 그대로라면 표현이 거칠고 야해서, 배 터지게 먹고 마시고 똥 누고 오줌 싸고 방귀 뀌는 지저분한 표현들, 곧 항문과 직장 등 신체 부위를 의도적으로 확대해서 희화화한 그런 외설스런 이야기들은 '역설적으로' 문화기층의 건강한 본능과 활력 그대로를 반영한다고 할 수도 있다. 이런 민중론 이론은 우리 탈춤이나 판소리 예능을 미루어 보았을 때 쉽사리 이해될 수 있는 부분이다.

'문화 영웅'으로서의 미분화된 의식과 건강한 원형상

그런 트릭스터 악동은 세계적으로 유명한 어릿광대 또는 허풍쟁이, 개구쟁이, 장난꾸러기의 원형으로 선량한 사람들을 속이며 골탕 먹이고 사기를 친다. 이 장난꾸러기가 악동, 사기꾼, 도둑놈, 뒷골목 대장, 악한, 산적 이야기로 발전되다가 의적으로 미화되는 수순이 바로 피카레스크소설 속 주인공의 행적이다. 우리의 민간설화에서 유명한 〈정수동 이야기〉나 대동강 물을 팔아먹는 〈봉이 김선달 이야기〉가 임꺽정, 장길산 등 민중 영웅·의적의 모습과 행적으로 넘어가는 길목은 멀지 않다.

도이치 문학의 민중본 〈오일렌슈피겔〉은 〈파우스트〉가 문호 괴테의 작품으로 고전 반열에 오르기까지 순례인형극단의 레퍼토리 속에서 익살스런 악마 메피스토펠레스상으로 변형되기도 했다. 영국에서는 셰익스피어의 〈헨리 4세〉에서 허풍선이자 술주정뱅이 뚱보 폴스타프로 형상화되고, 어쩌면 의적 로빈 후드가 트릭스터의 원조(遠祖)쯤 될는지 모른다는 이야기는 앞서 말했다. 그렇다면 스페인의 돈키호테도 오일렌슈피겔의 희극적인 허풍쟁이, 어릿광대 측면을 드러냈다고 할 수는 없을까.

장난꾸러기·허풍쟁이·어릿광대 관념이 악동에서 피카레스크소설로, 그리고 의적 관념으로 승화되는 민중 이미지의 정화(淨化) 작용은 대중문화의 세련미를 기약하는 나의 소망과 연계되어 있다. 한국 무속과 탈춤, 판소리 등 전통 예능의 순화를 꿈꾸어 온 나에게는 내 전공인 독일 문학에서 건져 올린 현대극과 도이치 민족의 원형상(原型像)은 결코 분리될 수 없는 근원의 과제였다.

자유분방한 짓거리로 모든 가치를 뒤집어엎는 신화적 개구쟁이 트릭스터는 '문화 영웅'으로서 어릿광대와 같은 구실을 한다. 그는 창조자이자 동시에 파괴자이며 선(善)인 동시에 악(惡)이라는 양의성(兩義性)을 지니고 있다. 트릭스터는 바로 미분화 상태에 있는 인간 의식을 상징한다. 원초적 꾀돌이·사기꾼이 빚어내는 웃음, 풍자, 유머, 그리고 아이러니는 다차원적인 현실을 동시에 살며 그 사이를 자유롭게 드나들면서 세상의 감추어진 모습을 현재화(顯在化)시켜 좀 더 역동적인 우주론적 차원을 열어 보이는 탁월한 정신의 기교라고 말할 수 있을 것이다.

오늘날 우리 문화를 생각할 때 억압된 질서와 비속한 일상, 그리고 굳어버린 기성관념의 차원을 넘어서는, 자유로운 정신과 사유의 비상(飛翔)을 가능케 하는 이러한 어릿광대 같은 발상의 탁월한 전환을 위해, 어쩌면 오일렌슈피겔의 엉뚱한 이야기는 인간에 대한, 우리 사회에 대한 건강한 웃음이 될 수도 있을 것이다.

틸 오일렌슈피겔 이야기의 민중본은 말하자면 고고(古高)독어로 씌어 있어서 우리 식으로 말하자면 '옛글'에 해당한다. 이 책의 원전은 슈트라스부르크의 요하네스 그리닝

거 출판사에서 간행한 1515년도 판이어서 고지독일어로서
는 현존하는 최고(最古)의 것이지만, 가장 오래된 틸 오일렌
슈피겔 이야기가 아니라는 사실이 문제이다. 고저(古低)독
일어로 씌어졌거나 인쇄된 오리지널이 있었던 것으로 짐작
되지만, 원본은 없어지고 이 슈트라스부르크 판은 고저독
어(altniederdeutsch)로 씌어진 틸 오일렌슈피겔 이야기의 고
고독어(althochdeutsch) 번역본이라는 복잡한 역사를 지니고
있다. 따라서 생판 낯선 저지독어가 나오기도 하고 그것이
오역된 부분도 있으며 그 결과 말장난이 통용 안 되는 장
면도 꽤 나온다. 그뿐만 아니라 단어와 행간의 오식(誤植),
표제와 내용의 어긋남이라든지 판화 삽화와 이야기 내용의
불일치 부분도 없지 않다.

오일렌슈피겔이라는 장난꾸러기 한 개인의 행적이 탄생
에서 죽음까지 담겨 있기는 하지만 주인공의 행동이라든지
사고방식의 패턴은 수미일관(首尾一貫) 되지 않는 부분도
눈에 띈다. 오일렌슈피겔상(像)이 통일적으로 드러나지 않
는 까닭은, 이 민중본이 선행하는 여러 이야기나 작품에서
소재를 따왔기 때문이라고 한다. 그래서 시공(時空)을 벗어
나 성격이 다른 인물에게 똑같이 오일렌슈피겔의 이름을
붙여 이야기를 꾸몄기 때문에 인물 성격의 불일치가 어쩌
면 당연할 수도 있다는 것이다.

원래 전승된 옛이야기들을 집대성한 민중본의 경우, 작
가의 이름이 드러나지 않는 작자 미상의 집단적 익명성(匿

名性)이 특징이다. 그런데 틸 오일렌슈피겔 이야기의 작가가 헤르만 보테(H. Bote)라는 사실이 유력해져서 그의 이름을 딴 인젤 문고판(1978)이 나오기도 했다. 그러나 이번 번역·주해의 원전인 레클람 판(1966)이 작자 미상으로 간주한 까닭에 번역본은 그 주장을 따랐다는 사실을 밝혀 둔다.

2012년 9월 25일
성균관대학교 명예교수
이 상 일

일러두기

1. 이 책은 볼프강 린도우(W. Lindow)가 1515년에 목판화 87장과 함께 출간한 *Ein kurzweilig Lesen von Dil Ulenspiegel*을 레클람 출판사가 1966년에 복간한 판본을 원전으로 삼았으며, 일본 법정대학 출판부의 번역본(藤代幸一 옮김, 1982)을 참고하였다.

2. 원주의 내용은 원전 그대로 옮기지 않고, 옮긴이가 꼭 필요하다고 본 내용만을 살려 미주로 정리하였다. 이 과정에서 원주가 밝히고 있는 인명과 지명에 대한 설명은 생략하고 현재의 표기를 살려 본문의 번역에 반영하였다.

3. 주인공 틸 오일렌슈피겔은 장난꾸러기, 개구쟁이, 악동, 야바위꾼, 허풍쟁이, 사기꾼, 바보 같은 부정적 이미지가 강한 다양한 캐릭터를 지녔다. 이러한 주인공의 성격을 한데 아우르는 표현으로 서구 문화에서 '어릿광대'가 지니는 독특한 위상에 주목하였다. 어릿광대는 미천한 신분에 행동거지가 수상한 인물이지만 해학과 풍자를 생성하는 주체로서의 기능도 하고 있다. 따라서 주인공과 주인공의 행위를 일컫는 대상어로 '어릿광대' 또는 '광대'라는 표현을 자주 사용하였다.

4. 이 책은 16세기 이전의 독일 동북부를 주된 배경으로 삼고 있으므로 종교적으로는 로마 카톨릭의 전통 아래 있다고 할 것이다. 따라서 그리스도교와 관련한 용어들은 현재 우리나라의 관습에 따라 성당, 신부 등의 표현을 주로 사용하였다. 다만 문맥에 따라 교회(당)으로 옮긴 경우도 있으나 이것이 개신교의 종교 전통을 뜻하는 것은 아니다.

이 96편의 이야기는
틸 오일렌슈피겔이 브라운슈바이크 지방에서 태어나
어떠한 삶을 살아내었는지에 관한
재미있는 읽을거리이다.

머 리 말

    나, N. 아무개는 몇몇 친지들로부터 일찍이 1500년대에 브라운슈바이크 공국(公國) 태생인 농부의 아들 틸 오일렌슈피겔이라는, 짓궂고 약삭빠른 녀석이 어떻게 독일과 남부 유럽 여러 곳을 싸돌아다니며 일을 벌였던지, 그 갖가지 이야기들을 모아서 글로 써 달라는 부탁을 받았죠. 그들은 내가 쓴 글에 대해서 비싼 값을 치르겠다고 했습니다. 할 수만 있다면 기꺼이 하고 싶다는 게 내 대답이었죠.

    그러나 그럴 만한 똑똑한 흥정거리가 못 된다는 건 내가 알지요. 오일렌슈피겔이 여러 도시에서 저지른 짓거리들을 쓰게 되면 여러 사람들 기분이 언짢아지리라는 구실을 대며 제발 그 일만은 못하겠노라고 빠져나가려고도 했답니다. 그러나 내 변명은 먹혀들지 않았죠. 그래서 비천비학(卑賤非學)한 머리를 돌보지 않고 하나님의 보살핌(그것 없이는 아무것도 되는 게 없죠)을 믿고 부지런히 일하기 시작했답니다. 글쓰기 이야기는 없었던 일로 쳤으면 좋겠지만 어쩌다 기분이 상하거나 체면 깎이는 일이 생기더라도 용서를 바랍니다.

자, 살기 힘든 세상에 마음이 가뿐해지도록 독자 여러분, 그리고 내 이야기에 귀 기울여 주실 여러분들께서는 악의 없는 재미있는 우스개를 즐겨 주십시오. 내 글발이 서지 않는 것은 다듬을 만한 재주가 없는 탓인데 나는 도시 라틴어도 못 배운 데다가 상놈 출신이니까요. (미사 드리는 데 방해가 안 되도록) 내 글이 읽힐 가장 좋은 시간은 지붕 아래 쥐새끼들이 찍찍거리고 해는 짧고 밤은 길어져 새 포도주를 곁들이면 구운 배 맛이 한결 돋워지는, 긴긴 가을밤, 그런 때랍니다. 그런데 부탁드릴 게 있어요. 내 글, 〈틸 오일렌슈피겔의 재미있는 읽을거리〉가 보람도 없이 헛일이 되지 않도록 너무 길면 자르고 짧으면 늘리는 손질 좀 해 주시면 안 될까요? 이로써 내 머리말은 끝내고 아미스 사제(司祭)와 칼렌베르크 사제의 몇 가지 이야기를 덧붙여, 틸 오일렌슈피겔의 출생에서부터 시작합니다.

제1화

틸 오일렌슈피겔이 어떻게 태어나자마자
하루에 세 번 세례를 받았고
그의 대부모는 누구였던지

작센 국의 멜베 숲 가장자리에 놓인 크나이틀링겐 마을에서 오일렌슈피겔은 태어났다. 아비는 클라우스 오일렌슈피겔이고 어미는 안 비프켄이었다. 어미가 아기를 낳자 세례를 받기 위해 암플레벤으로 데려가 틸 오일렌슈피겔이라는 이름을 얻었다. 암플레벤의 성주 틸 폰 위첸이 그의 대부였다(악명 높은 산적들의 소굴이던 암플레벤 성은 약 50년 전에 마그데부르크 시민들이 다른 도시의 도움을 얻어 소탕되었다. 그곳 교회와 마을은 이제 성(聖) 애기디우스 수도원의 이름도 거룩한 아르놀트 파펜마이어 원장이 다스린다).

그런데 오일렌슈피겔이 세례를 받고 나서 다시 크나이틀링겐 마을로 돌아가는 길에 아기를 안은 산파와 모든 참석자들은 크나이틀링겐과 암플레벤 사이에 있는 작은 다리를 건너려던 참이었다. 세례식 다음이라 모두들 술에 곤드레만드레하고 있었다(그 까닭인즉 세례식이 끝나면 아기 아비가 한턱내느라고 아기를 데리고 맥줏집으로 가서 부어라 마셔라 즐겁게 난장판을 벌이는 것이 그곳 관습이었다). 그러다가 산파는 웅덩이 펄밭에 빠져 할미도 아기도 가련하게 진흙투성이가 되었고 아기는 거의 죽을 뻔했다. 다른 아낙네들이 아기와 산파를 건져 올려 마을로 돌아와서는 가마솥에 데운 물로 아기를 다시 깨끗하게 씻겨 주었더니 말갛게 되었다. 그리하여 오일렌슈피겔은 하루에 세 번 세례를 치른 셈이 되었다. 한 번은 세례식에서, 또 한 번은 웅덩이 펄밭에서, 그리고 세 번째는 가마솥에 데운 따뜻한 목욕물로.

제2화

모든 농부들과 아낙네들이 어쩌다
꼬마 오일렌슈피겔을 몹쓸 악동 녀석이라고
핀잔했으며, 말 탄 아비의 등 뒤에서
그가 어떻게 말없이 여러 사람들에게
궁둥짝을 까 보였던지

오일렌슈피겔은 걸음마를 시작할 만큼 서서 걸을 수 있
는 나이가 되자 어린 꼬마들을 상대로 짓궂은 장난질을 쳐
댔다. 그는 악동이었다. 세 살이 될 때까지 그는 원숭이 새

끼처럼 방석 위나 풀밭을 마구 뛰어다녔다. 그가 고약한 개구쟁이 노릇을 다 했기 때문에 동네 이웃들은 모두 오일렌슈피겔의 꼬마 녀석은 몹쓸 악동이라고 불평이 대단했다. 그래서 아비가 자식 놈에게, "동네 사람들이 너 보고 악동이라니, 어찌 된 일이냐?"고 물었다. 오일렌슈피겔의 대답인즉, "아빠, 난 아무에게도 고약한 짓 한 적 없어요. 아빠에게 분명히 증명해 보일게요. 자, 말을 타세요. 난 아빠 뒤에 앉아서 조용히 뒷골목으로 말 가는 대로 갈게요. 그래도 동네 사람들은 나에 대해서 거짓말을 하고 마음대로 지껄일 거란 말예요. 잘 들어 두셔요." 아비는 그 말대로 아들을 말 위 자기 뒷자리에 태웠다. 그러자 오일렌슈피겔은 뒤에서 엉덩이를 들어서 사람들에게 맨 궁둥짝을 까 보이고 다시 앉았다. 이웃 아저씨와 아줌마들이 그를 손가락질하며 소리를 질러 댔다. "못된 놈 같으니라고. 악동이야, 악동!" 그러자 오일렌슈피겔이 불평했다. "아빠, 봤죠! 난 아무 말 안 했는데, 아무 나쁜 짓도 안 했는데 사람들이 나보고 악동이래!"

그래서 아비는 아들 오일렌슈피겔을 말 위 자기 앞에 앉혔다. 오일렌슈피겔은 조용히 앉아 있었지만 입을 쩍 벌리고 농부들에게 이를 드러내 보이며 혓바닥을 날름거렸다. 그러자 사람들이 달려들어 소리쳤다. "꼴 좀 보게! 이놈은 꼬마 악동이야!" 그 말을 들은 아비는 중얼거렸다. "넌 진짜 불행한 시대에 태어났구나. 너는 조용히 앉아 아무 말도, 아무 짓도 안 했는데 사람들은 너를 악동이라 부르니."
그래서 아비는 그를 데리고 살림살이를 챙겨 마을을 떠나
마그데부르크의 잘 강가로 이사하였다. 그곳은 오일렌슈피
겔의 어머니 고향이었다. 그 얼마 뒤 아비 클라우스가 죽었
다. 어머니는 아들과 함께 살았으나 가난을 면치 못하였다.
오일렌슈피겔은 일 재주를 배울 생각은 도통 하지 않는 가
운데 열여섯 살이 되었고 여기저기 쏘다니며 못된 짓만 배
웠다.

제3화

크나이틀링겐 마을의 아비 클라우스가
어떻게 아내의 고향인 잘 강가로 이사하고
그곳에서 죽었으며 그의 아들 틸이
줄타기를 배우게 되었는지

오일렌슈피겔의 어미가 살고 있는 집 마당은 잘 강가에
접해 있었다. 그는 줄타기를 배우기 시작했다. 비틀거리며
줄을 타는 아들 녀석의 어리석은 짓거리에 참다못한 어미
에게 두들겨 맞은 그는 감히 어미 면전에서는 줄타기 재주

를 익히지 못하고 다락방에서 숨어 연습을 했다. 그런 어느 날 어미가 줄타기 연습을 하는 아들을 붙들어 굵다란 몽둥이세례를 퍼부어 줄에서 그를 끌어내리려 했다. 그는 창을 타고 넘어 지붕 위로 올라가 퍼질러 앉았다. 어미도 거기까지는 쫓아갈 수가 없었다.

이럭저럭 세월이 흘러 오일렌슈피겔도 조금 나이가 들었다. 그리고 서투른 대로 그는 다시 줄타기를 시작했다. 그는 집 뒤의 잘 강을 건너 반대편 다른 사람 집 마당에다 줄을 걸쳤다. 그 긴 줄을 보고 동네 사람들은 오일렌슈피겔이 그 줄을 탈 거라고 믿었다. 구경꾼들이 몰려와 그의 줄타기를 보려고 했고 그가 멋진 재주를 부리고 기묘한 솜씨를 뽐내 주기를 기대했다. 그가 줄을 타며 줄타기가 절정에 이르렀을 때 어미가 그 짓을 알았지만 어떻게 해 볼 도리가 없었다. 어미는 몰래 집 뒤로 돌아 줄을 묶어둔 다락방으로 기어 들어가 줄을 싹둑 두 동강 내어 버렸다. 아들 오일렌슈피겔은 풍덩 물속으로 떨어져 실컷 조롱을 받았고 잘 강물을 뒤집어썼다. 동네 사람들은 와자지껄 웃어 댔고 젊은이들은 고래고래 소리들을 질러 댔다. "야, 야, 실컷 목욕이나 하셔! 물에 빠진 생쥐 꼴이 되고 싶어 몸이 근질근질하셨나 봐!" 오일렌슈피겔은 물에 빠진 것보다 젊은 녀석들의 조롱과 고함소리 때문에 분통이 터질 지경이었다. 그는 어떻게 해서든지 앙갚음할 작정이었다. 그 생각 끝에 그는 마음껏 원하는 대로 목욕을 했다.

제4화

오일렌슈피겔이 어떻게 젊은이들을
구워삶아 2백 켤레의 구두를 벗기고
그 때문에 노소(老少)가 머리카락을
움켜잡고 싸우게 되었던지

그 뒤 얼마 되지 않아 오일렌슈피겔은 강물에 빠진 부끄러움과 조롱을 앙갚음하고자 잘 강 너머에서 다른 집으로 줄을 늘였다. 사람들은 그가 다시 줄타기를 하려나 보다고 생각했다. 남녀노소 구경꾼들이 곧 모여들었다. 오일렌슈피

겔은 젊은이들에게 그들의 왼쪽 신발을 벗어 달라고 부탁
했다. 그러면 줄 위에서 그 신발로 멋진 묘기를 선보이겠노
라고. 젊은이들은 그 말을 믿었고 어르신네들도 모두 그러
려니 생각했다. 젊은이들은 구두를 벗어서 그에게 주었다.
그들은 거의 두 쇼크[1], 120명이나 되었다. 그들은 신발 한
짝씩을 그에 넘겼다. 그는 그 구두짝들을 끈으로 묶어서 그
걸 들고 줄에 올라탔다.

　오일렌슈피겔이 줄을 타자 남녀노소는 그를 올려다보
며 그가 그것으로 무슨 재미있는 일을 벌일까 궁금해했다.
젊은이 가운데 일부는 구두를 돌려받았으면 하고 후회하
는 친구도 있었다. 이제 오일렌슈피겔은 줄을 타고 속임수
를 부리며 줄 위에서 소리쳤다. "자, 눈을 똑바로 떠서 쳐
다봐요. 여러분, 자기 신발을 찾으십시오." 그러면서 신발짝
을 묶었던 끈을 두 토막으로 잘라 버렸다. 신발은 모두 줄
위에서 땅바닥으로 굴러 떨어지고 뒤죽박죽으로 흩어졌다.
늙은이 아이들 할 것 없이 모두 달려들어 여기저기에서 신
발 뺏기가 시작되었다. "이 구두는 내 거야" 하면 한편에서
"거짓말이야. 그건 내 거야" 하면서 서로 머리카락을 움켜
잡고 치고받기 시작하였다. 넘어지고 자빠지고 꺅꺅거리는
놈에 우는 놈 하며 웃는 놈도 있었고, 마침내 늙은이들까
지 뺨따귀를 갈기고 머리카락을 거머쥐는 판이었다. 오일렌
슈피겔은 줄 위에서 깔깔대며 소리쳤다. "힛힛, 신발이나 잘
찾아 챙기시라고. 어제 내가 실컷 물벼락을 맞은 만큼."

그렇게 그는 늙은이나 젊은이들이 신발 때문에 다투게
해 놓고 줄을 팽개친 채 달아나서는 한 달이나 동네 사람
들 눈앞에 코배기도 보이지 않았다. 그러고서는 어미의 집
구석에만 웅크리고 앉아 헬름슈테트의 맨발 구두를 때우
고 있었다.[2] 어미는 그가 집안에 붙어서 일만 하는 걸 보고
아주 기뻐하며 이제는 개구쟁이 아들 녀석도 잘될 거라고
생각했다. 그녀는 그가 집 밖으로 나다닐 수 없을 정도로
고약한 짓을 했으리라고는 꿈에도 몰랐다.

1_쇼크는 다섯 타(打)의 분량을 나타내는 단위. 곧, 1쇼크는 5×
  12=60이다.
2_비유적인 뜻으로 '쓸모없는 일을 하다'라는 해석도 있다.

제5화

어미가 어떻게 틸 오일렌슈피겔에게
일을 배우도록 설득했으며
일이 손에 익도록 도와주려고 했던지

    오일렌슈피겔의 어미는 아들이 말썽 없이 아주 다소곳
이 지내서 흡족하기는 했지만 그가 일을 배울 마음이 없는
것을 나무랐다. 그는 끽소리 없이 입을 다물고 있었다. 그
래도 어미는 야단치기를 멈추지 않았다. 오일렌슈피겔이 말
했다. "엄마, 끊임없이 노력하면 알찬 열매를 맺는다는 말도

있어요." 어미가 말했다. "생각해 보니까 우리 집에는 한 달이 안 돼 쌀 한 톨 안 남게 생겼는데……." 오일렌슈피겔의 대답인즉, "내 말은 그런 뜻이 아니에요. 먹을 게 없는 가난뱅이는 성 니콜라우스를 섬겨 단식을 하면 되고 먹을 게 있으면 성 마르틴을 모시고 만찬을 들면 된다는 말이에요. 자, 그러면 우리도 먹을까요?"[1]

1_성 마르틴의 날인 11월 11일은 교황 니콜라우스 1세가 죽은 11월 13일과 날짜가 비슷하나 추념의 방식은 정반대이다. 따라서 가난한 사람들은 먹을거리가 없으면 니콜라우스를 기려서 단식을 하면 되고, 먹을 것이 생기면 성 마르틴의 날을 기려 배불리 먹으면 된다는 뜻이다.

제6화

오일렌슈피겔이 어떻게 슈타스푸르트 시의 빵집에서 빵 한 자루를 공짜로 속여 어미에게 가져갔던지

'하나님, 엄마가 잔소리 좀 않게 도와주셔요. 어디에서 빵을 집으로 들고 오면 될까요'라고 오일렌슈피겔은 곰곰이 생각했다. 어미가 살고 있는 마을에서 슈타스푸르트 시로 오자, 장사가 잘되는 빵집 하나가 눈에 띄었다. 그는 빵집 주인에게 "우리 어른이 10실링어치 보리빵과 흰 빵을 보내

주었으면 한다"고 말했다. 그는 아무 이름이나 대어 주인어른이라 꾸며대고 그분이 지금 이 도시 슈타스푸르트에 계시다면서 그가 묵고 있는 숙소까지 일러 주었다. 자기에게 심부름꾼 하나를 붙여 주면 숙소에 가서 돈을 지불하겠노라는 것이 오일렌슈피겔의 말이었다. 빵집 주인은 마다하지 않았다. 오일렌슈피겔은 들고 왔던 자루에 빵을 세면서 담게 했는데, 사실인즉 그 자루에 몰래 구멍을 내 두었다. 빵집 주인은 돈을 받아오도록 심부름하는 아이를 오일렌슈피겔에게 딸려 보냈다. 그들이 빵집에서 몇 발자국 떼지 않아서 오일렌슈피겔은 뚫어 놓았던 구멍에서 흰 빵 조각을 땅바닥에다 떨어뜨렸다. 그러고서는 자루를 깔고 앉아 심부름꾼 아이에게 말했다. "이 흙 묻은 빵을 주인어른께 갖다 드릴 수는 없어. 빨리 가게로 달려가 다른 빵을 가져와. 여기서 기다리고 있을게."

심부름꾼 아이는 다른 빵을 가지러 달려갔다. 그 사이 오일렌슈피겔은 길을 재촉하여 교외에 있는 어떤 집으로 갔다. 그곳에는 자기 마을로 가는 마차가 있었다. 그는 마차에다 빵 자루를 싣고 자신은 마차 곁으로 걸어서 집에 도착하였다. 심부름하는 아이가 다른 빵을 들고 돌아왔을 때는 이미 오일렌슈피겔이 빵을 들고 내뺀 뒤였다. 아이는 달려가 빵집 주인에게 사실을 알렸다. 주인은 곧바로 오일렌슈피겔이 말한 숙소로 달려가 봤지만 아무도 찾지 못하고 자기가 사기당한 사실만 확인했다. 오일렌슈피겔은 집에 와서 빵을 어미에게 가져다 바치고 이렇게 말하는 것이었다.
"보셔요, 엄마. 먹을 게 있으면 먹는 거예요. 그리고 먹을 게 없으면 성 니콜라스와 함께 굶는 거죠, 뭐."

제7화

오일렌슈피겔이 어떻게 다른 아이들과
함께 베크브로트를, 그것도 배가 터져라
얻어먹고 얻어터지게 되었던지

　오일렌슈피겔이 어미와 함께 살고 있는 마을에는 이런 풍습이 있있다. 어떤 집이든 집주인이 돼지를 잡으면 이웃 집 아이들이 그 집에 가서 순댓국 따위를 빵과 곁들여 얻어먹는 것이다. 그것을 '베크브로트'라 한다.

　마을에 어떤 소작인 농부가 살았는데 어떻게나 구두쇠

였던지 아이들에게 베푸는 것마저 아까워했다. 그렇다고 미풍양속을 모른 체할 수도 없어서 생각해 낸 것이, 아이들이 순댓국에 질리도록 하는 것이었다. 그리하여 그는 치즈 만드는 우유 항아리에 딱딱한 빵 껍질을 찢어 채웠다. 아이들이 사내, 계집애 할 것 없이 몰려왔는데 오일렌슈피겔도 함께였다. 깍쟁이 농부는 그들을 집안에 들이고 나서 대문을 잠그고 순댓국과 빵을 차려 냈다. 그런데 그 빵 덩어리가 어찌나 크던지 아이들이 다 먹을 수가 없을 지경이었다. 배가 불러서 나가려고 하면 낭창거리는 매를 든 집주인이 트림이 날 때까지 실컷 먹으라고 궁둥짝을 후려갈겼다. 그는 오일렌슈피겔의 개구쟁이 짓을 잘 알고 있었으므로 유독 그에게서 눈을 떼지 않았다. 다른 아이 엉덩이를 갈기고 나서 오일렌슈피겔에게는 더 매섭게 매질을 했다. 아이들이 우유 항아리에 든 빵과 순댓국을 말끔히 핥아먹을 때까지 그는 계속 때렸다. 그래서 아이들은 똥개가 풀을 뜯어먹은 것[1]처럼 뻗어 버렸다. 그 뒤로는 아무도 그 구두쇠 농부 집으로 베크브로트를 먹으러 갈 엄두를 내지 않았다.

1_'토하고 설사를 하다'는 풀이도 가능하다.

제8화

오일렌슈피겔이 어떻게 그 짠돌이
농부의 닭들이 서로 모이를 두고
얽혀 싸우게 만들었던지

　　다음 날 그 농부가 나들이 나갔다가 오일렌슈피겔을 만
나서 이렇게 물었다. "얘, 오일렌슈피겔. 베크브로트 먹으러
언제 오겠니?" 그러자 오일렌슈피겔이 말했다. "아저씨네
닭 네 마리가 빵 한 조각 모이를 두고 싸울 때쯤 갈게요."
그러자 짠돌이 농부는, "그렇다면 우리 집 수프 먹으러 못

오겠다는 뜻이로구먼"이라고 말했다. 오일렌슈피겔은, "그 기름 덩어리 수프가 만들어지기도 전에 가면 어떡하게요"라고 내뱉고서 제 갈 길을 재촉했다.

그러고 나서 오일렌슈피겔은 그 농부의 닭들이 모이를 쪼러 골목 밖으로 나오기를 엿보며 한참을 기다렸다. 그는 스무 가닥이 더 되는 실을 두 가닥씩 한가운데에서 매듭을 만들어 각 줄 끝에다 빵 한 조각씩을 묶었다. 닭이 빵 조각을 쪼면 실은 보이지 않고 빵 조각만 눈에 띄게 수작을 꾸민 것이다. 닭들은 여기저기에서 모이를 쪼며 실 끝에 매달린 빵 조각을 꿀꺽했지만 목구멍 너머로 넘길 수는 없었다. 다른 닭이 반대쪽 모이를 물어 서로가 줄다리기 식이 되었기 때문이다. 빵 조각을 꿀꺽 삼킬 수도 없고 그렇다고 목구멍 밖으로 뱉어 내지도 못한 채, 2백 마리가 넘는 닭들이 서로 목이 졸리면서 얽혀 들어 하릴없이 쩔쩔 맬 수밖에 없었다.

제9화

오일렌슈피겔이 어떻게 꿀벌통 속으로
기어 들어갔으며, 밤중에 두 도둑이
벌꿀을 훔치려 했고, 그가 어떻게
그 둘을 싸우게 만들어
벌통을 내팽개치게 했던지

언젠가 오일렌슈피겔이 어미와 함께 한 마을로 장을 보
러 나갔다. 그는 술을 몇 잔 얻어 마시고 얼큰하게 취해서
누구의 방해도 받지 않고 편히 눈 붙일 곳이 없을까 두리번

거렸다. 어떤 집 마당 뒤편에 짚으로 싼 꿀벌집이 보였고 그 곁에는 빈 벌통들이 가득 쌓여 있었다. 그는 벌꿀이 들어 있는 벌집 옆의 빈 꿀벌통 속으로 기어 들어가 '잠깐 자야지' 하고 생각한 것이 한낮부터 자기 시작해서 한밤중까지 내리 자 버렸다. 어미는 그가 보이지 않았으므로 집으로 갔거니 생각했다.

그런데 그날 밤에 두 도둑이 들어 벌꿀을 훔치려다 "제일 무거운 꿀벌통이 가장 좋은 꿀이 들었다고들 하던데"라고 지껄여 댔다. 그들은 짚으로 싼 바구니라거나 꿀벌통을 하나하나 들어 올리면서 오일렌슈피겔이 자고 있던 벌통으로 다가왔다. 그것이 제일 무거울 수밖에! 도둑들은 "이게 가장 좋은 꿀일 거야"라면서 어깨에 둘러메고는 그 자리를 떠났다. 그때야 비로소 오일렌슈피겔은 잠이 깨서 도둑들의 의도를 알아차렸다.

밤이 깊어 서로가 아무것도 알아볼 수 없었다. 오일렌슈피겔은 벌통에서 손을 뻗어 앞장선 놈의 머리카락을 힘껏 잡아당겼다. 그는 뒤에 선 도둑이 자기 머리카락을 잡아당겼을 것이라 여기고 화가 나서 욕지거리를 퍼부어 댔다. 뒤에 선 놈이 말했다. "꿈을 꾼 거냐, 아니면 졸면서 걷고 있냐? 내가 두 손으로 간신히 꿀통을 잡고 있는 판에 어떻게 네놈의 머리카락을 쥐어뜯겠어." 오일렌슈피겔은 '일이 잘되어 가는군' 하고 싱글거리며 '다시 그들이 한 마장 더 갈 때까지 기다려야지'라고 생각했다. 그러고서는 뒤에 선 놈의 머리카락을 얼굴이 일그러질 정도로 잡아당겼다. 그는 화가 머리끝까지 올라 소리쳤다. "나는 어깨가 삐꺼덕거리게 꿀통을 메고 왔는데, 내가 네놈 머리카락을 뽑았다고 지랄이더니, 네놈이야말로 내 머리카락을 잡아당겨 머리 가죽을 벗겨 났어!" 앞선 도둑이 말했다. "거짓말을 해도 쉬엄쉬엄하라고. 콧구멍 앞의 길도 안 보이는데 어떻게 네놈의 머리카락을 잡아당길 수 있냐. 네가 내 머리카락을 뜯어 놓았던 게 확실해."

그렇게 입씨름이 시작되어 벌통을 메고 가는 내내 다툼이 계속되었다. 얼마 되지 않아 그들이 한창 말싸움에 열을 올리고 있을 때 오일렌슈피겔은 다시 한 번 앞에 선 도둑의 머리카락을 잡아당겼고 그의 머리통이 꿀벌통에 쿵 하고 부딪쳤다. 그놈은 분통이 터져 벌통을 내팽개치고서는 주먹을 들어 뒤엣놈의 머리통을 마구잡이로 후려갈겼다. 뒤엣놈도 벌통을 내던지고 앞엣놈 머리카락을 잡아채, 두 놈은 얽혀 넘어지고 말았다. 그 바람에 서로가 서로를 놓치고 서로가 어디 있는지도 모르게 되었다. 둘은 칠흑 같은 어둠 속에서 어디가 어딘지도 모르게 되어 꿀벌통을 챙길 엄두도 내지 못했다.

오일렌슈피겔은 짚으로 만든 꿀벌통 바구니에서 고개를 내밀어 바깥이 아직 깜깜한 것을 알고, 다시 바구니 속으로 기어 들어가 날이 밝을 때까지 그 속에 드러누워 있었다. 날이 밝자, 그는 꿀벌통에서 기어 나왔으나 어디가 어디인지 분간이 가지 않았다. 그리하여 곧장 길을 걸어서 어떤 작은 성(城)에 이르렀고 그곳에서 머슴으로 일하게 되었다.

제10화

시골 귀족의 머슴이 된 오일렌슈피겔이
어떻게 대마초에 똥을 누라는
주인의 가르침을 받고서는 겨자에
똥을 누고서 대마도 겨자와
다를 것이 없다고 여겼던지

　그 뒤 얼마 되지 않아 오일렌슈피겔은 어떤 작은 성에
이르러 시골 귀족[1] 밑에서 머슴살이를 시작하였다. 곧바로
그는 주인을 모시고 들판을 가로지르며 뛰고 달려야만 했

다. 그들은 가는 길에 대마가 우거진 곳을 지나게 되었다. 오일렌슈피겔의 고향인 작센 지방에서 '삼'이라고 불리는 대마였다.

주인은 뒤에서 창을 메고 따라오는 오일렌슈피겔에게 말했다. "저기, 저 풀 보이지. 저게 대마라는 거야." 오일렌슈피겔이 대답했다. "그렇군요." 농장 주인이 말했다. "대마 밭을 보거든 그 속에 들어가 똥을 갈기라고. 혹 도적 패거리라든지, 혼자 도둑질해 먹고사는 놈들이 잡히면, 그 대마 줄기로 엮은 새끼줄에 묶이기도 하고 교수형에 처해져 목이 졸리기도 하니까. 대마로 엮은 새끼줄로 말이야." 오일렌슈피겔이 대답했다. "예, 그래요." 주인은 그를 데리고 여기저기 말을 몰아 전에 하던 방식대로 도둑질도 하고 훔치기도 하고 빼앗기도 하며 여러 지역으로 다녔다.

어느 날 주인은 성채 안에서 하릴없이 시간을 보내고 있었다. 점심때가 되어 오일렌슈피겔은 부엌을 들여다봤다. 요리사가 그에게 말했다. "얘, 지하창고로 가면 항아리가 있는데 그 속에 겨자[2]가 들었으니 그걸 좀 가져다다오." 오일렌슈피겔은 예, 라고 대답은 했지만 여태껏 겨자를 본 적이 없었다. 어쨌든 그는 지하창고에서 겨자가 든 항아리를 찾아냈고 혼자 마음속으로 이렇게 생각했다. '요리사가 이것으로 뭘 하겠다는 것일까. 나를 묶겠다는 것일까.' 그의 생각은 엉뚱하게 튀었다. '주인께서 그런 풀을 보게 되면 똥을 갈기라고 그러셨지.' 그래서 그는 엉덩이를 까고 항아리 위에 걸터앉아 똥을 한 바가지 누고서는 겨자와 뒤섞어서 요리사에게 가져다주었다.

무슨 일이 벌어졌겠는가. 요리사는 아무 생각 없이 서둘러 겨자를 접시에 담아 식탁에 내어놓았다. 주인어른과 손님들은 음식에 겨자를 쳤고 어찌나 냄새가 고약했든지 요리사가 불려 와 어떻게 겨자를 만들어 내었는지 자초지종을 설명하게 되었다. 요리사도 겨자 맛을 보고서는 퉤퉤 뱉어 내며 "겨자 맛이 똥 맛이야"라고 했다. 그러자 오일렌슈피겔이 픽 하고 웃었다. 주인이 호통을 쳤다. "이놈, 왜 그렇게 비웃듯이 웃어! 우리가 그게 무슨 맛인 줄도 모를 줄 아느냐. 믿을 수가 없으면 이리 와서 네놈도 겨자 맛을 보란말이다." 오일렌슈피겔이 말했다. "그럴 생각 전혀 없어요. 들판의 길가에서 어른께서 쇤네에게 말씀하신 것을 잊으셨나요? 도적 패거리들 목을 얽어 교수형에 처하기도 하니까 대마를 보거든 똥을 갈기라고 하신 말씀을요. 그래서 요리사 아저씨가 지하창고에서 겨자를 가져오라기에 어른께서 이르신 대로 똥을 한 바가지 누었습죠." 주인이 말했다. "이 고약한 놈 봤나! 너 같은 놈은 뜨거운 맛을 봐야 돼. 내가 가리킨 풀은 '대마'라는 것이고 요리사가 가져오라고 이른 것은 '겨자'라는 거야. 네놈이 저지른 짓은 교활하기 그지없다!" 그러고서는 몽둥이를 들어 그를 후려 패려 했다.

오일렌슈피겔은 어찌나 날랬던지 주인어른의 손아귀를 벗어나 성을 빠져나가서는 다시는 돌아오지 않았다.

1_원문은 융커(Junker). 이들은 부농(富農)으로 성채를 갖춘 시골 귀족계급이지만, 14세기만 하더라도 전투 판에 끼어든 깡패쯤으로 여겨졌으며 도적질이나 강도질 등을 일삼는 '약탈기사'라는 별명 그대로였다.

2_삼이라고 불리는 대마와 겨자를 곁들여 벌인 말장난. 독일어로 대마는 'Hanf'(Henep)이고 겨자는 'Senf'(Senep)이다. 대마와 겨자는 저지독일어(Henep/Senep)로 서로 각운(脚韻)을 맞출 수 있다. 따라서 요리사는 작센 지방 사투리로 말한 것이다.

제11화

오일렌슈피겔이 어떻게 사제의 하인이
되어 그의 구운 닭고기를
꼬치에서 빼어 먹었던지

　브라운슈바이크 땅에 부덴슈테텐이라는 마을이 있는데 그 마을은 마그데부르크 교구에 속해 있었다. 오일렌슈피겔은 그 마을의 주임신부 사제관사에서 하인으로 일하게 되었다. 사제는 오일렌슈피겔의 사람됨을 알지 못했으므로 그에게 잘 지내면서 적당히 일하고, 하녀가 그러는 것처럼 가장 좋은 걸 먹고 마시면서 해야 할 일거리도 힘들지 않게 하면 된다[1]고 말했다. 오일렌슈피겔은 "예, 말씀대로 합지요"라고 대답했다.

사제관의 하녀는 애꾸눈이었다. 그런데 그녀가 마침 닭 두 마리를 잡아서 구이를 하려고 꼬치에 꿰었고, 그에게 부엌 아궁이 앞에 앉아서 그것을 굽도록 일을 시켰다. 그는 그럴 마음으로 화덕 위의 닭들을 뒤집었다. 닭들이 거의 구워졌을 때 그는 이렇게 생각했다. '신부님께서 나를 거두어 주셨을 때 자기나 하녀처럼 먹고 마시라고 하셨지. 그렇지만 이렇게 닭이 두 마리뿐이면 그렇게는 안 되지. 그러면 신부님 말씀이 휴지조각이 되잖아. 나는 닭고기도 얻어먹지 못하고……. 신부님 말씀이 휴지가 되지 않도록 머리를 써야지.' 그러고서는 꼬치에서 닭 한 마리를 빼내어 빵도 없이 꿀꺽 먹어 치웠다.

점심때가 되어 사제관의 애꾸눈 하녀가 닭구이에 기름을 칠하려고 부엌 화덕 앞으로 왔다. 꼬치에는 구운 닭이 한 마리밖에 없었다. 하녀가 오일렌슈피겔에게 "닭은 두 마리였는데 한 마리는 어떻게 된 거야?"라고 물었다. 그의 대답인즉, "아줌마, 다른 한 쪽 눈을 떠 봐. 그러면 두 마리 다 보일걸." 그렇게 하녀가 애꾸눈인 것을 골렸기 때문에 하녀는 몹시 성이 났다. 그녀는 오일렌슈피겔에게 부아가 끓어올라 쪼르르 사제에게로 달려가 기생오라비 같은 머슴 놈이 나를 애꾸눈이라고 조롱했느니, 닭 굽는 일을 시켰더니 닭이 한 마리가 없어졌노라고 일러바쳤다.

사제는 부엌 아궁이 앞으로 가서 오일렌슈피겔에게 말했다. "왜 하녀를 골렸느냐? 닭도 두 마리였다는데 꼬치에는 왜 한 마리만 꽂혀 있지?" 오일렌슈피겔이 대답했다. "그래요, 분명 두 마리가 있었습죠." 사제가 물었다. "그러면 다른 한 마리는 어찌 되었느냐?" 오일렌슈피겔의 대답인즉, "저기 꽂혀 있지 않아요! '두 눈을 똑바로 떠 보세요. 그러면 꼬치에 닭이 한 마리 더 꽂혀 있는 게 보일 거예요.' 그렇게 아줌마한테도 이야기했죠. 그러자 저렇게 화가 났어요." 사제는 껄껄 웃고 말했다. "내 하녀더러 두 눈을 뜨라니 그게 가당키나 한 소리냐. 그 애는 애꾸눈인데." "신부님, 그렇게 말한 것은 신부님이시고 저는 그렇게 말한 적 없어요." 사제가 말했다. "일어난 일은 지나간 것이지만 닭이 한 마리 없어진 것은 어떻게 된 거야?" 오일렌슈피겔이 말했다. "예, 한 마리는 없어지고 한 마리는 꼬치에 꽂혀 있습죠. 없어진 한 마리는 신부님과 하녀와 같이 먹고 마시라고 말씀하신 대로 소인이 먹어 치웠죠. 두 분이 닭 두 마리를 다 잡수고 제게는 한 마리도 남기시지 않으면 신부님께서 거짓말하신 셈이 되니까요. 그렇게 해 드릴 수는 없는 일이죠. 그 때문에 거짓말쟁이가 되셔서는 안 될 말씀이지요. 그래서 제가 그 한 마리를 꿀꺽해 버렸습죠." 사제는 그 대답에 만족하여 말했다. "그래, 잘했다. 꼬마야, 그 닭구이 이야기는 없었던 일로 하자. 그러나 앞으로 하녀 아줌마 뜻을 거슬러서는 안 돼. 그녀 눈에 들도록 해야지." 오일렌슈피겔은 "예, 신부님 말씀대로 합지요"라고 답했다.

그 뒤로도 그는 하녀가 시키는 심부름을 반 정도밖에 하지 않았다. 물통 가득 물을 길러 오라 하면 물을 절반만 채워 들고 오지를 않나, 화덕에 땔나무를 두 다발 지고 오라면 한 다발밖에 들고 오지 않나, 하는 식이었다. 소에게 여물 건초 두 뭉치를 주라면 한 덩어리만 주고, 포도주 2리터를 가져다 달라면 1리터밖에 가져오지 않았다. 만사가 그런 식이라서 하녀도 자기 화를 돋우려는 오일렌슈피겔의 수작인 줄 눈치채고 그에게는 아무 말 하지 않은 채 사제에게 고해 바쳤다.

사제가 그에게 말했다. "얘, 우리 집 아줌마가 너 못됐다고 그러더구나. 모든 것을 아줌마 눈에 들도록 하라고 그렇게 일렀는데 어찌된 일이냐?" 오일렌슈피겔의 말은 이러했다. "예, 신부님. 신부님이 시키신 대로, 꼭 그대로 했어요. 신부님은 말씀하셨죠, 집안일은 반만 해도 된다고. 아줌마 눈에 들게 하라 하셨지만, 두 눈으로 본다면 몰라도 한쪽 눈으로밖에 보지 못하니 보이는 것도 반쪽이지요. 그래서 저는 반 정도만 일했습죠." 사제는 웃었지만 하녀는 화가 나서 말했다. "신부님, 저런 못된 개구쟁이 악동을 머슴으로 데리고 쓰실 생각이시라면 제가 그만두겠어요." 그런 까닭에 사제는 마음과 같지 않게 오일렌슈피겔을 그만두게 했다. 그런데 한 마을의 불목하니가 얼마 전에 죽어서 그는 이런 일, 저런 일 잔심부름하며 마을 농부들의 일손을 덜어 주었다. 마을 농부들로서는 불목하니가 없으면 불편하기 때문에 사제는 의논 끝에 그들이 오일렌슈피겔을 부리게 했다.

1_Thät er mit halber Arbeit. 문자 그대로 해석하면 '절반만 일하라'는 뜻이다.

제12화

오일렌슈피겔이 부덴슈테텐 마을에서
불목하니가 되어 어떻게 사제가 성당에서
똥 눈 것을 핑계로 맥주 한 통을
얻어먹었던지

　오일렌슈피겔은 이 마을에서 불목하니가 되어 성당 잡
무를 보는 심부름꾼으로서 노래 미사도 드릴 수 있게 되었
다. 사제는 성당 보조 일꾼이 생겼기 때문에 어느 땐가 제
단 앞에서 옷을 갈아입고 미사를 드리려 했다. 오일렌슈피

겔은 뒤에 서서 사제의 옷깃을 똑바로 세우고 있었다. 바로 그때 사제가 큰 소리로 방귀를 뀌었다. 방귀 소리가 성당을 울렸다. 오일렌슈피겔이 "신부님, 제단 앞에서 분향 대신에 방귀 냄새를 바치다니요!"라고 항의했다. 사제의 대답인즉, "무슨 말을 그렇게 하나. 이 성당은 내 것이야. 마음만 먹으면 성당 한가운데서 똥이라고 못 눌까." 오일렌슈피겔이 말했다. "신부님이 그럴 수 있는지, 맥주 한 통을 걸고 내기해요." 사제가 그러자고 답했다. "내기를 하세."

그렇게 그들은 내기를 걸었다. "내가 얼마나 뻔뻔스러운지 자네는 몰랐을 걸세." 사제는 돌아앉아 성당 한가운데 커다란 똥 한 덩어리를 누어 놓고 "이것 봐, 맥주 한 통은 내 걸세"라고 말했다. 오일렌슈피겔은 "아니에요, 신부님. 신부님이 말씀하신 대로 그것이 성당 한가운데에 있는지 재어 봐야지요." 그렇게 해서 재어 봤더니 똥은 성당 한가운데서 꽤나 떨어져 놓여 있었다. 마침내 오일렌슈피겔은 맥주 한 통을 얻어 걸치게 되었다. 그러자 하녀 아줌마는 화가 나서 "저놈이 신부님께 저렇게 욕을 보이는데 저 고약한 악동 놈을 내쫓으려고도 않으시는군"이라고 빈정거렸다.

제13화

오일렌슈피겔이 어떻게 부활절 새벽
미사에 연극을 했으며 사제와 하녀가
농부들과 싸워 때리고 치고받았던지

이제 부활절이 다가왔고 사제는 성당에서 심부름하는
불목하니 오일렌슈피겔에게 이렇게 이르셨다. "이 마을 사
람들은 부활절 밤에 주님이 무덤에서 부활하는 연극공연
을 하고 있네. 자네도 한몫 거들어 주어야겠네. 불목하니가
진행도 하고 연출도 보는 것이 관례란 말일세." 무식한 농

부들이 성모 마리아에 관한 연극을 해낼 수 있을까 생각한 오일렌슈피겔은 사제에게 "그런데 이 마을에는 낫 놓고 기역 자도 모르는 농부들뿐이에요. 하녀 아줌마는 읽기와 쓰기가 되니까 한몫 맡게 해 주셔요"라고 말했고, 사제님은 "어, 그래. 필요한 사람은 다 빼다 쓰라고. 아주머니는 전에도 자주 출연했거든"이라고 말씀하셨다. 하녀도 기뻐하며 자신은 대사를 외울 수 있으니 무덤 속의 천사 역을 맡으려고 했다. 그래서 오일렌슈피겔은 농부들 가운데 두 사람을 찾아 성당으로 불러서는 자기까지 포함하여 세 사람이 마리아 역을 맡기로 하였다.[1] 오일렌슈피겔은 한 농부에게 라틴어로 그의 대사를 가르쳤다. 무덤에서 부활하는 예수 그리스도 역할은 사제가 맡았다.

마침내 오일렌슈피겔이 마리아로 분장한 농부 둘과 함께 무덤가에 이르자 천사 역인 하녀 아줌마가 무덤 속에서 라틴어로 대사를 지껄였다. "쿠엠 쿠에리티스(Quem Queritis). 너희들은 여기서 누구를 찾고 있느냐." 그러자 첫 번째 마리아 역의 농부가 오일렌슈피겔이 가르쳐 준 그대로 "우리가 찾는 것은 늙은 애꾸눈 사제관 아줌마라오."

하녀는 자기를 애꾸눈이라고 놀리는 그 말을 듣고 오일렌슈피겔에게 원한이 사무쳐 무덤 속에서 튀어나와 주먹으로 녀석의 뺨따귀를 후려갈기려 했다. 막무가내로 휘두른 주먹에 한 농부가 얻어맞고 한 쪽 눈덩이가 부어올랐다. 또 다른 농부가 그 꼴을 보고 냅다 주먹을 휘둘러 하녀 머리통을 쳐서 천사의 날개가 떨어졌다. 사제가 그 광경을 보고 부활을 상징하는 승리의 깃발도 내동댕이친 채 하녀를 도우러 농부에게 덤벼들어서는 머리카락을 움켜쥐었고 무덤 주변에서 실랑이가 벌어졌다. 그것을 본 농부 몇몇이 달려와 한바탕 소동이 일었고, 사제와 하녀 아줌마가 밑에 깔리는가 하면 마리아 역의 농부들이 깔리는 등 뒤죽박죽이 되어, 여러 농부들이 서로 뜯어말리느라고 야단법석이었다. 사태가 어떻게 되는지 살피고 있던 오일렌슈피겔은 알맞게 때를 맞추어 그 자리를 벗어나 성당을 빠져나와서는 마을을 뒤로 한 채 다시는 돌아오지 않았다. 다른 불목하니를 어디에서 구했는지는 하나님만이 아시리로다.

1_연극에 등장하는 마리아는 세 사람인데, 예수의 어머니 마리아와 마리아 막달레나, 그리고 야곱과 요스트의 어머니 마리아이다.

제14화

오일렌슈피겔이 어떻게 마그데부르크 시청의 돌출창에서 날겠노라고 떠벌렸다가 구경꾼들을 독설로 내쳤던지

오일렌슈피겔이 성당의 불목하니 노릇을 그만두고 얼마 되지 않아서 마그데부르크 시로 와서는 너무 익살스런 짓들을 저질러 세상 사람들이 그의 이름을 다 외울 정도로 명성이 왁자해졌다. 이 도시의 지체 높은 양반들은 그에게 세상이 놀랄 만한 짓거리를 해 보이라고 졸라 댔다. 그렇게 하겠노라고, 시청 창문에서 날아 보이겠다는 것이 그의 대답이었다.

그 소문이 시내에 쫙 퍼져서 남녀노소 가릴 것 없이 구경하려는 사람들이 시청 광장으로 밀려들었다. 오일렌슈피겔은 시청 창가에 서서 팔을 벌려 곧장 날려는 듯이 몸짓을 했다. 서서 구경하던 사람들은 두 눈을 동그랗게 뜨고 입을 헤벌린 채 그가 새처럼 날겠거니 믿어 의심치 않았다. 그러다가 오일렌슈피겔이 껄껄 웃으며 말했다. "이 세상에 나보다 더 바보등신 같은 놈은 없으려니 했는데, 이 도시는 바보등신들이 우글우글 하구먼. 너희들이 새처럼 날겠다고 해도 난 안 믿어. 내가 거위냐, 새냐. 날개도 없잖아. 날개도 털도 없는데 어떻게 날아. 너희들이 한 방 먹은 걸 분명히 알았지." 그러고서는 그들을 뒤로 하고 창가를 벗어나 달아나 버렸다. "죽일 놈 다 봤다"고 투덜대는 사람들도 있었고 배꼽을 잡고 웃는 사람들도 있었지만, 그들은 한결같이 말했다. "저놈은 고약한 어릿광대이기는 해도 그 말에는 일리가 있어."

제15화

오일렌슈피겔이 어떻게 의사인 양 행세하여
마그데부르크 주교 밑의 잘난 체하는
박사에게 처방을 내려 그를 속였던지

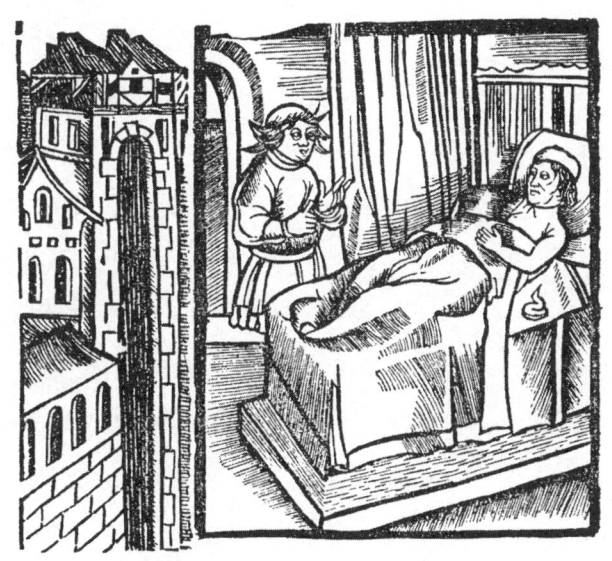

마그데부르크에는 주교가 있었는데 크베어푸르트 백작
집안의 '브루노'라는 자였다. 그가 오일렌슈피겔의 소문을
듣고 그를 기비헨슈타인 궁정으로 불러들였다. 주교는 그의
장난질이 썩 마음에 들어서 옷이라든지 돈을 내려주었다.
주교의 시종들과 하인들도 오일렌슈피겔이 마음에 들어 그와 함께 자주 장난을 치곤 했다.

주교 주변에는 알은 체하는 박사 한 사람이 시중을 들고 있었는데 그는 배운 체, 똑똑한 체해서 주교의 시종들은 그를 좋아하지 않았다. 이 박식한 박사는 주변에 개구쟁이 어릿광대가 있으면 못 견디는 버릇이 있었다. 그가 주교와 그의 고문관들에게 이렇게 말했다. "귀하신 여러분이 계시는 궁정에는 현자들을 모셔야지, 저런 바보를 두면 여러 가지로 말썽이 납니다." 기사들과 시종들은 그런 말이야말로 박사다운 의견이 아니라고 반박했다. "마음에 들지 않으면 바보한테서 떨어져 있으면 되지. 누가 굳이 함께 있으라 했나요?" 박사가 반박했다. "바보 곁에 있으면 바보가 되고 현자 곁에 있으면 똑똑해져요. 어르신네들 곁에 현자를 두면 똑똑해지고 곁에 바보를 두면 어리석은 짓거리를 배우게 됩니다." 여러 사람들이 말했다. "똑똑하다고 자만하는 사람치고 현자가 있나요? 그런 사람들도 바보한테 당하는 경우도 있죠. 영주와 기사님들은 궁정에 여러 재주를 가진 사람들을 곁에 두고 계시는 게 옳아요. 바보와 더불어 골치 아픈 것도 좀 잊으시고. 바보들과 함께 지내기를 바라는 어르신네들도 있을 테니까요."

그리하여 궁정 귀족들은 오일렌슈피겔을 데려와 박사를 혼낼 꾀를 내어 달라고 부탁하였다. 그들은, 주교와 마찬가지로, 박사의 잘난 체하는 꼴에 찬물을 끼얹을 수만 있다면 오일렌슈피겔에게 힘을 보탤 것이라고 말했다. 오일렌슈피겔은 답했다. "그럽시다. 여러 어르신네들이 도와주신다면 박사 코를 납작하게 만들어 버리죠." 이 일에 관한 한 그들의 의견은 일치하였다.

오일렌슈피겔은 4주일 동안 그곳을 떠나 있으면서 어떻게 하면 박사가 자신에게 곁을 줄까 궁리했다. 얼마 안 가서 그는 생각을 가다듬고 다시 기비헨슈타인 성으로 돌아와서는 변장을 하고 의사인 양 행세하였다. 주교를 모시는 그 박사는 자주 배탈이 나서 많은 약을 달고 살았다. 기사들이 박사에게 명의(名義)가 한 분 오셨다고 귀띔해 주었다. 박사는 오일렌슈피겔과는 일면식도 없어서 그가 묵고 있는 여관으로 가서 몇 마디 말을 나눈 다음, 그를 데리고 성으로 왔다. 서로 이야기를 주고받다가 박사는 그에게 병을 고쳐주면 사례를 섭섭지 않게 하겠노라고 다짐하였다. 오일렌슈피겔은 톡톡히 의사인 체하며 하룻밤을 곁에 묵어야 상태가 어떤지 더 잘 볼 수 있노라고 너스레를 떨었다. "당신이 잠자리에 들어 땀을 흘리기 전에 약을 드릴게요." 땀을 조사하면 어디가 좋은지 알게 된다는 것이 그의 주장이었다. 박사는 그의 말이 전혀 거짓이 아니라 믿고 그를 데리고 침실로 갔다. 그는 '명의' 오일렌슈피겔의 말을 믿어 의심치 않았다. 오일렌슈피겔은 박사에게 잘 듣는 설사약을 처방하였다. 박사는 그것이 설사약이라고는 생각도 못 하고, 약을 먹었으니 곧 땀이 나려니 했다.

오일렌슈피겔은 속이 패인 돌을 하나 손에 넣어 그 가운데 똥을 가득 채우고 벽면과 침대 사이의 모서리에다 놓아두었다. 박사는 벽면에 바짝 붙어 누웠고 오일렌슈피겔은 침대 앞쪽으로 누웠다. 그러다가 박사가 몸을 뒤척여 벽면으로 돌아누웠다. 그러자 속이 패인 돌 가운데를 채웠던 똥에서 냄새가 피어올라 코를 찔렀다. 그는 오일렌슈피겔 쪽으로 몸을 돌리지 않을 수가 없었다. 박사가 오일렌슈피겔 쪽으로 몸을 돌리자마자 그는 기다리고 있었다는 듯이 더 지독한 방귀를 뿡 뀌었다. 박사가 못 견디어 다시 몸을 뒤척이자 돌에서 나는 똥 구린내가 다시 코를 비틀었다. 박사는 초저녁을 그렇게 보냈다. 그 다음 날 설사약 효과가 크게 나서 그는 아주 똥 칠갑을 하고 고약한 구린내를 마구 풍겼다. 그런 박사에게 오일렌슈피겔이 이렇게 말했다. "웬일이에요, 박사님! 당신 땀은 아주 냄새가 고약하네요. 그런 땀을 흘리시다니 어떻게 된 거예요. 도대체 냄새가 정말 못 견디겠구먼."

박사는 자리에 누워 정말 냄새가 지독하다고 생각했고 악취에 질려 입을 열 수도 없었다. 오일렌슈피겔이 말했다. "가만히 누워 계세요. 나가서 촛불을 들고 올게요. 당신 상태가 어떤지 볼 수 있게요." 그는 일어나면서 한 번 더 고약한 방귀 냄새를 풍기고 나서 "이런, 병이 전염되었나! 내 기분이 나빠졌어." 박사는 자리에서 일어나지도 못하고 머리를 들 수도 없을 만큼 끙끙 앓았다. 그래도 의사 선생이 가 버린 것에 하나님께 감사드렸다. 그러고선 숨을 한 번 크게 내쉬었다. 그도 그럴 것이 박사가 지난밤에 일어나려고 하면 오일렌슈피겔은 그를 붙들고 눌러 앉혀서는 먼저 땀을 함빡 흘려야 한다고 악을 썼기 때문이다.

이제 오일렌슈피겔은 일어나 방에서 나가 꽁무니를 뺐고 그러는 동안에 날이 밝았다. 그러자 박사는 벽면에 놓인 돌에 속이 패이고 그 가운데 똥이 가득 찬 사실을 발견하였다. 그는 끙끙 앓을 판이었고 얼굴도 똥 칠갑이었다.

기사들과 궁중의 시종들이 박사의 몰골을 보고 괜찮냐고 안부를 물었다. 박사는 기운이 하나도 없어서 제대로 대답도 못하고 응접실의 긴 의자에 방석을 깔고 드러누웠다. 궁정 시종들은 주교를 그 자리에 모셔와서는 명의 선생이 어땠느냐고 박사에게 물었다. 그의 대답인즉, "그 사기꾼에게 당했어요. 나는 그놈이 의학박사려니 잘못 생각했어요. 박사라도 그놈은 가짜 박사라고요." 그러고서는 사태의 자초지종을 털어놓았다. 사제와 모든 시종들은 배꼽을 잡고 웃으며 말했다. "그게 다 박사 말대로 된 것이라니까. 당신은 바보들과 어울리지 말랬지. 똑똑한 사람도 바보와 함께 지내다 보면 바보가 되어 버린다고. 그렇지만 이제 아셨지요. 바보 때문에 똑똑해지는 사람도 있다는 걸. 당신과 일면식도 없는데 당신이 믿어버린 그 의사가 바로 오일렌슈피겔이었단 말이요. 그에게 당신이 한 방 먹은 거야. 그러나 우리는 그의 바보짓을 좋아해서 그를 잘 알지. 당신은 아주 똑똑한 체했으니까, 조심하라고 일러 준다는 게 부질없는 짓이었어. 아무리 똑똑한 사람도 바보 따위와 알은 체 할 것 없다는 식은 곤란하단 말씀이야. 바보가 없으면 어떻게 현자를 알아볼 수 있겠어." 박사는 끽소리도 못하고 누구에게 불평을 털어놓을 수도 없었다.

제16화

오일렌슈피겔이 어떻게 파이네 마을에서
변비 걸린 아이를 고쳐 주고
똥을 누게 하여 크게 감사를 받았던지

　때때로 우리는 진짜 잘 듣는 약값을 아끼고 그 푼돈 때
문에 뜨내기 행상한테 큰돈을 떼이는 경우가 있다. 그런 일
이 언제인가 힐데스하임 교구에서 일어났다. 그때 오일렌슈
피겔도 그곳 여인숙에 들었는데 그가 잘 알던 주인장은 부
재중이었다. 안주인이 병든 아이를 돌보고 있었다. 오일렌

슈피겔은 "아이 어디가 안 좋냐, 무슨 병이냐"고 물었다. 안주인이 답하길, "아이가 변비예요. 똥을 누고 싶어 해요. 똥만 누면 나아질 텐데." 오일렌슈피겔이 말했다. "좋은 처방을 해 드리지요." 아주머니 왈, "애를 낫게 해 주세요. 그러면 원하는 대로 돈을 드릴게요." 오일렌슈피겔은 "그럴 거 없어요. 식은 죽 먹긴데, 뭘. 잠시만 기다려요. 곧 낫게 될 거예요"라고 말했다.

아주머니가 잠시 뒷마을에 일이 있다며 밖으로 나갔다. 그 사이에 오일렌슈피겔은 벽면에 한 덩어리 똥을 누고 그 위에 아이가 쓰는 의자를 둘러쳐 놓고 의자에 아이를 앉혀 두었다. 아주머니가 밖에서 돌아와 아이가 의자에 앉아 있는 것을 보고 말했다. "이런! 누가 이렇게 해 주었니?" 오일렌슈피겔이 끼어들었다. "내가 그랬지. 아이가 똥을 못 눈다고 그러지 않았어. 그래서 내가 의자 위에 앉혀 두었지요." 아주머니 눈이 의자 아래 놓인 것을 보았다. "이것 좀 봐요. 저게 아이의 몸을 부실하게 만든 거예요. 아이의 병을 고쳐 주어서 고마워요." 오일렌슈피겔이 말했다. "하나님 덕분에 그런 약이야 얼마든지 만들 수 있소." 아낙네는 약 만드는 법을 가르쳐 달라며 돈은 얼마든지 내겠다고 졸라 댔다. 그러자 오일렌슈피겔은 지금은 길을 떠나야 하나 언젠가 다시 오면 가르쳐 주겠노라고 말하면서 말에 안장을 채우고 로젠탈로 향해 떠났다. 그러다가 도중에 길을 바꾸어 다시 파이네 마을을 가로질러 첼레 시로 가려고 했다.

거기에는 초라한 옷을 입은 성채 보초병들이 서 있었다. 그들은 오일렌슈피겔을 보고 어디에서 왔느냐고 물었다. 그는 그들이 제대로 옷도 못 입고 추워하는 것을 보고 "콜딩겐 마을에서 왔지요"라고 답했다. 보초병들은 "이봐, 콜딩겐에서 왔다니 동장군께서 전하시는 말씀은 없더냐?"고 물었다.[1] 오일렌슈피겔의 대답인즉, "동장군의 전언은 없었어요. 그분은 여러분들께 직접 말씀하시겠대요." 그러고서는 헐벗은 무리들을 뒤로 한 채 가던 길을 재촉하였다.

1_콜딩겐(Koldingen)은 하노버 남쪽에 있는 마을 이름이지만, 이 지명은 겨울을 뜻하기도 한다. 저지독일어 kold는 kalt, 곧 영어의 cold의 뜻이다.

제17화

오일렌슈피겔이 어떻게 투약도 하지 않고 하루 만에 한 병원의 환자들을 모두 완치시켰던지

어느 때인가 오일렌슈피겔이 뉘른베르크 시로 와서 교회 문이라든지 시 청사에 큰 광고문을 붙이고 자기야말로 만병통치의 명의라고 떠벌렸다. '예수의 거룩한 창'[1]이라든지 다른 진귀한 물건들이 놓여 있던 그곳 새 병원에는 환자들이 엄청 많이 밀려들었다. 원장은 그 환자들을 완치시켜 내보냈으면 하던 참에 명의 오일렌슈피겔에게 가서 그가 떠벌리고 광고하는 것처럼 환자들을 고칠 수 있겠는지 물었다. 그렇게만 해 준다면 그만한 보상을 하겠다고 약속했다. 오일렌슈피겔은 2백 굴덴을 준다면 환자들을 고쳐 놓겠노라고 말했고, 병원장은 그가 환자들을 고쳐 준다면 그 돈을 지불하겠다고 답했다. 오일렌슈피겔은 자신이 환자들을 고치지 못하면 한 푼도 안 받겠노라고 다짐까지 했다. 원장은 그 말이 마음에 들어 선약금 조로 20굴덴을 지불했다.

오일렌슈피겔은 두 심부름꾼을 데리고 자선병원으로 가서 환자 한 사람 한 사람에게 어디가 아프냐고 물었다. 그리고 마지막으로 환자 곁을 떠나며 이렇게 으름장을 놓았다. "내가 당신에게 알려 주는 것을 가슴속 깊숙이 감추어 놓고 절대로 누구에게도 발설해서는 안 되오." 그들은 "맹세코 그런 일은 없을 거예요"라고 오일렌슈피겔에게 다짐을 했다. 그러자 그는 환자 한 사람 한 사람에게 이렇게 말했다. "내가 여러분들을 낫게 하고 일어서게 만들어야 하는데, 그건 어림도 없는 일입니다. 방법이 있다면, 여러분 가운데 한 사람을 통구이로 만들어 가루약을 짓고, 그것을 다른 환자들에게 먹이는 겁니다. 내가 그렇게 하겠습니다. 그러니까 여러분 가운데 걸을 수 없는 중환자 한 분을 구워서 가루약을 만들고, 그것으로 다른 환자들을 고쳐야겠어요. 여러분 모두에게 협조를 구합니다. 내가 병원장을 데리고 와서 문 앞에서 '다 나은 사람은 나가라!'고 소리를 지를 테니 꾸무럭대지 마세요."

그는 환자 한 사람 한 사람마다 "꼴찌가 값을 치러야 한다"고 겁을 주었다. 환자들은 그 말이 뇌리에 박혀, 다음 날이 되자 힘없는 다리를 치켜들고 절뚝대는 다리를 끌며 모두들 서둘러 댔다. 꽁지가 되고 싶은 사람은 아무도 없었다. 이제 오일렌슈피겔이 예정대로 소리를 지르자, 환자들은 그 자리에서 벌떡 일어나 문밖으로 뛰쳐나갔다. 그들 가운데는 10년을 자리보전한 환자도 있었다.

마침내 병원이 텅텅 비어 버리자, 그는 다른 지방에 갈 길이 바쁘다며 자선병원 원장에게 약속한 보수를 달라고 했다. 원장은 매우 고마워하며 돈을 지불했다. 오일렌슈피겔은 말을 몰아 쏜살같이 달려가 버렸다. 그리고 사흘 뒤 환자들이 모두 되돌아와서는 여기가 아프다, 저기가 아프다고 야단들이었다. 병원장이 "어떻게 된 거야, 당신들 병을 고쳐 줄 명의를 데려다 주었는데. 그래서 여러분들은 제 발로 걸어 나갔던 거 아니야?"라고 물었다. 그러자 그들은 원장에게 어떻게 공갈을 당했는지 이야기했다. "그가 시간이 됐다고 소리쳤을 때 병원문 밖으로 마지막에 달려 나가는 이는 통구이로 구워 가루약을 만든다고 그랬거든요."

그때서야 원장은 오일렌슈피겔에게 당한 줄 알게 되었다. 그러나 그는 떠나 버렸고, 어떻게 해 볼 도리가 없었다. 그

리하여 환자들은 다시 전과 다름없이 병원으로 돌아왔고
돈은 없어지고 말았다.

1_십자가에 묶인 예수의 옆구리를 찔렀다는 이 창(槍)은 1424년 이
  래 19세기까지 뉘른베르크 시에 보존되어 있었다고 한다. 당시 사람
  들은 이 창을 본떠 건물 문패에 그려 넣었는데, 이는 14세기에 이미
  자선병원임을 가리키는 표지가 되었다.

제18화

'빵을 가진 자에게 빵을 주리라'는 속담 그대로 오일렌슈피겔이 어떻게 빵을 샀던지

부지런 떨어야 밥을 먹는다. 오일렌슈피겔은 그렇게 병원장을 속이고 나서 할버슈타트라는 곳으로 와서 장터를 빌빌거렸다. 때는 혹독한 겨울이었다. 그는 "겨울은 춥고 거기다 바람도 쌀쌀하다. 빵이라도 가진 자가 얻어먹는다는 말이 있지"[1]라고 중얼거렸다. 그리고는 두 푼어치 빵을 사서 성 슈테판 성당 쪽으로 가 난전을 벌였다.

엉터리 장사가 시작된 지 얼마 되지 않아 개 한 마리가 나타나 진열대의 빵 하나를 물고 성당 마당으로 달아났다. 오일렌슈피겔은 개 뒤를 쫓아갔다. 그 사이 열 마리나 되는 새끼를 거느린 어미 돼지가 꿀꿀대며 다가와 진열대를 뒤집었고 새끼 돼지들은 저마다 빵 하나씩을 입에 물고 뿔뿔이 흩어져 달아나 버렸다.

오일렌슈피겔은 쓴웃음을 지으며 말했다. "이제야 그 말이 거짓이었다는 게 분명해졌어. 뭐, 빵을 가진 자가 얻어먹는다고. 난 뺏겼단 말이야." 그러고서는 덧붙여 말했다. "오, 할버슈타트, 반쪽짜리 도시여![2] 할버슈타트 이름 그대로구먼. 여기는 맥주 맛도, 음식 맛도 다 좋은데 지갑만은 돼지가죽일세."[3] 그리고 그는 다시 브라운슈바이크를 향해 길을 떠났다.

1_〈마태복음〉 13장 12절의 '가진 자에게 주리라'라는 성서 구절에 빗댄 말.

2_도시명 할버슈타트(Halberstadt)에서 'halber'는 반쪽이라는 뜻. 따라서 이 도시에는 좋은 면과 나쁜 면이 반반씩 있다는 의미에서 '반쪽 도시'라고 빗댄 것임.

3_'돼지가죽으로 만든 지갑에서 돈이 마구 샌다'는 욕설에 빗대어 한 말이다. 이 말 속에 이야기 줄거리의 돼지 사건까지 얽어 넣고 있다.

제19화

오일렌슈피겔이 어떻게 브라운슈바이크의 빵집 점원이 되어 부엉이빵과 고양이빵을 굽게 되었던지

오일렌슈피겔이 다시 브라운슈바이크로 돌아와 빵 만드는 일꾼들의 숙소에 머물게 되었는데, 그 근처에 빵집이 하나 있었다. 빵집 주인이 그를 불러 무슨 일을 배우고 있느냐고 물었다. "빵 굽는 일을 배우고 있어요"라고 그가 말했다. 빵집 주인 왈, "마침 우리 집에 일자리가 하나 비었네.

내 밑에서 일하지 않겠나?" 오일렌슈피겔은 그러겠다고 대답했다.

사흘째 되던 날, 빵집 주인이 아침에는 일손을 거들 수가 없으니 저녁때 빵을 구워 두라고 일렀다. 오일렌슈피겔이 "그렇지만 무얼 구울까요?"라고 물었다. 그 질문에 주인이 기가 차서 빈정거렸다. "네놈은 명색이 빵집 일꾼 아니냐. 그런데도 무얼 구워야 하느냐고? 도대체 무얼 구워 봤단 말이야. 부엉이를 굽든, 고양이를 굽든 맘대로 해!" 그러고서는 쿨쿨 잠이 들어 버렸다. 오일렌슈피겔은 부엌으로 가서 밀가루 반죽으로 부엉이와 고양이 모양을 잔뜩 빚어 화덕으로 구워 내었다. 아침이 되어 주인이 일어나 그를 도와주려고 부엌으로 나와 보니 롤빵도 버터빵도 보이지 않고 부엉이와 고양이 꼴의 빵만 가득했다. 주인이 화가 치밀어 소리를 질렀다. "어떻게 된 거야. 무얼 구워 냈단 말이야, 네놈은!" 오일렌슈피겔의 대답인즉, "주인어른께서 시킨 대로 한 걸요. 부엉이빵과 고양이빵 말이에요." 빵집 주인은 어처구니가 없었다. "이 병신 같은 것들을 어떻게 한담. 이런 빵 따위는 아무 짝에도 소용이 없어. 돈만 날렸지." 그러고서는 그의 뒷덜미를 움켜쥐고 쥐어박았다. "밀가루 값이라도 물어내." 오일렌슈피겔이 말했다. "그래요. 밀가루 값을 물어드리면 이 구운 빵들은 내 차지란 말이에요?" 주인이 말했다. "이 따위 물건 가지고 뭘 해. 부엉이나 고양이 꼴 빵 따위는 우리 가게에선 못 팔아!"

그래서 오일렌슈피겔은 밀가루 값을 치르고 구운 부엉이빵과 고양이빵을 광주리에 담아 그 길로 주막집 '산귀신'으로 옮겨다 놓고 혼자 곰곰이 생각했다. '이곳 브라운슈바이크 지방에서는 무엇이든 진귀한 것이면 돈이 된다고들 하던데……' 그런데 마침 그다음 날이 성 니콜라스 축제 전야제[1]였다.

오일렌슈피겔은 성당 앞 장터에 자기 물건들을 들고 나갔고 전에 없던 부엉이빵과 고양이빵은 없어서 못 팔 지경이었다. 판매대금은 그가 빵집 주인에게 물어준 밀가루 값을 훨씬 웃돌았다. 빵집 주인이 그 소문을 듣고 비위가 상해 성 니콜라스 성당으로 좇아가 장작 값이니 잡비 따위를 청구하려 했다. 그러나 그때는 이미 오일렌슈피겔이 돈을 챙겨 사라진 다음이라서 빵집 주인은 그의 뒤통수 그림자만 바라볼 수밖에 없었다.

1_12월 5일. 학생들과 선원들을 보살피는 성 니콜라스 축일 전날이다.

제20화

오일렌슈피겔이 어떻게 달빛을 받으며 밀가루를 체에 걸러 뜰에다 흩뿌렸던지

오일렌슈피겔이 이곳저곳 떠돌아다니다가 윌첸 마을에 이르렀다. 그는 다시금 빵집 점원으로 취직했다. 그가 빵가게 주인집에 묵게 되었을 때 마침 주인이 빵 구울 준비를 하고 있다가 오일렌슈피겔에게 아침 일찍 빵이 잘 구워지도록 밤사이 밀가루를 체에 잘 걸러내라고 일렀다. 오일렌슈피겔이 말했다. "주인어른, 밀가루를 체에 거르는 것이 잘 보이도록 초 한 대만 주셔요." 그러나 주인이 말했다. "그건 안 되겠네. 여태껏 나는 일꾼들에게 촛불 따위를 준 적이 없어. 모두들 달빛 아래 밀가루를 체에 내렸거든. 자네도 그렇게 하게." 오일렌슈피겔이 말했다. "모두들 그렇게 했다면 저도 그렇게 합죠."

주인은 잠자리에 들어 몇 시간 잘 참이었다. 주인이 자는 사이, 오일렌슈피겔은 체를 들고 그것을 창밖으로 뻗어 달빛이 비치는 마당으로 밀가루를 체에 걸러 흩뿌려 댔다. 빵집 주인이 자고 일어나 빵을 구우려고 보니까 오일렌슈피겔이 창가에 서서 마당으로 밀가루를 내리고 있는 것이 아닌가. 마당은 온통 밀가루로 하얗게 덮여 있었다. 주인이 고함을 질렀다. "이런 제기랄. 이게 무슨 짓거리야. 밀가루를 흙먼지 가운데서 체에 내리다니!" 오일렌슈피겔의 대답인즉, "주인어른께서 촛불은 켜지 말고 달빛 속에서 밀가루를 체 내리라고 안 하셨던가요? 그래서 시킨 대로 한 것뿐인데……." 빵집 주인이 말했다. "내 말은 달빛을 받으며 일하란 말이었지." 오일렌슈피겔의 대답은 이러했다. "주인 나리, 달빛 속에서나 달빛을 받으며나, 이미 벌어진 일이야 어쩌겠어요. 날려 버린 밀가루는 많지 않아요. 한 움큼이나 될까요. 곧장 제가 쓸어 모을 게요. 못 쓰게 된 밀가루래 봤자 몇 푼 안 돼요." 빵집 주인 왈, "네가 밀가루를 긁어 주워 담는 동안에는 반죽을 못 하잖아. 그만큼 빵 굽는 게 늦어진단 말이야." 오일렌슈피겔이 되받았다. "주인 나리,

좋은 방법이 있습죠. 옆집만큼 빨리 빵을 구울 수 있어요. 그 집 반죽통 속에 들어 있는 반죽을, 원하시면, 제가 바로 가져올게요. 그리고 그 자리에 우리 밀가루를 넣어 두지요." 주인은 성이 나서 말했다. "귀신에게 잡아 먹혀라. 교수대에나 가서 도적놈이나 데려오너라!"[1] 그럴게요, 라고 대답하고 오일렌슈피겔은 교수대 있는 곳으로 갔다. 거기에는 처형된 도적떼의 시체가 널브러져 있었다. 그는 시체 하나를 어깨에 둘러메고 집으로 돌아와 말했다. "이 따위를 뭣에 쓰려고 그러세요? 도대체 모를 일이군요." 빵집 주인이 말했다. "둘러메고 오는데 뭐 다른 일 없디?" 오일렌슈피겔의 대답인즉, "별일 없던데요." 주인은 화가 나서 소리를 질렀다. "네놈은 재판관 무서운 것도 모르고 처형장에서 시체를 훔쳤어. 시장님께 고할 테니까 두고 봐라." 빵집 주인은 집을 나서서 시청광장 장터로 갔다. 오일렌슈피겔은 그 뒤를 쫓았다. 주인은 급한 마음에 뒤도 돌아보지 않았고 그래서 오일렌슈피겔이 따라오고 있는 줄을 몰랐다.

시장은 시청광장에 있었다. 빵집 주인은 그에게로 가서 미주알고주알 일러바치기 시작했다. 주인이 입을 떼자마자 잽싼 오일렌슈피겔은 주인 곁에 바짝 붙어서 두 눈동자를 똥그랗게 뜨고 그를 쳐다보았다. 주인은 그를 알아보고 고소하려던 것도 잊어먹은 채 펄펄 뛰며 화가 나서 소리쳤다. "왜 따라왔어?" 그의 대답은 이러했다. "저는 주인 나리 시키는 대로 하고 있는 거예요. 나리께서 저를 시장님에게 고

소한다며 두고 보라고 하셨잖아요. 그래서 지켜보고 있는 거예요. 하나도 놓치지 않으려고 두 눈을 똥그랗게 홉뜨고 말예요." 빵집 주인이 그에게 말했다. "내 눈앞에서 사라져 버려. 고얀 놈 같으니라고!" 오일렌슈피겔이 말했다. "세상 사람들이 자주 그러더군요, 제가 당신 눈 속에 들어앉았다 가 주인께서 눈을 감으면, 저는 당신의 콧구멍을 통해 기어 나오지 않으면 안 될 거라고."[2]

시장은 너무나 어리석은 짓거리에 기가 막혀 두 사람을 내버려둔 채 가 버렸다. 오일렌슈피겔은 그것을 보자 빵집 주인에게 등을 보이고 뛰어가며 말했다. "주인장, 언제 빵을 구울 거예요? 날이 다 저물었는데!" 그는 그 말을 남기고 주인을 버려둔 채 뛰어가 버렸다.

1_민중 어법으로 '악마에게나 잡혀가라'는 뜻.
2_'눈앞에서 사라져 버려'라는 주인의 말을 짓궂게 받아서 자신은 눈 앞에서 사라지겠노라고 하는 표현이다.

제21화[1]

오일렌슈피겔이 어떻게 늘 청황색의 말만 탔으며 아이들이 있는 곳에 가기를 꺼려했던지

　오일렌슈피겔은 언제나 무리 가운데 끼이기를 좋아했다. 그가 꺼려한 것이 평생에 세 가지 있었다. 첫째, 그는 잿빛 말을 싫어했으며 사람들을 골리려고 언제나 청황색[2] 말을 타고 다녔다. 둘째로, 그는 아이들이 있는 곳이라면 오래 머물 엄두가 나지 않았다. 아이들의 장난에 구경꾼들의 시선이 그쪽으로 쏠리기 때문이다. 셋째로, 그는 마음씨 착한 늙은 주인이 운영하는 여인숙에 묵기를 싫어했다. 그런 늙은이들은 대개 자기 재산 따위에 관심이 없는 바보들이었으니까. 그런 곳에 묵으며 돈을 뜯는다는 것은 오일렌슈피겔 식이 아니라는 등등.

아침마다 그는 건강에 좋은 음식이 입에 들어오지 않기를, 큰 요행에 마주치지 않기를, 힘이 솟는 음료에 매료당하지 않도록 기도를 했다. 좋은 음식이라 해 봤자 겨우 야채 따위가 얼마나 건강에 좋을까?[3] 또 약초 같은 것이 입안에 들어오지 않게 빌었다. 아무리 몸에 좋다 해도 그런 것들은 결국 병든 징조라는 것이다. 요행이라는 것도 지붕에서 돌이 굴러 떨어진다든지 대들보가 무너진다든지 하면 사람들은 "네가 그 자리에서 돌이나 대들보에 깔려 죽지 않은 게 요행일세"라고 말하는 정도이고, 그런 행운 따위를 그가 바랄 리 없다. 힘이 솟는 음료, 가령 물 같은 것만 해도 그 힘으로 커다란 물레방아를 돌리고, 또 그것을 마신 탓에 목숨을 잃은 착한 일꾼들도 적지 않았으니까.

1_이 이야기는 서두만 있고 줄거리는 누락되어 뜻이 제대로 통하지 않는다.
2_원어는 val. 민중 어법으로 사기꾼들이 탄다는 말을 가리킨다.
3_실제로 오일렌피겔이 즐겨 먹은 음식은 고기였다.

제22화

오일렌슈피겔이 어떻게
안할트 백작의 감시탑 나팔수로 일하게 되어,
적군이 쳐들어 왔는데 나팔을 불지 않고
적군이 없을 때 나팔을 불었던지

그 뒤 얼마 되지 않아 오일렌슈피겔은 안할트 백작 영지로 와서 성채 감시탑의 나팔수로 일하게 되었다. 백작은 적(敵)이 많아서 그 무렵 도심지나 성안에 여러 명의 기사들과 궁중 요인들을 두었고 그들의 먹을거리를 마련해야만

했다. 그런 탓으로 감시탑의 오일렌슈피겔 따위는 잊혀서 그에게는 제때에 음식이 배달될 리가 없었다.

백작의 적군들이 성문 밖까지 몰려들어 방목 중이던 가축들을 몽땅 쓸어 가버린 그날, 오일렌슈피겔은 감시탑 감시창구에 드러누워 그 광경을 바라보면서 고함도 지르지 않았고 피습나팔도 불지 않았다. 바로 그때 적군 내습의 보고를 받은 백작의 측근들이 부하들을 거느리고 달려와서 적군의 뒤를 쫓았다. 그들은 감시창구에 드러누워 웃고 있는 오일렌슈피겔을 알아보았다. 백작이 그를 향해 "네놈은 어째서 창구 바닥에 드러누워 끽소리도 못 내느냐!"고 소리를 질렀다. 오일렌슈피겔은 "밥 먹기 전에는 소리를 지른다거나 다른 아무 일도 하기가 싫거든요"라고 되받았다. "적군 내습이라는 나팔도 불지 못해!" "나팔을 불어 일부러 적군을 불러드릴 게 뭐 있어요? 나팔을 안 불어도 적군은 들판을 가득 메우고 한 패거리는 암소들을 쓸어 가 버렸는데. 제가 나팔이라도 불었으면 적들은 계속 몰려들어 백작님도 맞아죽었을지 몰라요. 그래요, 이만한 게 다행이지."

백작은 급히 적들의 뒤를 쫓아 서로 한바탕 싸움을 벌였다. 그래서 오일렌슈피겔은 또다시 밥 한 끼 얻어먹는 데서 빠져 버렸다. 백작은 적군으로부터 소떼를 되찾아 기분이 좋아졌고 이쪽 군사들은 그 소떼의 일부를 잡아다 굽고 지지고 야단들이었다. 감시탑의 오일렌슈피겔은 어떻게 하면 불고기 파티에 끼어들 수 있을지 궁리를 하다가 밥 먹을 시간에 맞추어, "적들이다, 적군이 쳐들어왔다!"라고 소리를 지르고 나팔을 불어 댔다. 백작과 그 휘하 장병들은 곧 (식사가 차려진) 식탁을 떠나 갑옷을 챙기고 칼을 들어 성문 밖 들판으로 급히 몰려 나가 적군의 동태를 정탐하기 바빴다. 그 사이 오일렌슈피겔은 번개처럼 감시탑에서 백작의 식탁으로 달려 내려와 삶은 고기, 구운 고기 할 것 없이 입맛대로 집어 삼키고는 다시 재빨리 감시탑으로 올라가 버렸다.

기병들과 보병들이 나서기는 했지만 적들의 낌새도 맡을 수가 없자 그들은 소리소리 질렀다. "감시탑 나팔수 짓거리야!" 그러고서는 성문을 거쳐 성내로 돌아왔다. 백작은 그에게 "어떻게 된 거냐. 미쳤어!"라고 소리 질렀다. 오일렌슈피겔은 "말짱 맨 정신입니다요"라고 대답했다. "적군도 없는데 적군 내습 나팔이 웬 말이냐?" "적군이 없으니까 나팔을 불어 적들을 끌어들일 셈이었죠." 백작이 말했다. "네 이놈, 교활한 사기꾼 같으니라고! 적군이 쳐들어왔을 때는 나팔을 안 불고 적군도 없는데 나팔을 불어 대다니! 너 같은 놈을 배반자라 일컫는 거야." 그러고서는 그의 자리를 뺏어 버리고 그 자리에 다른 성문 감시탑 나팔수를 앉혔다.

오일렌슈피겔은 졸병이 되어 백작 뒤를 따라다니는 신세가 되었다. 졸병 노릇에는 그도 진저리가 나서 될 수 있으면 달아나 버릴 생각이었지만 그것도 뜻대로 잘 되지 않았다. 아군이 적진을 향해 진군할 때는 머뭇거리며 언제나 꽁무니에서 성문을 나서고, 싸움이 끝나서 회군할 때는 언제나 맨 앞에서 성문에 들어서는 그를 보고 백작이 물었다. "네놈은 내 뒤를 따르면서 적을 향해서는 언제나 꽁무니줄에 서고 성문으로 들어설 때는 언제나 맨 앞줄이라니, 어떻게 된 거냐?"

오일렌슈피겔의 대답인즉, "화를 푸십시오. 전하와 측근들이 배불리 먹을 때 저는 감시탑 위에서 배를 쫄쫄 굶으며 빼빼 말라갔고, 덕분에 기진맥진되어 버렸습죠. 앞장서 적과 대적하라시면, 힘을 쓸 수 있게 쉴 시간도 주고 식탁에서도 맨 먼저 자리를 차지하게 해서 마지막까지 밥상머리에 붙어 있어야죠. 그러면 저도 맨 앞에서 적과 싸우고 맨 마지막까지 싸워 드리죠." 백작이 말했다. "알았어, 네놈은 감시탑 위에서 보낸 시간만큼 보상받겠다는 거로군." 오일렌슈피겔의 말인즉, "누구나 권리는 당연히 누리고 싶거든요." 백작이 말했다. "너는 더 이상 내 부하가 아니야." 그러고는 그를 제대시켜 버렸다. 날마다 적군과 싸울 마음이 없었던 오일렌슈피겔에게는 반가운 일이었다.

제23화

오일렌슈피겔이 어떻게 말굽에
황금 편자를 대고 그 값을 덴마크 왕에게
치르게 했던지

오일렌슈피겔의 어른 모시기가 이와 같았으므로 영주들이나 귀족들은 그의 행동을 화제로 삼게 되었다. 그런 이야기를 즐기는 영주들과 귀족들은 그에게 옷, 말, 돈, 그리고 음식을 내려 주곤 했다. 그렇게 그는 덴마크 왕을 뵙게 되었는데, 왕의 총애 또한 대단해서 오일렌슈피겔이 세상 사람들의 정신을 쑥 빼놓을 만한 장난을 벌인다면 가장 좋은 편자를 그의 말굽에 대 주겠노라고 말했다. "그 말씀 믿어도 될까요?"라는 오일렌슈피겔의 다짐에, 왕은 "내 약속에 거짓은 없노라"고 장담했다.

오일렌슈피겔은 자기 말을 금세공사에게 몰고 가서 황금 편자를 은제 못으로 박게 하였다. 그러고서는 왕에게 나아가 편자 값을 치러 달라고 요청했다. 덴마크 왕은 알았다며 집사에게 대금 지불을 지시했다.

집사는 보통 편자공쯤으로 생각했다. 그런데 오일렌슈피겔이 데려간 금세공사에게서 덴마크화폐 1백 마르크의 청구서를 받고서는 그런 대금은 지불할 수 없다고 밝히고 궁으로 돌아온 집사는 자초지종을 임금님께 고하였다. 왕은 오일렌슈피겔을 불러들여 다음과 같이 말했다. "자네, 비싸도 진짜 비싼 편자를 박았구먼. 내 말들에게 그런 비싼 편자를 모두 박으면 나는 얼마 못 가 영토도 백성들도 죄 팔아야 할 걸. 내 말은 말에게 황금을 박으라는 뜻이 아니었어." "전하, 당신께서는 내 지시대로 해라, 그러면 최고의 편자를 박아 주겠노라고 말씀하셨습니다." "내 명을 그대로 수행했다니 예쁘기 그지없는 놈이로군." 왕은 껄껄 웃고 1백 마르크를 치르게 했다. 어전을 물러난 오일렌슈피겔은 세공사에게 가서 자기 말의 황금 편자를 벗기고 일반 편자를 대신 박게 해서 큰돈을 차지했으며, 그 왕이 죽을 때까지 그곳에 머물렀다나 뭐라나.

제24화

오일렌슈피겔이 어떻게
못된 수를 써서 내기에서 폴란드
왕실 전속 어릿광대를 이겼던지

　고귀한 영주 카지밀 공작이 다스리던 시절, 폴란드의 궁궐에는 사람들 배꼽 잡는 말재주에다 장난 잘 치고 바이올린도 잘 켜는 개구쟁이 어릿광대가 하나 있었다. 오일렌슈피겔도 폴란드 왕에게 배알을 드리게 되었는데, 왕도 그의 소문을 익히 듣고 있어서 귀한 손님으로 오일렌슈피겔을

맞았다. 그리하여 그는 왕이 아끼는 전속 광대와 서로 안면을 트게 되었고, 두 개구쟁이 어릿광대가 서로 곁을 두게 되었다.

천하에 해가 둘일 수 없듯이 두 광대가 어찌 나란히 설 것인가. 왕실 전속 광대는 오일렌슈피겔을 못살게 굴지는 않았지만, 그렇다고 자기 자리를 내어놓을 생각도 하지 않았다. 이를 눈치 챈 왕이 두 사람을 응접실로 불러내어 말했다. "자, 두 사람 가운데 상대방이 흉내 낼 수 없는 기상천외한 어릿광대짓을 해낸 사람에게 새 옷을 한 벌 지어 입히고 황금 20굴덴을 내리겠다. 지금부터 시작하라." 그래서 두 광대는 상대가 짜낼 수 없는 온갖 광대짓이나 표정 짓기, 그리고 엉뚱한 말장난으로 겨루기를 시작했다.

오일렌슈피겔이 왕실 전속 어릿광대의 행동을 고스란히 흉내를 내는가 하면, 상대도 그의 거동을 그대로 옮겨 놓는 식으로 연기하는 통에, 이를 지켜보던 왕과 신하들은 배를 쥐고 웃어 댔다. 오일렌슈피겔은 마음속에서 20굴덴과 새로 맞춘 옷 한 벌을 떠올리며 '그게 어디냐. 그렇다면 보통 때 같으면 삼가야 할 짓이라도 해 보여야지'라고 궁리했다. 어느 쪽이 이기든 손해 보는 건 같다고 왕의 속내를 읽어낸 그는 방 한가운데로 척 걸어 나가서 엉덩이를 까고 똥 무더기를 뿌지직 쌓아올렸다. 그러고 나서 숟가락을 들어 똥 무더기를 반반으로 나누고 상대를 향해 이렇게 소리쳤다. "어릿광대야, 이리 와서 내가 하는 것처럼 너도 한 입 먹어."

그는 숟가락으로 똥의 반을 덜어 꿀떡 삼키고 나서 그 숟가락을 상대에게 건네며 말했다. "자, 네가 나머지 반을 먹을 차례야. 먹고 난 다음에는 네가 똥을 누어 반으로 나눠. 그러면 나도 네가 하는 대로 따라 먹지."

그러자 궁정 광대가 말했다. "아니야, 그렇게는 못 하겠어. 아무도 네 흉내는 못 낼걸. 내 살아생전에 맨몸으로 싸다녔다 해도 그런 식으로 누구의 똥 따위는 못 먹겠어." 그리하여 오일렌슈피겔은 말도 되지 않는 개구쟁이 악동의 장난질 챔피언이 되었고, 왕은 그에게 새로 마련한 옷 한 벌과 20굴덴의 상금을 내려 주었다. 그는 왕의 포상을 받자마자 말을 타고 그곳을 떠났다.

제25화

오일렌슈피겔이 어떻게
뤼네부르크 공작 영지에 출입 금지를
당하여 타고 있던 말의 배를 갈라
그 한가운데 버티어 섰던지

뤼네부르크 땅의 첼이라는 곳에서 오일렌슈피겔은 몹쓸 분탕질을 저질렀다.[1] 그 때문에 뤼네부르크 공작은 오일렌 슈피겔에게 영지 출입 금지령을 내렸으며, 영내에 발을 들여놓는 경우 체포와 동시에 교수형에 처한다는 엄명을 내

렸다. 그럼에도 그는 이 나라를 피해서 우회하기는커녕 당당히 말을 타고 온 나라를 다니거나 겁도 없이 걸어서 왔다 갔다 했다.

어느 날 그가 말을 타고 뤼네부르크 공국(公國)을 지나가고 있었는데 뜻하지 않게 공작과 마주쳤다. 공작 일행을 알아보고 그는 마음속으로 생각했다. '공작님을 알아보고도 도망가면 그들은 말을 달려 쫓아와 나를 말에서 떨어뜨릴 것이고, 게다가 잔뜩 화가 난 공작님이 도착하면 나를 나무에 매달 게 뻔하다.' 그래서 그는 그 자리서 궁리를 짜냈다. 바로 말에서 내려서는 그 말의 배를 갈라 내장을 털어 내고 말 몸통 한가운데 턱 버티고 섰다. 말을 탄 공작이 기사들을 거느리고 첼 시에 도착했을 때도 오일렌슈피겔은 여전히 말 몸통 속에 서 있었다.

공작의 신하들이 말했다. "전하, 보십시오. 오일렌슈피겔이 말가죽 가운데 서 있습니다." 공작은 말을 몰아 그 곁으로 가서 말했다. "네놈이로군. 말 시체를 두고 여기서 뭘 하는 게냐? 네놈은 내 땅에 들어오는 것이 금지되어 있고 영내에 들어오는 경우에는 교수형에 처한다는 말을 잊었는가?" 그의 대답인즉, "오, 자비로우신 전하. 제발 목숨만은 살려 주십시오. 교수형을 당할 정도로 나쁜 짓은 하지 않습니다요." "가까이 와서 죄가 없음을 밝혀라. 그리고 이렇게 말가죽 한가운데 서 있는 뜻은 무엇이냐?" 그는 나아가 대답했다. "자비로우신 공작 전하, 저는 전하의 비위를 거스

를까 봐 전전긍긍하고 교수형을 당할까 겁에 질려 있습죠. 누구라도 '네 기둥 가운데 들어가는 사람은 안전이 보장된다'[2]고 늘 들어 왔거든요." 공작은 웃음을 터뜨리고 말했다. "앞으로 내 땅에는 발을 들여놓지 않겠느냐?" "전하 뜻대로 입죠." 공작은 그의 곁을 떠나며 "여태껏 한 대로 해라"고 말했다.

오일렌슈피겔은 서둘러 말에서 뛰쳐나와 죽은 말을 보고 말했다. "말님, 고마워. 급한 불을 꺼주고 내 목숨을 보전해 주었네. 네 은덕으로 공작님이 자비를 베푸셨어. 여기서 편히 잠들게. 내가 교수형을 당해 까마귀밥이 되기보다 네가 되는 게 낫지." 그러고서 그는 터벅터벅 걸어서 그 자리를 떠났다.

1_뤼네부르크 공작이 화를 내어 그에게 출입 금지령을 내릴 정도의 악동 짓거리는 이 글에서 전하고 있지 않다.

2_고대 게르만 민족의 관습에 따르면, 네 기둥의 한가운데 서 있는 사람은 안전이 보장된다고 한다. 네 기둥은 집을 뜻할 수도 있다. 여기서는 죽은 말의 네 다리를 기둥으로 간주했다. 마치 우리의 고대 사회에서 솟대가 세워진 서낭당 주변으로 도주한 죄인은 체포할 수 없다는 관습과 비슷하다.

제26화

뤼네부르크 공작 영지에서
오일렌슈피겔이 어떻게 농부로부터
땅마지기 일부를 사서 수레에
흙을 싣고 그 가운데 버티고 앉았던지

그 뒤 오일렌슈피겔은 첼 시 근교의 마을로 되돌아와 공
작이 이곳으로 행차하기를 기다렸다. 마침 그때 한 농부가
밭에 나가는 중이었다. 오일렌슈피겔은 죽은 말 대신 다른
말에 수레를 끌리고 농부 곁으로 다가가 지금 갈고 있는

밭의 주인이 누구냐고 물었다. 농부가 말했다. "내 밭이지, 왜? 조상대대로 물려받은 내 땅이오." 오일렌슈피겔은 이 밭의 흙을 수레 가득히 채워 얼마에 팔겠느냐고 물었다. 농부의 대답인즉, "1실링만 내시오." 오일렌슈피겔은 잔돈으로 1실링을 지불하고 밭의 흙을 수레에 가득 퍼 담고 그 한가운데 기어 들어가 알러 강변의 첼 시 성채로 향했다.

공작이 말을 타고 행차를 나서는데 오일렌슈피겔이 수레 가운데 앉아 어깨까지 흙에 묻혀 있는 게 눈에 띄었다. 공작이 말했다. "오일렌슈피겔, 내 영지에 출입하지 말라고 말했을 텐데. 내 눈에 띄기만 하면 교수형이라고." 그가 말했다. "자비로우신 공작님, 소인은 공작님 영지 안에 있는 게 아니라 어엿이 1실링으로 사들인 제 땅 안에 앉아 있는뎁쇼. 조상대대로 물려받았다는 농부로부터 사들인 걸입쇼." 영주가 말했다. "네놈의 그 땅을 가지고 썩 내 영지에서 물러나 다시는 들락거리지 마라. 그렇지 않으면 말과 수레와 더불어 목을 매달아 버릴 테니까."

그래서 오일렌슈피겔은 급히 수레에서 내려와 말에 올라타고 그 땅을 떠났다. 수레는 성채 앞에 내버려 둔 채로. 그런 까닭에 오늘날까지도 오일렌슈피겔의 땅이 다리 앞에 남아 있다는 이야기올시다.[1]

1_이 이야기와 관련하여 요한 작스(J. Chr. Sachs)는 1822년에 뤼네부르크 근처의 오일렌슈피겔의 돌다리 기록을 남기고 있다.

제27화 [1]

오일렌슈피겔이 어떻게
헤센 지방 수장에게 그림을 그려 주고
적출(嫡出)이 아니면 그것이
보이지 않는다고 너스레를 쳤던지

헤센 지방에서 오일렌슈피겔은 엉뚱한 장난을 쳤다. 그는 작센 지방 구석구석을 싸다녀서 얼굴이 알려져 개구쟁이 악동 짓으로 재미를 볼 수가 없었다. 그래서 헤센의 마르부르크 지방 수장(방백)의 궁중으로 갔다. 무얼 잘 하느냐는 방백의 물음에, 그는 "어르신, 저는 예술가입니다"라고 대답했다. 그 말을 듣고 방백은 예술가쯤 되면 연금술 솜씨가 있으려니 생각하고 좋아했다. 방백 자신이 연금술에 빠져 있었다. 그래서 그는 오일렌슈피겔에게 혹시 연금술사가 아니냐고 물었다. 오일렌슈피겔이 말했다. "아닙니다, 어르신. 저는 그림쟁이, 화가입니다. 여러 나라를 뒤져도 저만큼 솜씨 좋은 그림쟁이는 없을걸요." "그렇다면 무언가 솜씨를 보여라." "예, 어르신" 하고 오일렌슈피겔은 대답했다. 오일렌슈피겔은 플랑드르 지방에서 구입했던 몇 장의 그림을 가지고 있었다. 그는 그것들을 속주머니에서 끄집어내어 방백에게 보여주었다.

그림이 썩 마음에 든 방백은 그에게 말했다. "화백 선생, 우리 헤센 지방 역대 수장들의 면면이며, 그들이 헝가리 왕가라든지 다른 여러 영주들이나 유력자 집안과 어떻게 교류해 왔고, 그런 인연들이 오래 지속되고 있는 내력을 큰 응접실 벽면 가득히 그려 주었으면 하네. 선생의 멋진 그림 솜씨에 얼마를 드리면 될까?" 오일렌슈피겔의 대답인즉, "전하께서 그렇게 말씀하신다면 4백 굴덴의 비용은 듭지요." 방백이 말했다. "화백 선생, 근사한 일솜씨를 보여주시게. 그러면 그만한 보상이 있을 것이오."

오일렌슈피겔은 그 일을 맡게 되었고 그림물감 대금이나 화공들의 품삯으로 방백에게 1백 굴덴을 미리 받았다. 그런데 오일렌슈피겔은 세 사람의 화공을 데리고 작업을 시작하면서 방백에게 다짐을 놓았다. 작업에 방해를 받아서는 안 되므로 일하는 동안에 응접실 출입은 일꾼들만 가능하다는 것이다. 방백은 이를 승낙하였다.

오일렌슈피겔은 화공들을 불러 모아 끽소리 하지 말고 자기가 하는 대로 지켜보라고 말을 맞추었다. 일할 필요는 없지만 수당은 준다, 작업이라 해 봤자 바둑이나 두고 있으면 되는 일이라는 것이다. 게으름 피워도 수당은 나온다니 일꾼들은 좋다고 받아들였다.

한 달이 못 돼, 지방 수장은 오일렌슈피겔이 화공들을 데리고 어떤 그림을 그려낼지, 시범 작품에 못지않은 근사한 결과물을 빨리 보고 싶어 몸살이 날 지경이었다. "아, 화가 선생. 당신 작업을 보고 싶어 못 견디겠군. 선생과 함께 응접실로 가서 그림을 보았으면 하네." 오일렌슈피겔의 대답인즉, "예, 전하. 다만 한 가지 전하께 드릴 말씀이 있습니다. 적자(嫡子)가 아니고 바람 피워 생겨난 서출(庶出)의 눈에는 제 그림이 보이지 않을 거란 말씀입니다." "그럴 리가 있나?"라는 게 방백의 대답이었다.

그렇게 두 사람은 응접실로 갔다. 오일렌슈피겔이 그림을 그리기로 한 벽면에는 긴 리넨 천이 드리워 있었다. 그는 헝겊을 조금 걷어 내고 흰 막대기로 벽면을 가리키며 이렇게 말했다. "전하, 보십시오. 여기 이분은 초대 헤센 지방 수장으로서 로마의 명문 콜룸 집안 출신입니다. 나중에 황제가 되었던 자비심 많은 유스티니아누스 공작의 여식, 바이에른

공주를 왕비로 삼으셨습니다. 전하, 이쪽을 보십시오. 이분의 피를 받은 분은 아돌푸스 님. 아돌푸스 님의 피를 이은 분은 빌헬름 슈발츠 백작, 그분의 피를 이은 분이 루트비히 경건백작. 가계는 이렇게 면면히 영주 전하로 이어져 있는 것입니다. 기교라든지 선명한 색감이라든지 아무도 제 작품에 흠집을 내지는 못할 거라고 자부합니다." 방백한테는 흰 벽밖에는 아무것도 보이지 않았다. 그는 마음속으로 '내가 서출인가, 그래서 흰 벽밖에 안 보이는 것인가?'라고 여겼지만, 예의상 "화가 선생, 나는 그림에 대한 감식안은 없지만 그만하면 됐네"라는 말을 남기고 응접실을 빠져나갔다.

방백이 부인에게로 돌아오자 그녀가 물었다. "전하, 한 곳에 붙어 있지 못하고 싸돌아다닌다는 그림쟁이가 무얼 그리고 있나요, 그림은 보셨나요? 작업이 마음에 드세요? 저는 믿음이 별로 가지 않거든요. 사기꾼처럼 느껴져요." 영주가 말했다. "부인, 그의 그림은 내 마음에 썩 들었고 그럴 듯했어." 부인이 말했다. "전하, 우리도 좀 보면 안 될까요?" "안 될 것 없지, 화가 선생만 허락한다면."

영주의 부인은 오일렌슈피겔을 불러들여 그림을 보고 싶다고 말했다. 그는 영주에게 말했듯이 부인에게도 적자 혈통이 아닌 서자 출신 소생들에게는 그림이 안 보일 것이라고 강조했다. 영주 부인은 여덟 명의 시녀들과 백치인 여자 어릿광대 한 명을 데리고 방으로 들어갔다. 전과 마찬가지로 오일렌슈피겔은 흰 천을 젖히고 부인 일행에게 방백의 집안 내력을 차례대로 이야기했다. 그러나 부인도 시녀들도 입을 꾹 다물고 끽소리가 없었다. 아무도 그림을 칭찬하지도 깎아내리지도 않았다. 그들은 모두가 아비어미의 바람기로 태어나게 된 방계의 서자 출신이라는 사실에 이를 갈았다. 그런데 마지막으로 여자 어릿광대가 입을 열었다. "화가 선생님, 제게는 그림이 보이지 않네요. 그렇다면 저는 태어나기를 후레자식이라는 말씀인가요?" 그러자 오일렌슈피겔은 생각했다. '일이 꼬이는군. 바보가 진실을 말하면 나는 떠나야겠지.' 그는 얼렁뚱땅 그 말을 우스개로 얼버무리고 말았다.

이렇게 해서 부인이 돌아가자 영주는 그림이 마음에 드냐고 물었다. 부인이 답했다. "전하, 전하의 마음에 들었듯이 내 마음에도 들었어요. 그러나 어릿광대 계집애 마음에는 들지 않았나 봐요. 아무것도, 아무 그림도 안 보인다는 거예요. 시녀들도 그래요. 어쩌면 사기가 아닌지 걱정스러워요." 영주도 가슴이 덜컥하며 속은 것이 아닐까 생각했지만 오일렌슈피겔에게는 일을 끝내도록 지시했다. 모든 궁정 신하들이 그림을 보도록 하여 기사들 가운데 누가 적자 출신이며 누가 서출인가를 알아내어 봉토를 몰수하겠다는 것이 영주의 속마음이었다.

그때 오일렌슈피겔은 화공들에게 가 휴가를 주고 회계관에게 1백 굴덴을 청구하여 그 돈을 받자마자 그 자리에서 줄행랑을 쳤다. 다음 날 영주가 화가를 찾았지만 그는 그림자도 보이지 않았다. 영주는 혹시 누군가 그림을 볼 수 있지 않을까 해서 궁중 신하들을 모두 이끌고 응접실로 갔다. 그러나 무언가 보인다고 한 사람은 아무도 없었다. 모두가 입을 다물고 있었으므로 방백이 말했다. "이제야 그놈이 우리를 속였다는 걸 알겠다. 오일렌슈피겔하고는 소맷자락도 닿고 싶지 않았는데 그놈이 우리한테로 다가왔어. 그놈은 고약한 장난꾸러기 악동이니까 2백 굴덴 뺏긴 것은 없던 일로 치자. 그 대신 그놈은 우리 영내 출입을 피하게 될 테지." 그리하여 오일렌슈피겔은 마르부르크를 떠났고 그 뒤로는 그림 솜씨가 있는 체를 전혀 하지 않았다.

1_원전은 아미스 사제의 〈보이지 않는 그림〉이다. 이어지는 〈제28, 29화〉도 아미스 사제의 글에서 따온 것이다.

제28화

오일렌슈피겔이 어떻게 보헤미아의
프라하 대학에서 학생들과
논쟁을 벌여 이겼던지[1]

그렇게 오일렌슈피겔은 마르부르크를 떠나 보헤미아 지방
의 프라하로 왔다. 그 당시 이 도시에는 아직 위클리프가 영
국에서 이단의 가르침을 갖고 들어와 요한 후스에 의해 전파
되기 전이라서[2] 신심 깊은 착한 기독교인들이 살고 있었다.

오일렌슈피겔은 그런 그들을 향해 자신은 대(大)학자라

아무리 어려운 문제, 다른 학자들이 풀지 못한 난제도 척척 답할 수 있다고 떠벌렸다. 그는 이런 사실을 전단에 적어서 교회 정문이라든지 대학 강당에 붙여 놓았다. 이 전단을 보고 대학총장은 기분이 상했고 학생과 교수들은 화가 단단히 났다. 그들은 함께 모여 오일렌슈피겔이 풀 수 없는 문제를 내기로 의논을 하였다. 문제를 못 풀면 조롱거리로 삼아 그에게 큰 창피를 주겠다는 것이었다. 그들 모두가 의견이 일치되어 총장이 문제를 내도록 방침을 정했다.

그리고 심부름하는 사람을 시켜 오일렌슈피겔에게 서류에 적힌 질문과 문제를 전달하고 다음 날 출두하여 전체 대학 구성원들 앞에서 답하도록 했다. 그의 답변이 대학자의 수준에 걸맞지 않으면 대학 구내 출입을 금지한다는 내용도 있었다. 오일렌슈피겔은 심부름꾼에게 말했다. "그렇게 하겠다고 당신네 어른들에게 전해 주시오. 전부터 그래 왔던 것처럼 한 몫의 사람으로 대접받기를 바란다고 말이오."

다음 날 모든 박사들과 학자들이 자리를 가득 메웠다. 그 사이에 오일렌슈피겔은 숙소 주인이라든지 몇몇 시민 친구들, 그리고 학생들의 폭력 방지책으로 서로 마음이 통하는 젊은 동무들 몇몇을 데리고 모습을 드러냈다. 바로 그는 강단으로 올라서야 했고 제출된 문제에 답하지 않으면 안 되었다. 대학총장이 낸 첫 번째 질문은, 바다에는 몇 옴^{3}의 물이 있는지를 말하고 실제로 그것을 증명하라는 것이었다. 이 문제에 바로 답하지 못하면 그를 학문을 모독한 무지몽매한 떠버리로 처벌하겠다고 했다. 이 질문에 대해서 그는 재치 있게 이렇게 대답했다. "총장님, 땅 끝에서 바다로 흘러 들어가는 모든 물줄기를 멈추게 해 주십시오. 그러면 바닷물을 재어 보고 실제로 그 양이 어느 정도 되는지를 증명해 보이지요. 그건 어려운 일이 아닙죠." 물길을 막는다는 게 불가능하였으므로 총장은 이 문제를 철회하고 오일렌슈피겔이 수량 재는 일을 없던 것으로 했다.

오히려 조롱거리가 되어 버린 총장의 두 번째 질문은 "아담 시대부터 지금 현재까지 며칠이 경과되었는지 말하라"는 것이었다. 그는 잘라 말했다. "겨우 이레예요. 그 이레가 지나면 다음 이레가 시작됩니다. 그렇게 일주일은 세계의 종말까지 계속되지요." 총장이 세 번째 질문을 던졌다. "세계의 중심은 어디인가, 바로 말해 보게." 오일렌슈피겔이 대답했다. "그곳은 바로 여기입니다. 여기가 바로 세계의 중심입니다. 그것이 진짜인지 아닌지 끈으로 재어 보십시오. 한 치라도 빗나가면 제가 틀렸다는 것을 받아들일게요." 총장은 오일렌슈피겔이 그것을 재기도 전에 그 질문을 거둬들었다. 그리고 화가 난 총장은 "지구에서 하늘까지는 얼마나 떨어져 있는지 말하라"고 네 번째 질문을 던졌다. 오일렌슈피겔의 대답인즉, "얼마 멀지 않지요. 하늘나라의 말소리라든지 고함소리가 이곳 땅에서도 잘 들리니까요. 하늘로 올라가 보세요. 제가 지상에서 지르는 작은 소리가 하늘에 계신 총장님 귀에도 들릴 거예요. 만약 그 소리가 들리지 않는다면 제가 틀렸음을 인정합지요." 총장은 그의 말솜씨에 만족하여 "하늘의 크기는 어느 정도냐?"라는 다섯 번째 물음을 냈다. 오일렌슈피겔은 바로 대답하여 말했다. "하늘은 폭 1천 클라프터, 높이 1천 엘레. 한 치의 오차도 없어요. 믿기 어려우시다면 해와 달과 모든 별들을 하늘에서 싹 덜어 내고 재어 보세요. 그러면 싫어도 제 말이 옳다는 걸 여러분들께서는 알게 될 테니까."

아무리 그들이 입씨름을 걸어와도 오일렌슈피겔은 끄떡도 하지 않았다. 모두들 그의 말이 옳다는 것을 부인할 수 없었다. 그는 교활한 말장난으로 학자들을 끽소리 못 하게 해 놓고도 넋 놓고 앉아 있을 수는 없었다. 그들이 독이 든 음료를 마시게 할지도 모른다는 걱정에 그는 바닥에 끌리는 학자들의 긴 가운을 훌렁 벗어 놓고 길을 떠나 에어푸르트 시로 갔다.

1_오일렌슈피겔이 실제로 논쟁을 벌인 상대는 교수단이다. 이 책에서는 이렇게 표제와 내용이 엇나가는 경우가 종종 있다.
2_위클리프(J. Wycliffe)는 영국의 종교 개혁자였고 그의 영향을 받은 보헤미아의 후스(J. Hus)는 1415년 이단으로 몰려 화형 당했다.
3_옴(Ohm)은 액체 척도의 옛 단위이다.

제29화

오일렌슈피겔이 어떻게 에어푸르트에서
당나귀에게 낡은 찬송가 읽기를 가르쳤던지

오일렌슈피겔은 프라하에서 교활한 말장난을 친 뒤, 그들이 뒤쫓을 것을 염려하여 뒤도 안 돌아보고 급히 에어푸르트 시로 길을 재촉하였다.

에어푸르트에 도착하자, 이곳에도 꽤 크고 유명한 대학이 있었기 때문에 그는 여기서도 전단을 내다 붙였다. 그런데 그 대학의 학자들은 오일렌슈피겔이 간사한 꾀로 프라하의 대학 구성원들을 상대로 어떻게 창피를 주었는지 귀가 따갑도록 들어 왔던 터라 그에게 어떤 문제를 내는 것이 좋을지 함께 의논했다.

그 결과, 그들은 에어푸르트 시에 많았던 당나귀들을 가르치게 하자는 데 의견의 일치를 보았다. 그들은 오일렌슈피겔에게 사람을 보내 이렇게 말을 전했다. "선생의 멋진 서찰을 보면, 당신은 어떤 동물도 단시간 내에 읽고 쓰도록 가르치신다니, 대학의 여러 어르신들이 여기 모여 선생께 새끼 당나귀의 교육을 부탁드리는 바입니다. 당나귀를 가르칠 수 있을는지요?" 그는 "안 될 것 없다"면서도 "당나귀가 말 못하고 생각 없는 짐승인 까닭에 가르치는 데 시간이 꽤 걸릴 것"이라고 대답했다. 20년 시한으로 그들은 서로 약조하였다. 오일렌슈피겔은 마음속으로 '우리는 셋이다. 그 사이 총장이 죽어 버리면 나는 쾌재만 부르면 되고, 내가 죽으면 죽은 나를 채근할 놈은 아무도 없지. 내 제자인 당나귀가 죽어도 내 책임은 아니지' 하면서 그 제의를 받아들였다. 당나귀를 가르치는 대가는 옛 화폐 5백 쇼크로 타결되어 그들은 오일렌슈피겔에게 전도금으로 금화 몇 개를 지불하였다.

이렇게 해서 오일렌슈피겔은 당나귀를 데리고 그 당시 약간 튄다는 주인이 경영하던 여인숙 '탑'으로 왔다. 그러고서는 제자가 묵을 별실(외양간)을 마련해 달라고 했다. 그리고 낡은 찬송가 책을 구해서 책장 사이사이마다 귀리를 넣고 구유 안에 놓아두었다. 당나귀가 그것을 알고 귀리 먹고 싶은 욕심에 아가리로 찬송가를 이리저리 넘기다가 책장 사이에 더 이상 귀리가 없으면 "이-아, 이-아" 하고 울어 댔다.

오일렌슈피겔은 당나귀 울음소리를 듣고는 대학총장한테 가서, "총장님, 내 제자가 어떻게 하고 있는지 언제 한번 봐 주시겠습니까?"라고 물었다. 총장의 말인즉, "훈장 선생, 당나귀가 배우고 싶어 하던가요?" 오일렌슈피겔이 말했다. "그놈이 몹시 아둔해서 가르치는 데 애먹었습죠. 그러나 애쓴 보람이 있어서 그놈이 글자 몇 개, 특히 모음을 외우고 발음할 수 있게 되었습니다. 함께 가시면 듣고 보시게 될 것입니다요."

그때 이 뛰어난 제자는 오후 세 시까지 식사를 거르고 있었다. 이제 오일렌슈피겔이 총장과 함께 몇 명의 교수들을 데리고 와서는 제자 앞에 새 책을 한 권 밀쳐놓았다. 당나귀는 여물통 속에 책을 보자마자 책장을 여기저기 펼치며 귀리를 찾았다. 그러다 허탕을 치자, 큰 목소리로 "이-아, 이-아"라고 울부짖었다. 그러자 오일렌슈피겔이 말했다. "보십시오, 총장님. 내 제자 놈이 당장 할 수 있는 두 개의 모음은 '이'와 '아'입죠. 차차 더 잘 하겠지만요."

그 뒤 얼마 되지 않아 총장이 죽었다. 총장이 숨을 거두자 오일렌슈피겔은 자기 제자를 그의 천성대로 당나귀답게 살게 해 주었다. 그러고 나서 그는 '에어푸르트에 있는 당나귀들을 모두 똑똑하게 만들려면 목숨이 몇 개 있어도 모자라겠어'라고 생각하고, 받은 돈만 챙겨 떠나 버렸다. 개구쟁이 악동 오일렌슈피겔이라고 해서 그런 짓을 해낼 수도 없고, 이 일은 이것으로 끝이었다.

1_그 당시 요새의 감시탑이나 성문 근처에 있던 숙박시설의 일반적인 이름.

제30화

오일렌슈피겔이 어떻게 튀링겐 땅의 장거하우젠에서 여인네들의 모피 옷을 빨아 주었던지

오일렌슈피겔이 튀링겐 땅의 니게슈테테 마을에 와서 묵기를 청했다. 여인숙 여주인이 얼굴을 내밀고 무슨 일을 하는지 물었다. 오일렌슈피겔의 말인즉, "나는 손재주로 벌어먹는 직공(織工)이 아니라 참말만 하는 게 직업일세." 여주인이 말했다. "참말만 하는 양반이라면 물어볼 것도 없이 방도 내어 주고 값도 반값이지." 오일렌슈피겔이 쭉 사방을 둘러보다가 여편네가 사팔뜨기인 것을 알고 이렇게 말했다. "사팔뜨기 아줌마, 사팔뜨기 아줌마, 어디에 앉을까요? 지팡이와 보따리는 어디다 둘까요?" 여주인이 소리 질렀다. "네깟 놈은 나쁜 일만 당해야 싸. 사팔뜨기라니, 평생 그 따위 말은 들어 보지 못했어." 오일렌슈피겔이 말했다. "아줌마, 언제나 참말만 말하라는데 어찌 입을 다물 수 있겠어요." 여인숙 여주인은 그 말에 고개를 끄떡이고 한바탕 웃고 말았다.

그렇게 해서 오일렌슈피겔은 그날 밤 그 집에서 머물게 되었다. 여주인과 세상 돌아가는 이야기를 하는 가운데 그가 낡은 모피 옷을 빨 수 있다는 게 화제가 되었고, 그 말에 여주인이 반색하며 모피 옷들을 빨아달라고 부탁했다. 여인숙 여주인은 이웃 아낙네들이 모피 옷을 가져와도 빨아 주겠냐고 너스레를 쳤다. "안 될 것 없지"라는 것이 오일렌슈피겔의 대답이었다.

여주인이 이웃 아낙네들을 모았는데 그들은 모두 모피 옷을 들고 왔다. 오일렌슈피겔이 모피 빨래에는 우유가 있어야 한다고 말하자 동네 여인네들은 새 모피 옷 욕심에 모두들 집에 있던 우유를 들고 나왔다. 오일렌슈피겔은 가마솥 세 개에 불을 피우고 우유를 솥에 붓고 모피 옷을 모두 집어넣어 삶고 끓였다. 그가 그만하면 됐다 싶어 여인네들에게 말했다. "나무들 해 오세요. 모두들 숲으로 가서 하얀 보리수를, 그것도 싱싱한 가지를 꺾어 오세요. 여러분들이 돌아올 때쯤이면 모피도 부드러워질 테니, 내가 솥에서 꺼내 놓지요. 삶고 씻는 데는 장작이 필요해요."

아낙네들은 신이 나서 나무 하러 가고 아이들은 엄마 손에 이끌려 뛰어가면서 노래 불렀다. "오호, 멋진 새 가죽 옷. 오호, 근사한 새 모피 옷." 오일렌슈피겔은 일어나 웃으며 말했다. "기다려, 아직 덜 되었어." 그들이 숲으로 모두 떠나자, 그는 장작불을 더 지펴 놓고 모피가 들어 있는 가마솥을 내버려둔 채 마을에서 도망쳐 버렸다. 그러다가 언제 다시 돌아와 모피 옷들을 빨는지는 아무도 모르지요.

아낙네들이 보리수 가지들을 꺾어 돌아왔지만 오일렌슈피겔은 흔적도 없어서 그가 도망쳐 버린 줄 깨닫게 되었다. 그들은 서둘러 누가 먼저랄 것도 없이 가마솥에서 모피 옷들을 끄집어냈지만 서로 뒤죽박죽 물컹이가 되어서 쓸모가 없었다. 그래도 여인네들은 옷은 내버려 둔 채 그가 다시 돌아와 모피 옷들을 빨아 주겠거니 생각했다. 그렇게 큰 탈 없이 도망치게 된 것을 그는 신께 감사하였다.

제31화

오일렌슈피겔이 어떻게 해골바가지를
성인의 유골인 양 들고 다니며
사람들에게 성물을 만지게 해서
많은 보시를 우려냈던지

　오일렌슈피겔의 고약한 악동 짓이 온 나라에 널리 알려
져 그가 전에 한번 살았던 곳으로는 두 번 다시 발을 들여
놓기가 어렵게 되었다. 환영을 받으려면 사람들이 그를 못
알아보게끔 변장을 해야 했다. 그렇게 그가 하는 일이라는

게 하릴없이 쫄쫄 굶기도 하고 젊은 혈기로 여러 가지 속임수를 써서 많은 돈을 손에 쥐기도 하였다.

그의 개구쟁이 짓은 여러 나라에 알려져서 더 이상 장난질을 칠 수가 없게 되었다. 오일렌슈피겔은 어떻게 하면 이 곤궁에서 벗어날까 생각하다가, 교회의 성인 유물을 파는 장사꾼으로 행세하여 여러 성물(聖物)을 들고 이 나라 저 나라를 떠돌기로 작정하였다. 그리하여 그는 신부 차림으로 옷을 갈아입고, 해골바가지를 하나 주워 은제 그릇에 담아서는 제자를 거느리고 폼메른이라는 곳으로 갔다. 이곳의 사제는 설교에는 마음이 없는 술주정꾼이었다. 그래서 오일렌슈피겔은 사제에게 척 달라붙어 수작을 걸었다. "마을에서 교회 성회가 있다거나 결혼식, 또는 주민 집회가 있으면 제가 설교를 대신해 드리지요. 그리고 무지한 농군들에게 영험이 있는 성물을 알려서 손으로 만지거나 입 맞추게 할게요. 거기다가 받는 보시의 반은 딱 떼어드리지요." 배운 게 없는 사제[1]는 돈이 들어온다는 말만 들어도 즐거웠다.

신자들이 대부분 교회 안에 모이자, 그는 설교단으로 올라가 노아의 방주나 거룩한 빵이 든 황금의 나무통 등 구약성서에 대해서 이야기를 좀 하고, 신약성서에 대해서도 인용 설교했다. 그리고 나서는 세상에 둘도 없는 성물이라며 성 브란도누스[2]의 머리에 관해서만 장광설을 늘어놓았다.

그는 자신이 들고 있는 것이 성인의 거룩한 두개골이며 이것을 들고 새로운 성당 건립에 필요한 깨끗한 재물을 모으라는 명령을 받았다고 설교를 했다. 그러나 남편 눈을 속여 간통한 여인네에게서는 어떤 보시도 받아서는 안 되기 때문에 그런 아낙네들은 그냥 그 자리에 가만히 앉아 있으라는 것이었다. "간통의 죄를 지은 사람이 보시를 해도 나는 결코 받지 않아요. 그런 사람들은 내 앞에서 창피만 당할 겁니다. 그 점 명심하시도록." 그러고 나서 오일렌슈피겔은 신자들로 하여금 어쩌면 그가 교회 공동묘지 같은 데서 주워 온 대장장이 두개골일지도 모르는, 성인 두개골에 입맞추게 하였다.

그는 마을 사람들에게 축복을 주고, 설교단에서 내려와 제단 앞에 서서는 노래 미사를 드리고 방울을 흔들기 시작했다. 그러자 착한 여인네나 악녀나 가릴 것 없이 재물을 들고 제단으로 몰려들었고, 그 무게에 숨을 헐떡였다. 마을에서 고약한 소문이 났거나 그렇고 그런 여인네들일수록 먼저 재물을 바치려 했다. 오일렌슈피겔은 나쁜 여인네에게서나 착한 여인네에게서나 보시는 다 받고 전혀 돌려주지 않았다. 머리가 나쁘고 단순하기 짝이 없는 아낙네들은 이 간사하기 짝이 없는 사기를 곧이곧대로 믿고, '재물을 바치지 않는 아낙은 부정한 거야'라고 생각했다. 마침 현찰을 지니고 있지 않았던 아낙네들은 금반지나 은반지라도 가져다 바쳤다. 아낙네들은 서로가 보시를 하는지 않는지 지켜

보았다. 재물을 바친 아낙네들은 이로써 결백이 증명되었고 나쁜 소문도 사라지리라 생각했다. 그들 가운데는 나쁜 소문을 털어 내려고 보란 듯이 두 번 세 번 희사를 하는 아낙네들도 몇몇 있었다나 뭐라나.

오일렌슈피겔은 여태껏 들어본 적이 없을 만큼 많은 희사를 받았다. 그는 재물을 몽땅 거두어들이고 나서, "행실이 나쁜 아낙은 재물을 내지 않았을 테죠? 보시를 드린 신도들은 겨우 결백이 증명된 마당에 두 번 다시 고약한 짓을 해서는 안 돼. 그러면 파문이야!"라고 너스레를 쳤다. 아낙네들은 매우 기뻐했다. 오일렌슈피겔은 가는 곳마다 설교를 했고 그래서 부자가 되었다. 신도들이 그를 탁덕(鐸德)이라 칭송하는 것은 당연했으니, 그렇게 고약한 악행들을 지워 주었으므로.

1_이 이야기 속의 사제는 라틴어를 읽을 수 없고 따라서 라틴어로 행하는 미사도, 설교도 꺼리는 대신 주정뱅이에다 돈만 아는 성직자로서 풍자 대상이 되고 있다.

2_본명은 브란단(Brandan, 484~577년)으로서 아일랜드의 성인이다. 피안의 섬을 찾아 벌이는 그의 모험담은 전설이 되었고, 1520년 중세의 가장 사랑받는 민중본으로 인쇄되어 독일 북부 지방에 널리 유포되었다.

제32화

오일렌슈피겔이 어떻게 뉘른베르크 시 감시병들의 잠을 깨우고, 그를 좇아 작은 다리를 건너려던 감시병을 물에 빠뜨렸던지

　　오일렌슈피겔은 사술(詐術)이 뛰어났다. 성자의 두개골을 들고 널리 편력하며 사람들을 속이는 가운데 그가 이른 곳은 뉘른베르크였다. 이곳에서 그는 유물로 벌어들인 돈을 본때 있게 쓸 참이었다. 그가 얼마 동안 머물며 그곳 사정을 알게 되자, 여기서도 장난질 한번 하지 않고서는 본성을 달랠 수가 없었다.

그때 그의 눈에 띈 것이, 시 청사 아래 커다란 검문소에서 갑옷으로 무장한 감시병들이 자고 있는 모습이었다. 그는 이미 뉘른베르크의 골목이라든지 작은 다리들, 특히 돼지시장과 검문소 사이에 놓여 있던 작은 다리를 잘 살펴두었다. 이곳은 밤이면 마음씨 고운 하녀들이 포도주를 사러 갈 때 말썽이 나기도 하는 고약한 곳이었다. 개구쟁이 악동 오일렌슈피겔은 감시병들이 잠자리에 들어 아주 조용해질 때까지 기다리기로 했다. 그는 그 작은 다리의 나무판때기 석 장을 뜯어내어 '페그니츠'라는 강물에 내던졌다. 그리고 시 청사 쪽으로 가서는 온갖 욕지거리를 퍼붓고 낡은 작은 칼로 돌바닥을 불꽃이 튈 정도로 내려치기도 했다. 감시병들은 그 소리를 듣자 벌떡 일어나 밖으로 달려 나왔다. 오일렌슈피겔은 그들이 쫓아온다는 것을 알고 그들 코앞에서 돼지시장 쪽으로 달려갔다. 감시병들은 그의 뒤로 바짝 쫓아왔다. 판때기를 뜯어 놓은 그 장소에 간신히 먼저 도착한 그는 겨우겨우 작은 다리를 건너게 되었다.

다리를 건너자 그는 큰 소리로 고함을 질렀다. "헤헤, 뭣들 하시느라 꼬무락거리냐, 겁쟁이들아!" 그 말을 듣고 감시병들은 생각할 겨를도 없이 그의 뒤를 쫓아 가장 먼저 그를 붙들려고 달려들었다. 그리고 차례차례 페그니츠 강물로 떨어졌다. 그곳 다리의 틈새가 좁아서 모두들 온몸에 상처만 커다랗게 입었다. 오일렌슈피겔은 소리쳤다. "헤헤, 왜 달리기는 그만둔 거야? 내일에나 뒤따라와라! 이런 목욕이라면 내일 아침이 더 나을걸. 더 느릿느릿 달려도 시간은 충분할 거야."

이렇게 다리가 부러진 놈, 팔이 꺾인 놈, 머리가 깨어진 놈 해서 상처 없는 감시병은 하나도 없었다. 그는 이 고약한 장난을 치고 나서는 더 오래 뉘른베르크에 머물 것 없이 안녕해 버렸다. 왜냐하면 뉘른베르크 시민들은 설마 그런 짓을 장난으로 받아들이지는 않을 테고, 이 사건의 장본인이 오일렌슈피겔이라는 것이 알려져 멍석말이를 당하기는 싫었으니까.

제33화

오일렌슈피겔이 무슨 돈으로
밤베르크에서 밥을 얻어먹었던지

　오일렌슈피겔은 뉘른베르크를 떠난 뒤로 밤베르크에서
잔꾀를 써서 돈을 벌었다. 그리고 그는 배가 고파서 '여왕마
마'라고 불리는 쾌활한 여주인의 주막에 묵게 되었다. 주인
아낙네는 그가 입고 있는 옷으로 봐서 보통 손님이 아니라
보고 극진히 맞았다.

　다음 날 아침 식사 때 여주인은 "한상 잘 차려서 잡수시

겠느냐, 아니면 간장 한 종지에 보리밥 한 그릇으로 때우고 말겠느냐?"고 물었다. 오일렌슈피겔은 자기가 돈 없는 직공이니 자비를 베풀어 공짜로 먹여 줄 수는 없겠느냐고 사정하였다. 아낙이 말했다. "여보쇼, 푸줏간에서도 빵집에서도 공짜란 없어요. 돈을 지불해야죠. 그러니까 우리 집에서도 식사를 하려면 값을 치르셔야지." 오일렌슈피겔은 말했다. "아주머니, 값을 치른다면 됐네요. 값이 얼만데요?" 여주인 왈, "상석은 24페니히고, 그 다음 자리인 보통석은 18페니히, 그리고 우리 일꾼들과 함께 먹는 아랫석은 12페니히요." 그러자 오일렌슈피겔의 대답인즉, "가장 비싼 게 제일 낫지!"라며 상석에 앉아서 실컷 먹어 댔다.

배불리 먹고 마신 다음, 오일렌슈피겔은 여주인에게 길을 떠나야 하는데 노잣돈도 모자라니 정산을 해 달라고 요청했다. 아낙이 말했다. "손님, 밥값 24페니히를 내시고 갈 길 가셔요. 길 조심하시고." "말이 다르잖아"라는 게 그의 대답이었다. "약속대로 24페니히를 지불하셔야지. 상석의 밥값은 24페니히라고 했잖아요. 마음은 무거웠지만 그만큼 번다면 괜찮겠다고 생각해서 땀을 뻘뻘 흘리며 먹어 치웠어요. 안 먹으면 죽인다 해도 이젠 더 못 먹어요. 그러니까 일한 값을 쳐 주셔야지." 여주인이 말했다. "여보시오, 당신이 세 사람 분을 먹어 댔는데 내가 그 값을 치르다니, 그게 수지맞는 장사냐고. 밥값은 없던 것으로 하고 갈 길 가라고. 돈은 낼 수 없어. 그건 없어진 돈이야. 당신한테도 청구하지 않겠어. 내 앞에 다시는 나타나지 마. 해마다 손님들을 그렇게 접대해도 당신처럼 밥값을 내지 않으면 야반도주할 수밖에 없겠다." 그렇게 오일렌슈피겔은 작별을 고했지만 고맙다는 인사말 한마디 듣지 못했다.

제34화

오일렌슈피겔이 어떻게 로마로 가서
교황을 알현하고 이단자로 몰릴 뻔했던지

오일렌슈피겔은 뛰어난 장난꾸러기 재주를 타고났다. 그가 사기꾼 같은 악동 짓을 마다하지 않은 끝에, '로마로 가면 때 묻지 않은 사람도 못된 사기 장난에 물들게 된다'는 속담을 떠올렸다. 그렇게 그는 로마로 가서 한 과수댁에 묵게 되었는데, 이곳에서도 그는 개구쟁이 버릇을 그만두지 못했다.

객주 여주인은 풍채가 좋은 오일렌슈피겔을 보고 어디에서 왔느냐고 물었다. 오일렌슈피겔은 작센 지역의 한자 시 출신으로 교황님을 배알하고자 로마에 왔노라고 대답했다. 그러자 그녀가 말했다. "여보쇼, 교황님 옷자락이라면 볼 수는 있겠죠. 하지만 말씀을 나누고 배알하기란 가당치 않죠. 로마에서 나고 자란 제법 명문가 출신인 나도 배알한 적이 없는데, 어떻게 당신이 바로 알현할 수가 있단 말이에요. 내가 교황님을 직접 뵐 수 있다면 1백 두카텐을 드리겠네." 오일렌슈피겔이 말했다. "아주머니, 교황님 앞으로 데려다 드리면 제게 1백 두카텐을 주시겠단 말씀이죠?" 여주인은 갑자기 마음이 동해, "만약 그런 일이 실현되기만 하면, 맹세코 1백 두카텐을 지불하겠다"고 약속했지만, '그런 일은 불가능하다'고 속으로 생각했다. 여간 번잡한 일이 아님을 그녀는 잘 알고 있었기 때문이다. "그러면 아주머니, 계획대로 되면 1백 두카텐입니다"라는 오일렌슈피겔의 다짐에, 그녀는 좋다고 대답은 하면서도 '아직 교황님을 뵌 적도 없는 주제에'라고 생각했다.

오일렌슈피겔은 기회가 오기를 기다렸다. 그 기회란 교황이 한 달에 한 번 '예루살렘'이라 불리는 성 요한 라테라네 궁전[1] 예배당에서 미사를 드린다는 사실이었다.

미사가 시작되자 오일렌슈피겔은 예배당 안에서 되도록 교황 가까이 자리를 잡았다. 봉송 미사 절차에 이르러 그는 성찬 단계에서 등을 팩 돌렸고, 그런 거동이 동석했던

추기경들 눈에 띄었다. 교황이 성배로 축복할 때 그는 또 등짝을 보였다. 미사가 끝나자, 참석자들은 하나같이 잘 차려입은 신도 하나가 봉송 미사 도중에 줄곧 제단을 향해 등을 돌리고 있었던 사실을 교황에게 일러바쳤다. 교황은 다음과 같이 말하고 그를 데려오도록 명령했다. "이 일은 심문할 필요가 있겠네. 성스러운 교회에 관련된 중대사야. 이런 불신자를 처벌하지 않으면 하나님을 욕되게 하는 것이지. 그런 짓을 한 것을 보면 이단자일지도 몰라. 착한 기독교도는 아닐 것이야."

그들은 오일렌슈피겔에게 가서 교황 전하 앞으로 출두하라고 전했다. 그는 서슴지 않고 전령을 따라 교황 앞으로 나아갔다. "그대는 누군가?"라는 교황의 물음에 "저는 믿음이 강한 기독교도입니다"라는 게 오일렌슈피겔의 대답이었다. "어떤 믿음이냐"라는 질문에는 "제가 묵고 있는 숙소 여주인과 같은 신앙"이라며, 널리 알려져 있던 그녀의 이름을 댔다. 교황은 여주인을 불러들여 그녀가 어떤 신앙을 받들고 있는지 물었다. "제가 믿는 것은 기독교 신앙으로, 거룩한 기독교회가 믿으라는 것 이외는 결코 믿어 본 적이 없다"는 것이 그녀의 대답이었다.

오일렌슈피겔은 그 자리에 있다가 과장된 제스처로 큰 절을 올리며 말했다. "세상에서 제일 자비로우신 아버지이시며, 모든 머슴들 가운데 머슴이신 당신과 똑같은 믿음을 받들고 있나이다. 저는 신앙심 깊은 기독교도입니다." "그

렇다면 미사 도중에 왜 제단에 등을 돌리고 있었느냐?"라
는 교황의 물음에 오일렌슈피겔은 이렇게 답했다. "세상에
서 가장 거룩하신 아버지시여, 저는 불쌍한 큰 죄인으로 죄
책감에 떨고 있습니다. 그래서 죄를 참회할 때까지는 미사
에 참여할 자격이 없습니다요." 교황은 그 말에 크게 만족
하여 오일렌슈피겔을 두고 궁정으로 되돌아갔다. 오일렌슈
피겔은 숙소로 돌아와 주인 아낙네에게 1백 두카텐을 달라
고 했고 그녀는 거절할 도리가 없었다. 오일렌슈피겔은 전
과 다름없이 로마 관광을 다니면서 하는 짓은 하나도 달라
진 것이 없었다.

1_여기서는 '라테라네'(Laterane)의 철자를 일부러 도적놈을 뜻하는
 'Latrone'로 어긋나게 써서 말장난을 치고 있다.

제35화

오일렌슈피겔이 어떻게 마인 강변의
프랑크푸르트에서 유대인을 속여
1천 굴덴이나 사기 쳤던지, 그가 어떻게
자기 똥을 예언자의 열매라고
속여 팔아 치웠던지

교활한 유대인이라 해서 사기당하지 않는 눈이 없음을
슬퍼하지 말지어다. 오일렌슈피겔은 로마를 떠나 마인 강변
의 프랑크푸르트에 이르렀다. 그곳에서는 바야흐로 한창 메

세[1]가 열리고 있었다. 오일렌슈피겔은 여기저기 돌아다니며 모두들 어떤 물건들을 내어 놓고 있는지 살펴보았다. 그러다가 아주 비싼 값이 매겨진, 알렉산드리아산 사향을 파는 작은 가게를 내고 있는, 잘 차려입은 건장한 젊은이를 눈여겨보게 되었다.

오일렌슈피겔은 생각했다. '나로 말하면 게으름뱅이에다 건장한 개구쟁이면서 일하기는 싫어한다. 저 젊은이처럼 저렇게 편안히 밥벌이를 할 수 있다면 그야말로 장땡이겠네.' 그는 밤새 한숨도 못 자고 밥벌이 궁리에 골몰하다가 벼룩한테 궁둥짝을 물렸고, 급히 벼룩을 잡느라고 더듬거리다가 궁둥짝 부근에서 알갱이 몇 개를 집어냈다. 그는 이것이야말로 사향을 얻을 수 있는 '그로페'의 일종이라고 생각했다. 이 작은 물고기는 보통 '하제'라고 불리었다.[2] 아침에 일어나서 그는 회색과 빨강색으로 짜인 포플린 천을 사서 그 알갱이들을 곱게 쌌다. 물건을 얹어놓을 수레도 준비하고 여러 가지 향료들도 마련했다. 그러고서는 시청 앞 광장으로 가서 전(廛)을 벌였다.

많은 사람들이 알갱이를 보고 그 기이한 것이 무엇이냐고 물었다. 그만큼 그것은 진귀한 것이었다. 사향처럼 작은 헝겊에 싸여 기묘한 냄새를 풍기고 있는데, 오일렌슈피겔은 아무에게도 자기가 팔고자 하는 물건에 대한 실상을 밝히지 않았다. 마침내 세 사람의 유대인 부자들이 와서 그의 상품에 대해 물었을 때 오일렌슈피겔은 비로소 대답했다.

이것이야말로 진정한 '예언자의 열매'[3]로 한 알갱이를 입에 넣은 다음 코에다 쑤셔 박으면 그 사람은 바로 그 자리에서 진실을 말하게 되는 것이라고.

유대인들은 물러나서 잠시 동안 의논을 했다. 마침내 늙은 유대인이 말했다. "우리의 메시아가 언제 오실는지, 예언을 들을 수 있었으면 좋겠네. 그것을 알면 우리 유대인들에게 더할 수 없는 위안이 될 거야." 그리하여 그들은 아무리 비싸더라도 그 물건을 모두 사들이기로 합의했다. 그리고 다시 오일렌슈피겔에게로 와서 말했다. "여보쇼, 이 예언자의 열매 하나에 얼마요? 딱 잘라서." 오일렌슈피겔은 '하나님이 물건을 내놓으셨으니 살 사람은 나오게 마련일 테지. 유대인이라면 이만한 값도 먹혀들겠지'라고 잠시 생각하고 말했다. "한 개에 1백 굴덴씩이오. 그게 비싸단다면, 제기랄, 이 자리에서 모두들 사라져 버리라고. 똥이나 처먹던지."

그들은 물건에 욕심나서 오일렌슈피겔의 성질을 돋우지 않으려고 부르는 값에 예언자의 열매를 하나 샀다. 그리고 바삐 집으로 돌아가서는 늙은이, 젊은이 할 것 없이 모든 유대인들을 시너고그(교회당)로 모이게 했다. 그들이 모두 회동하자, '알파'라는 가장 나이 든 랍비가 일어나, 하느님 뜻으로 예언자의 열매를 손에 넣게 되었으므로 당신들 가운데 누구라도 그것을 입안에 넣기만 하면 메시아가 언제 오실지 예언하게 될 것이며, 틀림없이 당신들의 구원과

위안이 될 것이라고 말했다. 그리하여 모두들 단식과 기도로 준비를 했고 사흘 뒤에 이삭이 경건한 의식 속에 그 열매를 먹기로 하고 모든 일이 그대로 진행되었다.

이삭이 예언자의 열매를 입속에 털어 넣자 모세가 말했다. "여보게. 이삭, 어떤 맛이 나는가?" "이런, 제기랄! 우리가 어릿광대 악동 놈한테 한 방 먹은 것 같아. 이건 틀림없는 사람 똥이야." 모두들 그 예언자의 열매 냄새를 맡는 사이에 그 과일 나무의 정체를 알게 되었다. 그렇지만 오일렌슈피겔은 멀리 달아나 유대인에게 받은 돈이 다 떨어질 때까지 정말 근사하게 살았다.

1_메세(Messe)는 '큰 장'이라는 뜻이다. 이 가운데서도 널리 알려진 프랑크푸르트 메세는 이미 14세기에 터를 잡았고, 더욱이 16세기에는 상업적 교류시장으로 성장했다.

2_배설작용을 촉진하는 '하제'라는 이름에서, 이것으로 만든 '열매'가 지닌 진실을 말하게 하는 효능을 연상시킨다.

3_방언사전에 따르면, 예언자(Prophet)는 첫째 금, 둘째 똥, 셋째 뒷간이라는 뜻도 있다. 여기에서는 물론 둘째 의미로 쓰였고, 그런 점에서 그는 바른 말을 한 것이며 예언자의 열매로 받아들인 유대인들이 잘못이라는 논리가 숨어 있다.

제36화

오일렌슈피겔이 어떻게 크베틀린부르크에서
암탉들을 사들이고 농부 아줌마에게는
그 값으로 수탉 한 마리를 담보로 주었던지

옛적에는 세상이 요즘처럼 그렇게 바삐 돌아가지 않았다.
시골 농부들은 더 느긋했다. 어느 때인가 오일렌슈피겔이
크베틀린부르크 시에 들어섰는데, 마침 그날이 장날이었다.
오일렌슈피겔은 호주머니가 비어 있었다. 돈은 아무리 벌어
들여도 그냥 다시 새 나갔고 그는 돈벌이를 해야겠다고 마

음을 다져 먹었다. 그때 농사꾼 아줌마가 장바닥에 앉아서 광주리 가득히 살찐 암탉들을 팔고 있었고, 그 가운데 수탉 한 마리도 끼어 있었다. 오일렌슈피겔은 암수 한 쌍에 얼마냐고 물었다. 아줌마가 말했다. "한 쌍이면 스테판 두 푼은 받아야지" 그가 말했다. "좀 싸게 깎읍시다." 아줌마는 안 된다고 잘라 말했다.

그러자 오일렌슈피겔은 닭 광주리를 송두리째 들고 성문 쪽으로 걸어갔다. 농부 아줌마가 뒤쫓으며 말하기를 "손님, 이게 무슨 짓이오. 닭 값을 떼어먹을 작정이에요?" 오일렌슈피겔이 말했다. "떼어먹긴. 갚아 주고말고. 이래봬도 나는 수녀원장 서기라니까." "그런 걸 물은 게 아니라고요."

농부 아줌마가 말했다. "닭을 가져가려면 돈을 내라니까요. 난 수도원장이라거나 수녀원장 같은 지체 높은 양반들과는 얽히기 싫어. 우리 아비가 말했지. 모자를 벗어야 하고 고개를 숙여 절을 해야 하는 양반들과는 흥정도 말고 빚지지도 말랬어. 그러니까 닭 값 내놓으라고. 알아들었소?" 오일렌슈피겔이 말했다. "아줌마는 의심도 많으셔. 장사꾼들이 다 그러면 곤란하지. 우리 같은 착한 장사치들은 제대로 먹지도 입지도 못하지. 그러니까 내가 광주리와 돈을 갚으러 올 때까지 이 수탉 한 마리를 담보로 맡아 주오. 그러면 걱정 없겠지?" 그 착한 아줌마는 알겠다며 자기 수탉을 담보로 맡았다.

그러나 농부 아줌마는 사기를 당했다. 오일렌슈피겔이

닭도 떼어먹고 돈도 갚으러 오지 않았으므로. 농부 아줌마 처럼 무슨 일이든 철저히 따지지 않고서는 못 배기는 사람 이야말로 가장 먼저 당하게 마련. 그리하여 오일렌슈피겔은 그곳을 떠났지만 아줌마는 암탉 전부와 맞바꾼 수탉 한 마리 때문에 열 받았다는 이야기올시다.

제37화

고지(高地) 에겔스하임의 사제가
어떻게 오일렌슈피겔의 소시지를
꿀꺽하고는 혼이 났던지

오일렌슈피겔은 힐데스하임의 푸줏간에서 붉은 색 나는 고급 소시지 하나를 사서 에겔스하임으로 향했다. 그는 이곳 사제와 잘 아는 사이였는데 바로 그날은 일요일 아침이었다. 마침 그가 도착했을 때 사제는 새벽 미사를 드리고 있었다.

오일렌슈피겔은 나중에 먹으려고 사제관의 하녀에게 빨간 소시지를 구워 달라고 부탁했다. 하녀는 예, 라고 대답했다. 오일렌슈피겔이 예배당 안으로 들어가자, 새벽 미사는 끝나고 다른 사제가 장엄 미사를 주재하고 있었다. 그는 끝까지 미사에 참여했다. 그 사이에 신부가 사제관으로 돌아와 "출출한데 먹을 것 없어?" 하고 하녀에게 물었다. 하녀가 말했다. "아직 아무것도 만들어 놓은 건 없지만 오일렌슈피겔이 가져온 빨간 소시지 한 개가 있어요. 기도가 끝나면 먹겠대요." 사제가 말했다. "그 소시지 가져다주어요. 한 입 먹어보게." 하녀가 소시지를 가져다주었다. 사제는 소시지가 너무 맛이 있어서 꿀꺽 모두 먹어 치우고서는 "덕택에 잘 먹었네. 아주 맛있었어. 이 소시지는 정말 근사했어"라고 중얼거렸다. 그리고 하녀에게 말했다. "오일렌슈피겔에게는 내가 늘 먹던 대로 베이컨과 양배추 등을 내어 주게. 그 편이 훨씬 그에게 어울려."

미사가 끝나자, 오일렌슈피겔은 소시지를 먹으려고 다시 사제관으로 돌아왔다. 사제가 그를 맞아 "소시지 진짜 맛있었다"고 사례를 하며 베이컨과 양배추 요리를 내밀었다. 오일렌슈피겔은 아무 말 없이 음식을 먹고 그다음 날 집으로 돌아갔다.

그의 뒷모습에 대고 사제가 큰 소리로 말했다. "다음에 올 때는 소시지 두 개를 가져와. 내 것, 네 것 하나씩 말이야. 그 값은 꼭 치를게. 입가에 기름이 번질번질하도록 배불리 먹자고." "예, 신부님. 알겠습니다. 소시지 명심할게요."
오일렌슈피겔은 그렇게 말하고 힐데스하임으로 향했다. 그
의 뜻이 통해서일까? 마침 죽은 수퇘지를 도살장으로 운반
하던 백정을 만나게 되었다. 오일렌슈피겔은 돈을 낼 테니
그 돼지로 붉은 소시지를 두 개 만들어 달라고 부탁하고
은화 몇 페니히를 건넸다. 백정은 알겠다며 근사한 소시지
두 개를 만들어 주었다. 오일렌슈피겔은 그것을 받아 요리
법에 따라 반숙으로 익혔다. 다음 일요일, 오일렌슈피겔이
다시 에겔스하임으로 갔을 때도 사제는 새벽 미사 중이었
다. 그래서 그는 사제관에 들러 하녀에게 소시지를 넘겨주
고 간식거리로 구워 달라고 부탁했다. "하나는 신부님 것,
하나는 내 것"이라는 말을 남기고 교회 안으로 들어갔다.

하녀는 시킨 대로 소시지를 불길에 돌려 구워 냈다. 사제
는 미사를 끝내고 교회에서 사제관으로 돌아와 오일렌슈피
겔의 모습을 보았다. 사제가 물었다. "오일렌슈피겔이 와 있
더군. 소시지를 갖고 왔던가?" 하녀가 대답했다. "예, 여태
껏 본 적이 없는 근사한 소시지를 두 개나 가져왔어요. 곧
두 개 다 구워질 거예요." 하녀는 부엌으로 가서 하나를 불
에서 내렸으나 그녀도 신부와 마찬가지로 소시지가 먹고 싶
어 견딜 수가 없었다. 그래서 둘이 함께 식탁에 앉았다. 그
들이 정신없이 게걸스레 소시지를 먹고 있는 사이 차츰 그
들의 입가가 거품과 기름으로 범벅이 되어 더러워지기 시작
했다. "저런, 네 입가가 왜 그렇게 더러워졌어?" "신부님, 신

부님 입가도 마찬가지예요" 그때 둘이서 이야기하는 소리를 보고 엿듣는 사람이 있었다.

　오일렌슈피겔이 마치 방금 예배에서 돌아온 것처럼 시치미를 떼고 얼굴을 내밀었다. 사제가 그에게 말했다. "도대체 네가 가져온 소시지는 어떻게 된 소시지냐? 우리가 먹다가 둘 다 입이 이렇게 됐다." 오일렌슈피겔이 웃으며 말했다. "신의 가호가 있기를! 원하시던 대로 갖다 드렸잖아요. 소시지를 두 개 가져오너라, 입이 더러워질 만큼 게걸스레 먹자고 신부님이 말씀하셨잖아요. 토하기도 전에 거품을 뿜을 줄은 몰랐네요. 조금 있으면 구토증이 날 거예요. 방금 잡수신 소시지는 죽은 돼지로 만들어진 것이니까. 거품으로 입이 더러워지지 않으려면 비누로 깨끗이 씻어야 했는데……"

　하녀는 울컥울컥 구역질을 하다가 식탁 위에다 먹은 것을 토해 냈다. 사제도 마찬가지였다. 신부는 고함을 질렀다. "이 집에서 나가거라! 이 쌍놈의 사기꾼 개구쟁이 악동 놈아!" 그러고서는 몽둥이를 들어 그를 두들겨 패려고 덤벼들었다. 오일렌슈피겔이 말했다. "이러면 못 쓰지요, 하나님을 모시면서. 소시지를 가져오라 해 놓고 두 개나 다 먹어치우고, 이번에는 나를 매질하시다니. 먼저 소시지 값이나 물어 주실까? 세 번째는 돈을 안 받을 테니." 화가 치밀어오른 사제의 펄펄 뛰는 거동이 볼만했다. 그는 "도살장에서 만든 썩은 소시지가 더 있으면 네놈에게 안 먹이고 베길 줄 아느냐! 앞으로 그런 걸 이 집에 가져오기만 했단 봐라"라고 으름장을 놓았다. 오일렌슈피겔은 이렇게 대답했다. "이 소시지는 억지로 신부님 드시라고 한 게 아니에요. 나도 이런 건 먹고 싶지 않거든요. 그렇지만 내가 먹으려 했던 처음 소시지를 신부님은 제 양해도 받지 않고 잡수셨단 말씀이에요. 처음에 근사한 소시지를 잡수셨으니 다음에 맛본 썩은 소시지도 별미겠죠." 그러고서는 "안녕, 편히 주무세요"라고 말했다.

제38화

오일렌슈피겔이 어떻게 엉터리 고해성사로 뤼센부르크[1] 사제의 애마를 빼돌렸던지

아세부르크 재판소 관내의 뤼센부르크 마을에서 오일렌
슈피겔은 지치지도 않고 고약한 장난을 저질렀다. 그곳에도
사제가 한 분 살았는데, 아주 예쁜 하녀에다 작지만 씩씩한
말 한 필이 있었다. 그는 말도 하녀도, 둘 다 마음에 들어
했다. 마침 그때 뤼센부르크에 머물고 있던 브라운슈바이
크 공작이 원하는 것은 뭐든지 줄 테니 그 말을 넘겨줄 수

없느냐고 사람을 사이에 두고 청탁을 넣었다. 그러나 사제의 대답은 언제나 자기 말을 영주에게 양도할 수 없다는 것이었다. 재판은 브라운슈바이크 시의회의 관할이었으므로 공작도 남의 말을 강제로 접수할 수 없었다. 이 일의 경과를 잽싸게 얻어 들은 오일렌슈피겔은 상황을 알아채고 공작 영주에게 말씀을 올렸다. "영주님, 이 몸이 뤼센부르크의 사제한테서 그 말을 데려오면 무얼 주시겠습니까?" "네 놈이 그 일을 해내면, 내가 걸치고 있는 관복을 상으로 내리겠네"라고 공작이 대답했다. 그가 입고 있던 관복 상의는 진주 자수를 새긴 빨간 낙타털 모직이었다. 그 말을 듣자 오일렌슈피겔은 불펜뷔텔에서 말을 타고 사제가 사는 마을로 가서 숙소를 잡았다. 그는 전에도 자주 사제를 찾아가 사제관 사람들과는 친분이 터 있었다.

사흘째 되던 날, 그는 병이 난 것처럼 끙끙거리고 자리보전한 채 누워 버렸다. 사제도 하녀도 불쌍하게 여겼지만, 어떻게 해야 할지 몰라 쩔쩔맸다. 틸이 숨넘어갈 듯 굴자 사제는 틸에게 참회를 하고 하나님의 은총을 받으라고 권했다. 오일렌슈피겔도 그럴 양으로, 신부 면전에서 고해성사를 드리고 말끔하게 죗값을 치를 테니 철저히 캐물어 달라고 청했다. 사제는 틸이 생전에 못된 짓을 너무해서 하나님이 죄를 사하여 주실지 걱정이라며, 영혼이 구제받도록 잘 생각하라고 말했다. 오일렌슈피겔은 숨넘어가는 소리로 참회를 드리고 사제에게 말했다. "제 행적은 이것으로 모두 고백했지만 나머지 하나의 죄목만은 아무래도 신부님께 말씀 드릴 수가 없네요. 다른 사제를 데려다 주셔요. 그분께 참회 드리게요. 제가 신부님께 이 죄를 고해하면, 당신이 얼마나 화를 내실지 걱정이 되어 말씀 드릴 수가 없어요."

그 말을 듣자, 무슨 숨겨진 사연이라도 있는 듯한 그 어투에 사제는 여죄마저 알고 싶어졌다. "오일렌슈피겔, 이 보게. 길은 멀고 다른 사제를 곧장 모셔 오기도 쉽지 않네. 그 사이에 자네가 죽는다면 자네가 해야 할 일을 소홀히 한 것으로 자네만이 아니라 나마저 주님인 하나님께 죄를 짓게 되네. 그러니까 나에게 털어놓게. 죄라고 하더라도 무거운 건 아니겠지. 용서받도록 주선해 줌세. 내가 화를 낸들 어쩌겠나? 고해성사는 입 밖에 낼 수 없는 신세인데." 오일렌슈피겔이 말했다. "그렇다면 고해성사를 올릴게요." 죄라는 것이 그리 큰 건 아니지만, 사제와 관련이 있고 사제의 화를 돋울 게 유감이라는 말이었다. 그러자 사제는 더 안달이 나서, 무엇을 훔쳤든 무슨 해코지를 했든 어떤 고백을 하더라도 죄를 묻지 않고 원한을 담아 두지 않겠노라고 그에게 말했다.

"아, 신부님. 이 말을 들으면 틀림없이 화가 나시겠죠. 그러나 곧 이 세상을 하직할 이 몸, 그 죄를 고백할게요. 신부님이 화를 내고 언짢아하더라도, 하나님 용서하옵소서! 신부님, 사실은 제가 당신의 하녀와 잠자리를 같이했거든요." "몇 번이나 잤느냐?"는 물음에, 오일렌슈피겔의 대답은 "겨

144

우 다섯 번"이었다. 사제는 하녀를 '다섯 번 매질해야겠다'고 다짐하고 틸을 바로 놓아주었다. 그리고 방으로 돌아와 하녀를 불러들여 오일렌슈피겔과 잤느냐고 다그쳐 물었다. 하녀는 아니라며 부정하고 새빨간 거짓말이라고 대답했다. "그놈이 고해성사에서 참회했으니까 거짓말은 아니겠지"라고 사제는 말했다. 거짓말이다 아니다, 서로 따지는 사이에 사제는 하녀를 시퍼런 멍이 들도록 두들겨 팼다.

오일렌슈피겔은 자리에 누워 싱글거리며 곰곰이 생각했다. '일이 재미있게 꼬여 들겠다. 어떤 끝맺음을 지을까?' 그리고 온종일 자리보전을 했다. 밤이 되자 그는 건강을 되찾고 아침이 되자 자리를 털고 일어났다. 그러고는 자신이 매우 좋아졌으며, 다른 곳으로 떠나야 하니 비용을 계산해 달라고 했다. 사제는 틸의 비용을 정산했지만, 자신이 무슨 짓을 하고 있는지 제정신이 아니어서 돈을 받았는지 못 받았는지도 몰랐으며, 오일렌슈피겔이 이 집에서 떠난다는 것에 만족해했다. 하녀도 틸 때문에 얻어맞기는 했지만 그가 떠난다니 마음이 놓이기는 마찬가지였다.

오일렌슈피겔은 떠날 준비를 마치고 떠나기에 앞서 말했다. "신부님, 당신이 사제로서 고해성사의 비밀을 흘렸다는 사실을 잊지는 않으셨겠죠. 저는 지금부터 할버슈타트의 주교님을 찾아뵙고 신부님 일을 까발릴 작정입니다." 사제는 오일렌슈피겔의 고약한 덫에 빠진 것도 모르고 그가 자기를 궁지로 몰아가겠다는 소리에 제발 입을 다물어 달라고 간청하였다. "아까 내가 지랄을 부린 건 물로 씻어 내고 없던 일로 하세나. 주교님께 일러바치지만 않는다면 20굴덴을 주겠네" 오일렌슈피겔은 말했다. "아니에요. 1백 굴덴을 주신다 해도 내 입을 못 막아요. 갈 곳으로 가서 흑백을 가릴 작정이니까."

사제는 자신이 무엇을 주면 되겠는지 물어봐 달라고 하녀에게 눈물을 글썽이며 간청했다. 마침내 오일렌슈피겔은 사제의 말을 주면 입을 다물겠으며 말 이외는 어떤 것을 주어도 받지 않겠다고 대답했다. 그 말을 몹시 사랑했던 사제는 말을 내어 주기보다는 가진 돈 전부를 다 털어 주는 편이 나을 정도였다. 그러나 어떻게 할 도리가 없어서 쓰라린 가슴을 달래며 말을 내주었다. 그는 오일렌슈피겔에게 말을 주어 길 떠날 채비를 시켰다. 오일렌슈피겔은 사제의 말을 타고 불펜뷔텔로 향했다. 틸이 성문 근처로 왔을 때 공작은 굽이다리 위에서 그가 말을 몰고 오는 것을 보고 있었다.

그 자리에서 공작 영주는 약속했던 대로 상의를 벗고 오일렌슈피겔 가까이 다가가 말했다. "이보게, 대견한 오일렌슈피겔. 약속했던 옷을 받게." 그가 말에서 가뿐히 뛰어내리며 아뢰었다. "자비로우신 영주님, 이 말은 영주님 말입니다" 영주는 몹시 고마워했고 그가 어떻게 사제한테서 그 말을 건네받게 되었는지 자초지종을 들었다. 공작은 그 이야기에 배를 잡고 웃으며 의상 이외에 말 한 필도 내려 주었다. 사제는 애마를 잃고 몹시 상심하여 화풀이로 하녀를 자주 두들겨 팼고, 견디다 못한 하녀는 성당에서 도망쳐 버렸다. 그리하여 사제는 두 손의 꽃을 모두 잃고 말았다.

1_지금의 키센브뤼크(Kissenbrück)를 말한다.

제39화

오일렌슈피겔이 어떻게 대장장이에게 고용되어 풀무를 뒷간으로 가져갔던지

　메클렌부르크 땅의 로스토크라는 곳에 와서 오일렌슈피겔은 한 대장간의 직공으로 일하게 되었다. 대장장이는 바람을 일으키는 풀무를 밟을 때면 일꾼에게 "여차, 풀무를 들고 따르라(풀무질을 계속해)" 하는 것이 입버릇이었다. 오일렌슈피겔이 풀무를 밟으며 쇠를 달굴 바람을 보내자, 대장장이가 딱딱한 어조로 "여차, 풀무를 들고 따르라" 하면서 오줌 누러 뒷간으로 나갔다.

그러자 틸이 풀무를 한 통 어깨에 메고 그의 뒤를 따라가, "풀무를 들고 왔는데 어디다 둘까요? 돌아가 한 통 더 가져올게요"라고 말했다. 대장장이가 뒤를 돌아보고, "이봐, 그런 뜻이 아냐. 빨랑빨랑 풀무를 제자리에 다시 갖다 놓아"라고 소리쳤다. 오일렌슈피겔은 시키는 대로 본래 있던 자리에 풀무를 갖다 놓았다. 그 일로 해서 대장간 주인은 그에게 매운 맛을 보이려고 궁리한 끝에 닷새 동안 일꾼들을 한밤중에 깨워 잠도 못 자게 일을 시키리라 결심했다. 그렇게 해서 대장장이는 일꾼들을 깨워 대장간 작업을 시켰다.

오일렌슈피겔의 동료는 "대장간 주인이 웬일이야? 이렇게 꼭두새벽에 우리를 깨우다니! 할 일도 없는데"라고 구시렁거렸다. "원한다면 내가 물어봐 줄까?"라는 오일렌슈피겔의 물음에 좋다는 답변이 돌아왔다. 오일렌슈피겔이 말했다. "주인어른, 이런 시각에 우리를 두들겨 깨우는 까닭이 무어예요? 이 한밤중에!" 대장장이가 말했다. "신출내기는 처음 일주일 동안 오래 재우지 않는 게 내 방식이거든." 오일렌슈피겔은 입을 다물어 버렸고 동료 일꾼도 더 이상 말문을 열지 못했다.

다음 날 한밤에 주인은 다시 일꾼들을 두들겨 깨워 대장간 작업을 지시했다. 동료들은 작업장으로 갔으나 오일렌슈피겔은 침대를 등판에 묶었다. 그리고 쇠가 발갛게 달아올

랐을 때야 그는 옥탑방에서 작업장으로 뛰어 내려왔고 동료와 맞망치질을 하다가 발간 불똥이 침대로 튀었다. 대장간 주인이 소리를 질렀다. "이게 무슨 짓이야! 미쳤어? 침대를 방에 두고 오면 안 될 이유라도 있냐." 오일렌슈피겔은 "화내지 마세요, 주인어른. 처음 일주일 동안 한밤까지는 침대에서 자고 다음 새벽녘에는 침대를 등판에서 재우는 게 제 방식이니까요." 대장장이는 화가 머리끝까지 나서 침대를 원래 있던 자리로 치우라고 소리 지르고 불편한 심기로 말했다. "지붕 꼭대기로 해서 나가 버려, 미친 악동 녀석 같으니라고!" 오일렌슈피겔은 네, 라고 대답하고 옥탑방으로 돌아가 침대를 제자리에 내려 두었다. 그리고 사다리를 타고 대들보에 올라 지붕에 구멍을 뚫어 그 위로 올라갔다. 그러고 나서 사다리를 끌어올려 지붕에서 길바닥으로 내리고 그것을 타고 큰길로 내려와 사라져 버렸다.

대장장이는 틸이 쿵쾅쿵쾅 요란을 떠는 소리를 듣고 다른 일꾼 하나를 데리고 옥탑방까지 따라왔고 오일렌슈피겔이 지붕에 구멍을 뚫어 밖으로 나간 사실을 알게 되었다. 주인은 더 성이 나서 창을 찾아 들고 집 밖으로 틸의 뒤를 쫓아갔다. 일꾼이 그를 말리며 말했다. "대장장이 어른, 그러지 말고 내 말 좀 들어요. 그 자식은 시키는 대로 한 것뿐이에요. 주인장이 그놈 보고 '지붕 꼭대기에서 나가 버려'고 호통 쳤어요. 보시다시피 그렇게 한 것뿐인데." 대장장이는 그 말을 듣고 한 발 물러섰다.

오일렌슈피겔은 떠나갔고 대장간 주인은 울며 겨자 먹기로 지붕을 고칠 수밖에 도리가 없었다. 동료 일꾼의 말은 이러했다. "그런 친구는 많지 않을걸. 오일렌슈피겔을 모르는 사람도 그와 어울리게 되면 그 사람 됨됨이를 알게 될 거야."

1_침대를 등에 묶는다거나 지붕 꼭대기에서 나가라거나 하는 말은 모두 민중의 과장된 언어 표현이다.

제40화

오일렌슈피겔이 어떻게 해서 대장간의
해머라든지 집게 등을 한데 벼리게 되었던지

오일렌슈피겔이 대장간을 나온 것은 겨울이 가까워 올 무렵이었다. 그 겨울은 추웠고 얼음이 땅땅 얼고 게다가 기근이 들어 많은 하루살이 일꾼들은 일손을 놓아야 했다. 오일렌슈피겔도 무일푼이 되어 먹고살기가 힘들어졌다. 그는 여기저기 떠돌다가 대장간이 있는 어느 마을에 이르렀다. 대장장이가 그를 일꾼으로 고용해 주었다. 그러나 그는 대장간 일꾼으로 있을 생각이 별로 없었다. 배고픔과 겨울 나기의 어려움을 면하기 위한 방편일 뿐이었으니까. 그는 생각했다. '어려움을 견디어 내어라. 얼음이 녹는 봄까지 대장장이가 시키는 대로.' 대장간 주인은 한 끼 챙기기도 어려운 겨울철이었으므로 그를 데리고 있기를 달가워하지 않았다. "주인어른이 시키는 대로 뭐든 할게요. 주는 것은 뭐든 먹을 테니 일만 시키십시오"라고 오일렌슈피겔은 그에게 통사정했다. 속이 엉큼한 대장간 주인은 '이놈을 고용해서 일주일만 부려먹자. 설마 일주일 동안 밥값 밑천 못 뽑으려고'라고 생각했다.

다음 날 아침, 그들은 대장간 일을 시작하였다. 주인이 해머 치기라든지 풀무질 작업으로 오일렌슈피겔을 부려먹고 있는 사이 점심때가 되었다. 둘이 식탁에 앉으려 할 즈음, 대장장이는 오일렌슈피겔을 안뜰에 있는 뒷간으로 데리고 가서 말했다. "이보게, 일자리만 주면 내가 먹으라는 건 뭐든지 먹겠다고 흰소리 쳤지. 아무도 먹지 않으려는 이걸 남김없이 먹어 치워." 그러고는 틸을 뒷간에 남겨 둔 채 혼자 집안으로 들어가 밥을 먹었다. 오일렌슈피겔은 말없이 입을 꽉 다물고 생각했다. '내가 한 방 먹었구나. 여태껏 여러 사람들에게 저질러 온 내 망나니짓에 내가 당하다니! 내 꾀에 내가 넘어간 꼴이야. 어떻게 이 수모를 되갚지. 아무리 동장군의 추위가 심하다 해도 갚을 것은 갚아야 하는 건데.'

오일렌슈피겔은 혼자 저녁때까지 일을 했다. 저녁이 되어서야 대장간 주인은 하루 종일 아무것도 입에 대지 못한 틸에게 먹을거리를 내주었다. 뒷간에서 벌어진 일이 오일렌슈피겔의 머리에서 떠나지 않았다. 잠자리에 들려는 오일렌슈피겔에게 대장장이가 말했다. "내일 일어나거들랑 하녀에게 풀무로 센 불을 피우게 해서 네 몸 가까이 있는 것들부터 차례차례 벼리어 놓게나. 내가 일어날 때까지, 쇠징도 빼먹지 말고." 오일렌슈피겔은 자고 일어나서도 어떻게 하든 대장장이에게 보복할 마음뿐이었다.

그는 센 불에 집게 몇 개를 녹여서 거푸집에 넣고 모두 함께 굳혀 버리고는 같은 식으로 해머 두 개, 쇠막대기, 그리고 앞치마 등도 함께 녹여 버렸다. 그리고 항아리에서 쇠징을 쏟아내어 머리만 자르고 이것들도 함께 굳혔다. 머리가 떨어진 쇠징들도 그리 했다. 대장장이가 일어나는 기척이 들리자, 그는 작업 치마를 벗어던지고 행방을 감추었다.

대장간 주인이 작업장으로 들어서 보니, 쇠징들은 잘려 있고 해머도 집게도 다른 도구들도 모두 벼리어져 함께 붙어 있었다. 이것을 보고 화가 머리끝까지 난 대장장이는 틸은 어디 갔느냐고 하녀에게 고함을 쳤다. 하녀는 그가 밖으로 나갔다고 대답했다. "그놈 도망치는 꼴부터 악동 그대로야. 어디로 갔는지 알기만 하면 뒤쫓아 가서 낯바대기를 후려갈겨 줄 텐데." 하녀가 말하기로, 그가 떠나면서 대문에 무언가 적어 놓았는데, 그 모양새가 부엉이 머리 같다고 했다. 오일렌슈피겔은 그런 습성이 있었다. 그는 낯선 곳에서 짓궂은 장난을 치고 사람들이 자신의 장난질을 알아채지 못하면 백묵이나 숯으로 대문에 부엉이와 거울을 그리고, 라틴어로 "그가 여기 있노라"고 적어 놓았다.[1] 오일렌슈피겔은 대장간 대문에도 그림을 그렸던 것이다.

그렇게 아침이 되어 대장장이가 집 밖으로 나가서 보니, 하녀가 말한 그대로였다. 그는 글씨를 읽을 줄 몰랐으므로 교회당 사제한테 가서 수고스럽지만 자기 집 문에 적혀 있는 글씨를 읽어 달라고 부탁했다. 사제는 대장장이와 함께 대문 앞으로 와서 글씨와 그림을 보았다. 교회당 사제가 대장장이에게 말했다. "이것은 '오일렌슈피겔이 여기에 있었다'는 뜻이네." 그리고 사제는 오일렌슈피겔이 어떤 떠돌이 직공인지 많은 이야기를 들었다면서, 자신이 한번 그를 볼 수 있었는데, 알면서도 자신에게 알리지 않았느냐고 대장장이를 나무랐다. 대장장이는 사제에게 화풀이를 하며 이렇게 말했다. "나도 모르는 걸 어떻게 신부님께 알려 드려요. 그 자식이 우리 집에 묵었다는 건 이제 잘 알았어요. 내 대장간 연장들을 보면 빤하죠. 어쨌거나 그런 자식을 내쫓아서 속이 시원해요." 그는 백묵 걸레로 문에 그려진 그림을 지우면서 말했다. "우리 집 대문에 개구쟁이 흔적을 남겨 둘까 보냐." 교회당 사제는 대장장이를 두고 그 자리를 떠났다. 그러나 오일렌슈피겔은 그 집 문지방을 나선 채 두번 다시 나타나지 않았다.

1_주인공의 이름 오일렌슈피겔은 어원적으로 부엉이(Eule)와 거울 (Spiegel)이 합쳐진 형태이다. 1515년 출간된 책 표지에는 목판화로 말을 탄 틸 오일렌슈피겔이 오른손에 부엉이를, 왼손에 거울을 높 이 쳐들고 있다. 이 책의 표지 그림 참조.

제41화

오일렌슈피겔이 어떻게 대장간 주인과
그의 아내, 그리고 일꾼과 하녀에게
저마다 진짜 사실을 말하게 되었던지

오일렌슈피겔이 앞서 말한 대장장이 집을 나와 비스마르
교외로 왔을 때는 마침 어느 축제날이었다. 그는 대장간 앞
에 서 있는 예쁘장한 아낙네와 몸종을 보았다. 아낙은 대장
장이의 아내였다. 그는 대장간 맞은 편 주막에 자리를 잡았
으며 밤에 자기 말의 편자 네 개를 모두 떼어내 버리고 다

다음 날 대장장이를 찾아갔다. 이곳에서는 그를 모르는 사람이 없었다. 그가 대장간에 나타나자 사람들은 바로 오일렌슈피겔을 알아보았다. 대장간 아낙네와 몸종도 그의 목소리도 듣고 그의 장난 솜씨도 보았으면 해서 가게 앞마당으로 고개를 내밀었다. 오일렌슈피겔은 대장간 주인에게 쇠편자를 박아 줄 수 있느냐고 물었다. 그럼, 이라고 주인은 대답했다. 그는 직접 틸과 말을 붙여 보았다는 게 여간 신나는 일이 아니었다.

여러 말이 오가는 가운데 대장장이가 거짓말이 아닌, 진짜 사실을 한마디만 해 주면 쇠편자 하나를 공짜로 박아 주겠다고 말했다.[1] 오일렌슈피겔은 운율을 맞추어서 사실을 말했다.

그래, 철편이 있고 석탄이 있고
풀무로 바람을 일으키면
당신은 벼를 수 있지, 대장간 일들을.

대장간 주인은 "그 말은 진짜 사실이네"라고 말하고 쇠편자 하나를 주었다. 대장간 일꾼이 틸을 위해 임시 마구간에서 말굽에 쇠징을 박고 있다가 자기에게 어울리는 사실을 말해 주면 공짜로 쇠징을 하나 박아 주겠다고 말했다. 오일렌슈피겔의 말은 이러했다.

그래, 대장간 일꾼과 동료는
일손을 잡았다 하면
둘 다 뼈 빠지게 일해야 하네.

대장간 일꾼은 "그것도 사실이네"라고 말하며 쇠징을 하나 주었다. 그것을 본 대장간 아낙과 몸종도 오일렌슈피겔과의 말장난에 끼어들어 자신들에게도 진짜 사실을 말해주면 각자 징을 하나씩 드리겠노라고 약속했다. 그러마고 대답한 오일렌슈피겔은 주인 아낙에게 말했다.

문 앞에서 서성거리며
지나가는 남정네 눈도장 찍는 아낙이라면
시간과 장소, 기회만 오면
틀림없이 그놈 뒤를 좇아가리.

주인 아낙도 "그 말은 사실이야"라며 쇠징을 하나 주었다. 그런 다음 틸은 몸종에게 말했다.

계집애야, 밥 먹을 때
쇠고기 함부로 씹지 말아요.
조심한 만큼 이빨 후빌 것도 없고
배탈도 안 날 테니.

계집종은 "그것 정말 참말이네"라고 말하고 그에게 철편을 주었다. 그렇게 해서 오일렌슈피겔은 그곳을 떠났고 말의 쇠편자를 새것으로 갈아 끼웠다.

1_여기서 말하는 '사실'이나 '진실'은 'Wahrheit'의 번역어로서 오일렌슈피겔이 진짜 '사실'을 말하는 사람, 곧 '예언자'로 간주되었음을 반증한다. 그런 의미에서 '미래를 점치는 진실'을 듣기 바라는 민중들의 소망에 대해서 그는 너무나 당연한 '사실'을 말한다. 오일렌슈피겔은 자신에 대한 의외성의 기대를 평범한 말로 맞받아 '역설적인 의미에서의 의외성'을 겨냥하고 있는 것이다.

제43화¹

오일렌슈피겔이 구둣방에 취직하여
어떻게 가죽을 재단하느냐고 주인에게 물었고,
"목동이 성문으로 가축을 몰 때처럼
큰 놈, 작은 놈 식으로"라는 주인의 말에
황소, 암소, 송아지, 산양 등의 가죽을
재단해서 온통 못 쓰게 만들었던지

일을 하기보다 장터를 어슬렁거리기 좋아하는 구둣방 주
인이 어느 날 오일렌슈피겔에게 가죽을 재단하도록 지시했

다. 오일렌슈피겔은 어떤 모양으로 마름질하느냐고 물었다. 구두장이는 "목동이 마을에서 가축을 몰 듯 큰 것, 작은 것으로 마름질하게"라 말하고 틸은 알았다고 대답했다.

구둣방 주인이 나가자, 오일렌슈피겔은 가죽 재단에 들어가서 돼지, 황소, 송아지, 염소, 수산양 등 여러 가지 가축 모양으로 마름질하였다. 저녁때가 되어 집으로 돌아온 주인은 일꾼의 가죽 재단 솜씨를 보고 싶었다. 가죽으로 여러 가축들의 모양새가 마름질되어 있는 것을 본 주인은 화가 나서 그에게 소리를 질렀다. "가죽으로 무얼 만들었다는 게야, 이놈아! 무슨 심보로 귀한 가죽을 이렇게 못 쓰게 잘라 놓았단 말이냐?" 오일렌슈피겔이 말했다. "주인어른, 저는 당신이 좋아 할 모양새로 재단한 것뿐인뎁쇼." 주인 왈, "말 같지도 않은 말을 씨부렁대기는! 내가 언제 가죽을 못 쓰게 재단하라고 시켰단 말이야." "주인어른, 화나신 까닭이 그것입니까? 당신께서 목동이 성문 밖 가축을 몰 때처럼 작은 놈, 큰 놈 식으로 재단하라 시켰잖아요. 그래서 그렇게 한 것뿐이에요. 분명히 그러셨어요." "그렇게 말한 적 없다니까. 내 말 뜻은 작은 구두, 큰 구두를 마름질해서 서로 바느질로 꿰매 두라는 거였단 말이다." "그렇게 시켰으면 기꺼이 그리 했습죠. 다시 해 볼까요?"

그리하여 오일렌슈피겔과 구둣방 주인은 서로 화해를 했다. 주인은 오일렌슈피겔이 자신이 원하는 대로, 시키는 대로 하겠다고 약속했으므로 틸의 잘못된 가죽 재단을 없던 일로 하였다. 구둣방 주인은 구두 밑창을 재단하여 틸에게 건네며 말했다. "잘 보라고, 큰 것과 작은 것을 번갈아서 꿰매게." 그는 알았다고 대답하고 바느질을 시작했다. 주인은 늘 하던 버릇인 어슬렁대는 바깥출입도 삼가며 오일렌슈피겔에게서 눈을 떼지 않고 시키는 일을 제대로 잘하는지 지켜볼 참이었다. 오일렌슈피겔의 사람됨을 좀 알게 되었으므로 자기의 지시를 일부러 엇나가서 받아들이지 않도록 살피려는 참이었다.

오일렌슈피겔은 작은 구두와 큰 구두를 집어서 작은 구두를 큰 구두에 끼워 넣어 함께 바느질했다. 주인이 어슬렁대는 산책을 나가려다가, 그가 또 무슨 짓을 할는지 마음이 놓이지 않는 터에 틸이 구두를 서로 포개서 함께 꿰매는 모습을 보게 되었다. 주인이 말했다. "네놈은 정말 일꾼이군, 주인이 시키는 것은 뭐든지 하는……." 오일렌슈피겔이 말했다. "지시를 어기면 얻어맞는데 시키는 대로 하면 얻어맞지는 않지요." 주인 왈, "아무렴, 그 말은 맞네. 여보게! 그래, 내 말은 그리했지만 진짜 내 뜻은 그게 아냐. 내 뜻은, 작은 구두를 한 켤레 마무리 짓고 나서 큰 것 한 켤레를 완성시키라는 거야 그렇지 않으며 큰 걸 먼저 마무리 짓고 나서 작은 것 순이라도 괜찮아. 네가 하는 짓을 보면 시키는 말을 곧이곧대로 하고 숨은 본뜻을 놓치고 말았어."[2] 그리고는 화가 나 그에게서 재단 가죽을 뺏으며 말했다. "잘 보라고. 정성을 들이게. 새 가죽을 줄 테니까 구두 본에 맞추어 마름질해." 나들이 나가기에 마음이 급해서 곰곰이 생각지도 않은 말이었다.

주인은 일 때문에 거의 한 시간 동안 작업장을 비우고 외출했다가 갑자기 틸에게 한 가지 구두 본에 맞추어 가죽을 마름질하라고 일렀던 일이 떠올랐다. 그는 일이고 뭐고 대충대충 하고 서둘러 집으로 돌아왔다. 그 사이에 오일렌슈피겔은 작업장에 앉아 가죽을 한 장 남김없이 작은 구두 본에 맞추어 재단했다. 집으로 돌아온 주인은 그 꼴을 보고 오일렌슈피겔에게 말했다. "죄 작은 구두뿐인데 큰 구두는 없냐?" 오일렌슈피겔은 "네, 그걸 바라신다면 큰 구두만 나중에 마름질해서 완성시킬게요"라고 답했다. 주인 왈, "나 같으면 작은 구두 다음에 큰 구두를 마름질하기보다 큰 구두 다음에 작은 걸 재단하지. 너는 한 구두 본만 사용해서 다른 한쪽 구두 본을 쓸모없이 만들어 버렸어." 오일렌슈피겔이 말했다. "주인어른께서 한 구두 본으로 구두를 마름질하라고 제게 시켰던 건 틀림없어요." 주인이 말했다. "네놈에게 이것저것 일러 봤자 쓸데없는 짓이지." 그러고는 "네놈이 못 쓰게 만든 가죽 값은 물어내라. 앞으로 어디에서 가죽을 사들여야 하느냐"고 투덜댔다. 오일렌슈피겔은 "가죽 손질하는 가게 같으면 가죽이 있겠지, 뭐"라고 내뱉으며 일어나 문간으로 가서는 현관에서 뒤를 돌아보며 말했다. "두 번 다시 이 집에는 안 오겠지만 내가 여기에 머물렀다는 건 사실입지요." 그리고 그는 떠나갔다.

1_〈제42화〉는 원본에서 빠져 있다.

2_이 부분은 오일렌슈피겔의 개구쟁이 본성의 핵심을 드러낸다. 낱말의 양의성(兩意性)을 어떻게 해석하느냐를 놓고 그는 주인이 요구하는 전의(轉義)를 고의로 곡해해서 원뜻대로 해석한다. 간단히 '큰 구두와 작은 구두를 마름질하게'라면 될 것을 멋을 부리느라고 '목동이 성문에서 가축들을 몰 때처럼' 등의 수사적인 미사여구로 장식하는 바람에 주인은 함정에 빠져드는 것이다.

제44화

오일렌슈피겔이 어떻게 한 농부에게
버터 대신 고약한 냄새가 나는 생선기름을
부어 수프를 따라 주고, 그만하면
농부들에게는 됐다는 말을 들었던지

오일렌슈피겔은 한 곳에서만 그랬던 것이 아니라 여러
곳의 구둣방에서 개구쟁이 악동 짓을 많이 저질렀다. 그는
앞에서 말한 고약한 장난을 친 다음 슈타데 시로 흘러왔
고, 이곳 구둣방에서 일하게 되었다. 그가 일을 시작한 첫

날, 주인은 시장에 나가 나뭇단을 한 마차 사고 농부에게 값을 지불하면서, 수프를 대접하겠노라고 약속했다. 농부는 나뭇짐을 구둣방으로 날라 주었다. 마침 주인 아낙네도 하녀도 외출 중이어서 집에는 아무도 없었다. 오직 오일렌슈피겔만이 구두를 꿰매며 집을 지키고 있었다. 다시 시장에 갈 일이 있었던 구둣방 주인은 오일렌슈피겔에게 그릇찬장에 있는 것으로 대충대충 수프를 만들어 농부에게 먹이라고 지시했다. 알았다고 오일렌슈피겔이 대답하는 사이 나뭇단을 내린 농부가 집안으로 들어왔다.

오일렌슈피겔은 빵을 잘게 찢어 대접에 담아냈지만 찬장 어디에도 버터가 보이지 않았다. 그래서 그는 그릇에 담긴 악취가 나는 생선기름을 농부의 수프에 뿌려 주었다. 농부는 먹기 시작했고 냄새를 견딜 수가 없었으나 배고픈 나머지 수프를 말끔히 먹어 치웠다. 그 사이에 돌아온 구둣방 주인은 수프 맛이 어땠느냐고 농부에게 물었다. 농부는 "맛은 그냥저냥이었는데 새 구두 맛이 나던데요"라고 말하고 나가 버렸다. 주인이 웃으며 수프에 무얼 뿌렸느냐고 묻자, 오일렌슈피겔은 이렇게 말했다. "주인어른께서 제게 대충대충 수프를 만들어 주리고 했습죠. 기름이라고는 저 고약한 냄새를 풍기는 생선기름밖에 없었어요. 부엌의 찬장을 죄다 뒤져봤는데 기름기 있는 것은 없더군요. 그래서 그것으로 대충대충 만들었습죠." 구둣방 주인이 말했다. "그래, 그럼 됐어. 농부에겐 그것으로 충분해."

제45화

브라운슈바이크의 장화가게 주인이
어떻게 오일렌슈피겔의 장화에 꼬챙이를
박았기에 그가 작업장의 창문을 깨트렸던지

크리스토퍼라는 사람이 브라운슈바이크 시의 콜 장터에
장화가게를 열고 있었다. 오일렌슈피겔은 장터에 가서 장화
에 기름을 먹일 참이었다. 그는 장화가게에 들러서 주인에
게 말했다. "주인장, 월요일에 찾으러 올 테니 내 장화에 기
름 좀 먹여 주어요." 주인은 알겠다고 대답했다. 오일렌슈피

겔은 뜻밖의 파장이 생기리라는 생각도 없이 가게 밖으로 나왔다. 그가 나가자, 장화가게 일꾼이 주인에게 속삭였다. "주인어른, 저 사람이 바로 누구에게나 개구쟁이 악동 짓을 하는 오일렌슈피겔입니다요. 그가 당신에게 부탁한 걸 반대로 당신이 그에게 시켰다면, 부탁한 그대로 하지 않고 당신을 바보 병신 만들기 십상입죠." 주인이 물었다. "그가 나에게 무얼 부탁했지?" 일꾼 왈, "오일렌슈피겔은 장화에 기름을 발라 달라고¹ 부탁했어요. 구두 가죽을 부드럽게 하려고요. 그러니까 가죽이 부드러워지도록 기름을 바르는 대신 꼬치구이 하듯 장화를 꼬챙이에 꿰어 버리면 어때요?" 주인은 "그 친구가 해 달라는 대로 해 주자"며, 베이컨을 잘라 기름칠을 하는 대신 장화에 꼬치를 찔러 꼬치구이 모양으로 만들어 버렸다.

월요일에 찾아온 오일렌슈피겔은 부탁한 대로 장화에 기름칠을 잘해 놓았는지 물었다. 장화를 벽에 걸어 두었던 주인은 그에게 벽을 가리키며 말했다. "저기 걸려 있네." 장화가 그렇게 꼬치 모양으로 걸려 있는 꼴을 보며 웃음을 터뜨린 것은 오일렌슈피겔이었다. "당신도 에누리 없이 정직한 양반일세. 주인장, 내가 부탁한 대로 하다니 얼마를 드리면 되겠소?" 주인은 구화 1그로셴이라고 대답했다. 틸은 대금을 지불하고 장화꼬치를 들고 장화가게를 나왔다. 가게 주인과 일꾼은 웃음을 참으며 그를 내보내고는, "자기 하던 짓거리대로 한 방 먹었지"라고 함께 낄낄댔다.

바로 그때 오일렌슈피겔이 길가 쪽으로 난 일층 작업장의 유리창을 깨고 머리와 어깨를 내밀며 구두장이에게 말했다. "주인장, 내 장화에 바른 게 무슨 베이컨인가요? 암퇘지 기름이오, 수퇘지 기름이오?" 가게 주인도 일꾼도 무슨 소리가 어디에서 나는지 의아해하다가, 마침내 그가 창문에서 머리와 어깨를 내밀고 있으며 유리가 반쯤 깨어졌고 파편은 작업장 바닥에 널브러져 있는 것을 보았다. 주인은 화가 나서 소리를 질렀다. "꼭 이렇게 해야겠어? 이런 배신자 같으니라고. 이 몽둥이로 네놈의 대갈통을 박살내 주마." 오일렌슈피겔의 능청스런 대답은 이러했다. "주인장, 제발 성깔 부리지 마시오. 내가 알고 싶은 건 장화꼬치 만들 때 무슨 베이컨을 썼는지, 그게 암퇘지 기름인지, 수퇘지 기름인지라오." 장화가게 주인은 더 화가 나서 깨어진 유리창을 고쳐 놓으라고 소리쳤다. "무슨 베이컨인지 가르쳐 주지 않으면 다른 데 가서 물어 볼 수밖에"라며 오일렌슈피겔은 다시 창문 밖으로 몸을 빼 빠져 나갔다. 주인은 화를 풀지 못하고 일꾼에게 일갈했다. "쓸데없는 말참견만 해 가지고. 창문 고칠 궁리나 하라고!" 일꾼이 끽소리도 못 하자 핏대를 세우며 주인이 말했다. "바보 병신 만들어 한 방 먹인다는 게 도대체 어느 쪽 이야기야. 개구쟁이 악동에게 당할 때는 모른 체하는 게 장땡이라는 세상 물정쯤은 알아야지. 그랬으면 가게 창문도 그대로였을 텐데."

일꾼은 장화를 꼬치로 만들자며 참견을 하는 바람에 주

인에게 유리창 대금을 물게 되었고, 일자리도 잃고 떠돌게
되었다.

1_원문은 'Spicken'인데, 이 말에는 두 가지 뜻이 있다. 첫째는 소시지
에 기름을 바르다, 둘째는 소시지 조각을 꼬치에 꿰다. 이 또한 낱말
의 양의성을 가지고 말장난하는 우스개이지만 여기서는 오히려 오
일렌슈피겔이 말꼬리를 잡혀 한 방 먹는다.

제46화

오일렌슈피겔이 어떻게 얼어서
딱딱해진 똥을 그리스라고 속여
비스마르의 구두장이에게 팔아먹었던지

어느 때인가 오일렌슈피겔은 많은 가죽을 가죽 모양으로
마름질하고 못 쓰게 만들어 비스마르의 구둣방에 큰 손해
를 입히고, 착한 주인을 비탄에 빠지게 한 적이 있었다.[1] 그
소문을 들은 오일렌슈피겔은 다시 비스마르 시로 돌아와,
손해를 입힌 바로 그 구둣방 주인에게 많은 가죽과 가죽에

먹일 기름인 그리스를 곧 들여올 테니 자신과 큰 거래 한 번 안 해보겠느냐고 꼬드겼다. 구둣방 주인은 "말할 것 없이 괜찮은 제안일세. 네가 그 짓으로 나를 가난뱅이로 만들었으니 빚을 갚아야지. 물건이 들어오면 알려 주게." 그러고 나서 두 사람은 작별했다.

때는 겨울철이라 가죽을 벗기는 피혁공들이 똥통을 치우고 있었다. 그들에게 다가간 오일렌슈피겔이 늘상 하천으로 버리는 똥물을 큰 통 열두 개에 가득 채워 주면 현금을 내겠노라고 약속했다. 그들은 동의했고, 손가락 네 개가 들어갈 여지만 남긴 채 큰 통에 똥을 채우고 그것이 딱딱하게 얼 때까지 내버려 두었다. 오일렌슈피겔은 그것을 넘겨받아 여섯 통의 비워 둔 윗부분 공간에 그리스 기름을 가득히 부어 채우고, 나머지 여섯 통에도 마찬가지로 돼지기름을 채워 넣었다. 그러고서는 통 뚜껑을 단단히 닫고 못질해서 숙소인 금성여관으로 옮겨 놓고 구둣방 주인에게 물건이 들어왔다고 알렸다.

구둣방 주인이 와서 둘이 함께 통을 열어 보았다. 주인은 썩 마음에 들었다. 그래서 그는 물건값 24굴덴 가운데 12굴덴은 현금으로, 나머지 12굴덴은 일 년 안에 오일렌슈피겔에게 지불한다는 계약을 체결했다. 오일렌슈피겔은 돈을 받자마자, 거짓이 탄로 날까 봐 그 길로 여행길에 올랐다.

구둣방 주인은 물품을 건네받고 이것으로 여태까지의 손해와 빚을 메울 수 있으려니 해서 기분이 좋았다. 다음 날 그는 가죽에 그리스를 칠할 일꾼들을 불렀다. 구둣방 직공들은 맛있는 것은 배불리 먹겠거니 해서 대거 몰려들었다. 그들은 여느 때처럼 큰 소리로 노래하며 지루한 작업을 신명나게 하느라 후렴도 따라 부르며 작업에 착수했다. 큰 통이 화로의 불 가로 운반되어 따뜻해지니 본연의 냄새가 나기 시작했다. 서로가 옆 자리 동료에게 "자네, 바지에 똥 지린 것 아냐"라고 물었다. 주인은 주인대로 "누가 똥을 밟았구나. 구두를 잘 씻어야지. 냄새 한번 고약하다"며 주변을 살폈지만, 아무것도 눈에 띄지 않았다.

그들은 그리스를 가마에 넣어 가죽에 칠하기 시작했다. 그리스가 밑으로 내려갈수록 고약한 냄새는 더 지독해졌다. 마침내 그들은 속에 무엇이 들었는지 알고서는 작업을 내팽개쳐 버렸다. 구둣방 주인은 오일렌슈피겔을 붙들어 피해를 물리려고 직공과 함께 밖으로 달려 나갔다. 그러나 그는 이미 돈을 들고 튄 다음이었다. 그리고 아마도 잔금 12굴덴을 받으러 돌아올 것이었다. 구둣방 주인은 그리스가 들어 있는 큰 통들을 가죽을 벗기는 도살장으로 두 번 운반하는 손해를 봐야 했다.

1_〈제43화〉의 내용.

제47화

오일렌슈피겔이 어떻게 아인베크에서 맥주 양조장의 직공이 되어 호프[1] 대신 호프라는 이름의 개를 삶아 버렸던지

다시금 오일렌슈피겔은 자기 일에 열성을 쏟게 되었다. 아인베크 시[2]에서 자두에 똥칠한 사건[3]이 잊힐 만하자, 그는 다시 이 도시로 돌아와서 맥주 양조장에서 일하게 되었다. 어느 날 주인이 결혼식에 가려고 오일렌슈피겔에게 하녀와 함께 가능한 대로 술을 많이 빚도록 지시했다. "내일은 도와줄 수 있을 거야. 무엇보다도 호프를 삶을 때는 주의해야 돼. 맥주 맛이 찡하지 않으면 파는 데 지장이 있거든" 하며 잔소리도 잊지 않았다.

오일렌슈피겔은 "그럼요, 최선을 다할게요"라고 대답했다. 양조장 주인은 아내를 데리고 집을 나섰다. 오일렌슈피겔은 하녀가 가르쳐 주는 대로 열심히 술을 빚기 시작했다. 맥주에 관한 한 하녀가 아는 것이 많았다. 그런데 호프를 끓여 낼 단계에 이르자, 하녀가 말했다. "이봐요. 호프는 혼자서도 잘 삶을 수 있겠죠? 저는 한 시간만 춤 구경 좀 하고 올게요." 그는 좋다고 말하며 '하녀마저 집을 비우면 개차반 장난질은 내 마음대로지. 이 양조장에는 어떤 개구쟁이 장난질을 쳐 줄까'라고 속으로 생각했다.

양조장 주인은 호프라는 이름을 가진 큰 개를 기르고 있었다. 물이 끓자, 오일렌슈피겔은 개를 잡아 물에 집어넣고 푹 삶아 버렸다. 가죽이나 털이 다 벗겨져 나가고 육질도 뼈다귀에서 한 점 남김없이 흐물거렸다. 하녀는 '호프도 잘 삶아졌겠지. 집으로 돌아가 오일렌슈피겔을 도울 시간이 되었다'고 생각했다. 그녀가 돌아와 말했다. "이봐요, 이만하면 됐어. 이제 건져야지." 하녀는 체를 앞에다 두고 국자로 몇 번이나 퍼 올리며, "호프는 정말 이 속에 넣은 거야? 국자에는 전혀 걸리는 게 없는데"라고 물었다. 오일렌슈피겔이 대답했다. "바닥을 뒤지면 나오겠지." 하녀가 바닥을 휘저어 건져 올린 것은 짐승 뼈다귀였고, 국자 바닥의 그것을 보고는 쇳소리 비명을 질렀다. "하나님 맙소사. 이 속에 무얼 넣은 거야? 이런 맥주라면 망나니나 마시라 해라." 오일렌슈피겔은 태연히 말했다. "주인장 시키는 대로, 진짜 호프. 우리 집 개를 넣은 것뿐인데."

그러는 사이에 주인이 얼큰하게 취해서 돌아와 "무슨 일이야, 자네들. 좋은 일이라도 있어?"라고 말했다. 하녀가 답했다. "이런 고약한 일이라니, 어떻게 해야 할지 모르겠어요. 이 신출내기 직공한테 호프 끓이는 일을 맡겨두고 한 삼십 분 춤 구경을 다녀왔더니, 그랬더니…… 이자가 우리 집 강아지를 삶아 버렸어요. 저기 등뼈다귀가 보이죠?" 그 말을 받아 오일렌슈피겔 가로되, "그래요, 주인장. 당신이 시킨 대로 했을 뿐이에요. 시키는 대로 했는데 고맙다는 소리도 못 듣다니 수지맞는 장사는 아니군. 주인장 뜻이야 어떠했더라도 일꾼이 시키는 일을 반만 해도 마음에 들어 해야지." 그리하여 오일렌슈피겔은 휴가를 받아 그곳을 떠났지만 어디를 가도 공대를 받는 경우가 없었다.

1_독일어 호프(Hopfen)는 맥주를 빚는 원료인 홉을 말한다.

2_오늘날도 아인베크 시청 앞 분수대에는 오일렌슈피겔의 동상이 서 있다. 한자동맹 도시로서 7백 년의 역사를 자랑하는 이 도시는 유명한 맥주의 산지로, 특히 중세에 이름을 떨쳤다. 〈제64화〉에서도 아인베크 산 맥주가 나온다.

3_여기에서 언급된 우스개 이야기는 〈제88화〉이다. 〈제88화〉에 삽화가 없어서 지금과 같이 이야기의 순서가 뒤바뀌었는지 모른다.

제48화

오일렌슈피겔이 어떻게 재단사에게
고용되어 큰 나무통 아래서 바느질을 했던지

오일렌슈피겔이 베를린으로 와서 재단사 직공 노릇을 하
게 되었다. 그가 작업장에 앉아 있는 것을 보고 주인이 말
했다. "이보게, 바느질을 하고 싶으면 한 땀 한 땀 잘 놓아
보게. 그렇지만 사람들 눈에 띄지 않게 말이야."[1] 오일렌슈
피겔은 예, 라고 대답하고, 바늘과 옷감을 들고 나무통 아
래로 기어들어가 무르팍 위에 일감을 펼치고 바느질을 하기

시작했다. 재단사가 와서 그 모습을 보고 말했다. "무얼 하겠다는 거야. 이런 바느질은 본 적이 없네." 오일렌슈피겔이 말했다. "주인어른께서 말씀하셨지요. 사람들 눈에 안 띄게 바느질하라고. 이렇게 하면 아무도 보지 않습니다요." 재단사의 말인즉, "그런 말이 아니었네. 여보게, 그런 바느질일랑 그만두고 사람들 눈에 띄게 한 땀 한 땀 뜨게."

사흘이 지나고 밤이 찾아왔다. 재단사는 피곤해서 잠자리에 들 참이었다. 마침 거기에 절반쯤 바느질이 된, 농부들이 입는 회색 저고리가 놓여 있었다. 그는 그것을 틸에게 던져 주며 말했다. "자, 이 늑대[2]에 마무리 손질을 하고 자라고." 오일렌슈피겔이 말했다. "예, 잘 주무셔요. 근사하게 마무리 지어 놓을게요." 주인은 잠자리에 들었고 곧바로 꿈나라로 들어갔다. 오일렌슈피겔은 회색 저고리를 손에 들고 마름질을 해서 늑대 머리 모양을 만들고 몸체와 다리도 재단했다. 막대기에 걸쳐 놓으니 마치 살아 있는 늑대와 진배없었다. 일을 마치고 그도 잠자리에 들었다.

다음 날 일어난 재단사가 오일렌슈피겔을 깨우려다가 작업장에 늑대가 있는 것을 발견했다. 이상하게 여긴 재단사가 자세히 살펴보니, 그것은 마름질된 저고리였다 마침 오일렌슈피겔이 와서 재단사가 물었다. "도대체, 뭐 이 따위를 만들었냐?" 그의 대답인즉, "시킨 대로 늑대 한 마리 만들었습죠." "내가 말한 건 그런 늑대가 아니야. 회색 농부 저고리를 말한 거였어. 그걸 늑대라고 해." 오일렌슈피겔이 말했다. "주인나리, 그건 전혀 몰랐습죠. 당신 뜻이 그런 줄 알았으면 늑대가 아니라 농부 저고리를 마름질했겠죠." 그 말을 듣고 재단사는 '지난 일은 지난 일이니 잔소리해 봤자지'라고 마음을 삭였다.

그렇게 해서 나흘째 되던 날 밤, 재단사는 고단해서 일찍 자려다가 직공을 재우기에는 시간이 너무 이르다는 생각을 했다. 그런데 거기에 소매가 성기게 꿰매진 저고리가 보였다. 재단사는 저고리와 아직 바느질이 덜 된 소매를 오일렌슈피겔에게 던져 주며 말했다. "소매를 저고리에 '던지게 되면'³ 잠자리에 들게." 네, 라고 오일렌슈피겔이 대답했다.

재단사가 잠자리에 들자, 오일렌슈피겔은 저고리를 옷걸이에 걸어 놓고 저고리 양옆으로 초를 한 대씩, 두 개의 촛불을 켰다. 그러고서는 한쪽 소매를 집어 들어 저고리를 향해 던지고 반대쪽에서도 그렇게 했다. 두 자루의 촛불이 다 타면 또 새 촛불 두 개를 켰고, 저고리를 향해 밤새 소매를 던지는 사이 날이 밝았다.

재단사가 일어나 작업장에 들어와서도 오일렌슈피겔은 알은 체도 하지 않고 열심히 소매만 던지고 있었다. 그 짓을 지켜보던 재단사가 입을 뗐다. "이것 봐, 이게 무슨 도깨비장난이야?" 오일렌슈피겔이 정색하며 말했다. "도깨비장난이라니요, 밤새 잠도 못 자고 소매를 던지고 있는데. 끈질긴 녀석이라 저고리에 걸리지를 않아요. 소매 따위를 던지게 하지 말고 나를 재워 주었으면 좋았을걸. 이 따위 짓은

쓸모없는 노릇이란 걸 주인나리께서 모를 리 없었을 텐데
요." 재단사가 말했다. "그게 내 탓이야? 네놈이 그렇게 잘
못 받아들이리라고는 생각지도 못했지. 내 뜻은 두 소매를
저고리에 바느질로 꿰매 놓으라는 것이었는데." 오일렌슈피
겔의 말, "제기랄, 그게 쓸데없는 짓이라니깐. 주인나리는
언제나 속과 겉을 다르게 말한단 말씀이에요. 그러니까 알
아들을 수가 없지. 뜻을 분명히 했으면 소매를 바느질로 잘
꿰매 놓고 몇 시간이라도 잠을 잤을 터인데. 자, 그럼. 주인
나리께서 낮 동안에 편히 앉아서 바느질하세요. 나는 눈 좀
붙일 테니까요." 재단사는 말했다. "말도 안 돼. 내가 잠꾸
러기 녀석을 고용한 줄 알아?"

둘은 서로 핏대를 올리며 욕질을 해댔고, 말싸움이 거칠
어지자 재단사는 밤새 날려 버린 초 값을 물어내라고 윽박
질렀다. 그러는 사이에 오일렌슈피겔은 개인 소지품을 싸가
지고 떠나 버렸다.

1_이른바 프랑스식 바느질은 꿰매는 자리가 눈에 띄지 않는다.
2_손질 안 된 원자재, 아니면 늑대가죽으로 된 저고리를 뜻하는 것으
　로 보인다.
3_당시 이 지방의 재단사들이 사용하던 밀로시 바느질을 뜻한다.

제49화

오일렌슈피겔이 어떻게 세 사람의
재단 직공들을 작업대에서 떨어지게
해 놓고 그들이 바람에 날아갔다고
허풍을 떨었던지

　　브란덴부르크 시장 근처 여인숙에서 오일렌슈피겔은 두
주일 동안 머물렀다. 숙소 바로 옆집은 재단사가 살았는
데, 그곳에서는 직공 세 사람이 작업대(길거리로 향해 난 창
가에 붙은 나무작업대는 창문 여닫이 노릇도 하고 물품거래 장

소도 된다)에 앉아 바느질을 하고 있었다. 세 직공은 오일렌슈피겔이 지나가면 놀리기도 하고 헝겊조각을 던지기도 했다. 그러나 그는 끽소리 없이 장터에 사람들이 와글와글 모여드는 날만 기다렸다. 장날 전날 밤, 그는 작업대를 지탱하는 기둥 아래쪽을 톱으로 잘라 내고 그 자리에 작은 돌멩이를 괴어 놓았다. 다음 날 아침 직공들은 작업대를 지주 기둥에 올려놓고 그 위에 앉아 바느질을 시작했다.

그때 목동들이 집에서 기르는 돼지를 방목하려고 나팔을 제각기 불어 대자, 재단사 집에서도 돼지가 뛰쳐나와 창문 아래 작업대의 지주 기둥에 몸뚱이를 비비기 시작했다. 그 결과 기둥이 무너져 내렸고, 그 바람에 세 직공은 창문에서 길거리로 굴러 떨어졌다. 그 모습을 바라보고 있던 오일렌슈피겔은 그들이 굴러 떨어지는 순간 큰 소리로 고함을 쳤다. "여러분, 잘 보세요. 직공 세 사람이 창문에서 바람에 날아갔어요." 그 소리가 하도 커서 장터 안에 들리지 않는 곳이 없었다. 그 자리로 달려온 사람들은 배꼽을 잡고 웃으며 그들을 놀려 댔다. 직공들은 단단히 조롱과 창피를 당했지만 어쩌다 창문에서 떨어졌는지 도무지 알 수가 없었다. 마침내 그들은 작업대 기둥 다리기 톱으로 잘려 있는 것을 발견하고 오일렌슈피겔이 저지른 짓임을 알게 되었다. 그들은 기둥을 새로 손질하고 더 이상 그를 골리지 않았다.

제50화

오일렌슈피겔이 어떻게 작센 전 지역의
재단사들에게 자자손손 쓸모 있는 기술을
가르쳐 주겠노라고 편지를 써서
그들을 소집했던지

오일렌슈피겔이 벤디의 여러 도시[1]들과 작센 영내의 재
단사 모임에 회의를 소집한다는 서한을 발송했다. 발송지는
홀슈타인, 폼메른, 슈테틴, 메클렌부르크와 뤼베크, 함부르
크, 슈트랄준트, 비스마르 등 여러 도시였다. 그는 편지로

양해를 구하면서 자기가 로스토크에 체재 중이므로 그곳으로 와 주기 바란다고 부탁했다. 자자손손 이 세상 끝날 때까지 오래도록 써먹을 수 있는 기술을 가르쳐 주겠노라는 것이 요점이었다.

도시와 시골의 재단사들은 서로 편지로 의견을 묻고 타진하다가 기일을 정하고 로스토크에 모이기로 했다. 모두들 오일렌슈피겔이 사람들을 불러 모아 무슨 말을 하려는지, 급하게 모이게 한 만큼 가르쳐 주겠다는 기술이 어떤 것인지 궁금하기 이를 데 없었다. 그들이 사전 약속에 따라 정해진 날짜에 로스토크로 모여드니, 이곳 시민들은 '재단사들이 웬일이냐'고들 의아해했다.

오일렌슈피겔은 재단사들이 자기 말을 따르기로 했다는 소식을 듣고서는 그들을 모이게 했고, 그런 사이 모두들 소집이 되었다. 재단사들은 그에게 자자손손 쓸모 있는 기술을 가르쳐 주겠노라는 편지에 따라 모두들 이곳에 왔노라고 말하고, 아무쪼록 그 기술을 공개해서 재단 일에 진력케 해 달라고 간청했다. 사례도 톡톡히 하겠다고 덧붙였다.

오일렌슈피겔이 말했다. "자, 여러분! 한 분도 빠짐없이 내 말을 놓치지 않도록 광장으로 모여 주세요." 그들이 광장에 모이자, 오일렌슈피겔은 어떤 집 위로 올라가 창문 밖을 둘러보며 말했다. "명예로운 재단사 여러분, 유념해 주시기 바랍니다. 가위와 자와 실, 그리고 골무, 그리고 바늘만 있으면 여러분이 일하시는 데는 모자람이 없습니다. 재단 일을 해 나가시는 여러분들께서 이런 도구들을 챙기는 것은 특별한 기술도 아니고 일상적인 일입죠. 그러나 이제 내가 말하는 기술은 나만의 것입니다. 잊지 마세요, 바늘 구멍에 실을 꿸 때는 한 쪽 끝에 매듭을 져야 합니다! 그렇지 않으면 아무리 바느질을 해도 쓸모가 없어요. 실이 바늘귀에서 빠져나가 버린답니다." 재단사들은 서로를 쳐다보며 "이 따위 기술이나 지껄일 요량이라면 우린 언제 적부터 알고 있는 걸"이라고 말하고, 더 이상 할 말이 없느냐, 이 따위 헛소리를 들으려고 심부름꾼을 보내고 연락을 취해 몇 십 리 길을 달려온 게 아니라고 덤볐다. 재단사라면 그 정도 기술은 천 년 전부터 다 알고 있다는 것이었다. 거기에 답해서 오일렌슈피겔은 "천 년 전에 일어난 일을 기억하고 있는 사람은 없네"라고 이죽거렸다. "내 말이 여러분들 마음에 들지 않아도 그만, 들어도 그만. 사례할 것은 없어요. 모두들 각자 집으로 돌아가시면 그만이지요."

멀리에서 온 재단사들은 화가 나서 그에게 덤벼들고 싶었지만, 그가 있는 곳으로 올라갈 수는 없었다. 그래서 그들은 뿔뿔이 흩어져 돌아갔다. 일부는 화를 못 참고 욕지거리도 해 댔지만 먼 길을 소득도 없이 왔다 가는 것에 영 기분이 언짢았다. 로스토크 지역 사람들은 재단사들이 이렇게 등신 취급당한 것을 비웃었고 오일렌슈피겔이 어떤 놈인지 전부터 잘 알고 있으면서 바보 꼴이 된 그들의 죄는 자승자박이라고 골려 댔다.

1_한자동맹 가운데서도 맹주 뤼베크 시와 특히 밀접한 관계에 있었
던 벤디족이 거주한 여러 도시들을 일컫는다. 유럽 중세사회에서 서
(西)슬라브족을 일컫는 벤디는 특정한 계층을 이루었다. 구체적 지
명은 이어 나온다.

제51화

오일렌슈피겔이 어떻게 월요 휴일에도 쉬지 못하고 양털을 손질했던지

오일렌슈피겔이 모직 직공으로 행세하며 슈텐달 시에 온 것은 일요일이었다. 모직업자가 그에게 말했다. "여보게, 너희들 직공이 쉬는 날은 월요일이야.[1] 놀고 싶어 몸살 난 녀석들을 우리 작업장에서는 채용하고 싶지 않거든. 직공이라면 일주일 내내 일해야지." 오일렌슈피겔은 말했다. "예, 저는 그 편이 더 나아요." 그리고 다음 날 오일렌슈피겔은 아침에 일어나서 양털이 깨끗해지고 고와지도록 두들기기 작업을 했고, 화요일에도 그렇게 해서 주인 마음에 쏙 들었다.

수요일은 성당 사도의 축일이어서 일을 쉬는 날이었다. 오일렌슈피겔은 축일이나 재일 따위는 개의치 않고, 아침에 일어나서 양털을 펴서 널고 두들기기 시작했다. 그 소리가 온 거리에 울려 퍼졌다. 주인은 펄떡 자리에서 일어나 그에게 말했다. "그만해, 관둬! 오늘은 일하지 않는 축일이야." 오일렌슈피겔이 답했다. "주인장께서는 지난 일요일 날 제게 말했어요, 우리 작업장에는 성당 축일이고 재일 같은 건 없으니 일주일 내내 뼈 빠지게 일하라고." 모직업자가 말했다. "그런 뜻으로 말한 게 아니야. 그만해. 양털 두들기기는 그만두라니까. 오늘 품삯은 한 푼도 깎지 않고 쳐 줄 테니까."

오일렌슈피겔은 그것으로 만족하였고 그날은 휴일로 쉬면서 저녁때는 주인과 이런저런 이야기를 나누었다. 그러다가 주인이 오일렌슈피겔에게 "자네는 양털을 조금 더 높이 두들기지 않으면 손질을 잘할 수 없겠다"고 말했다. 오일렌슈피겔은 예, 라고 대답했다. 다음 날 그는 일찍 일어나, 서까래 기둥에 양털을 손질하는 활^{2}을 걸어 두고 사다리로 두들기기용 마대기를 든 채 위로 올라갔다. 그리고 땅바닥 건조대에 있던 양털을 걷어 옥탑방으로 가져가 두들겼으므로, 양털이 온 집안으로 마구 날아들었다.

모직업자는 침대에 누워 있다가, 양털 두들기는 소리를 듣고 일이 벌어진 줄 알고 일어나서 오일렌슈피겔이 하는 짓거리를 물끄러미 쳐다보았다. 오일렌슈피겔이 말했다. "주인어른, 어때요. 높이는 이 정도로 되겠죠?" 주인이 대답했다. "됐구먼. 지붕 위로 올라가면 더 높아질걸. 그러니까 양털을 잘 손질하려면 이 사다리로 올라가기보다 지붕 위에 앉아서 마음대로 두들기는 게 좋겠어." 그렇게 말하고 주인은 홀연히 교회로 가 버렸다.

오일렌슈피겔은 그 말을 곧이곧대로 듣고서는 활을 들고 지붕으로 올라가 그 위에서 양털을 두들겼다. 골목에서 그 소리를 들은 주인이 그 길로 달려와 고함을 질렀다. "도대체 무슨 짓을 하고 있는 거야, 네놈은? 그만둬. 지붕 위에서 양털을 두들기는 놈은 처음 보겠다." 틸의 대답인즉, "새삼스레 무슨 말이에요. 사닥다리로 올라가기보다 지붕 위가 좋다고 말한 양반은 주인어른입니다. 그렇게 하는 게 옥탑방보다 더 높다면서요." 모직업자의 말은 이러했다. "양털을 두들기고 싶으면 두들겨 패라. 어릿광대 노릇을 하고 싶으면 못 할 짓이 없지. 지붕에서 내려와 건조대에 똥이나 갈겨." 그렇게 말하고 주인은 다시 집으로 들어가 뒷간으로 갔다. 오일렌슈피겔은 서둘러 지붕에서 내려와 작업실 방에 쪼그리고 앉아 건조대에 커다란 똥 뭉치를 쌓아올렸다.

주인이 뒷간에서 돌아와 그가 방안에서 똥을 누고 있는 꼴을 보고 소리를 질렀다. "도대체 너 같은 놈은 벼락이나 맞아라! 네놈 하는 짓은 악동 개구쟁이 그대로야." 오일렌슈피겔의 대꾸는 이러했다. "주인어른, 난 시킨 것만 했을 뿐이에요. 지붕에서 내려와 건조대에 똥을 갈기라고 한건 바로 주인나리이십니다. 시킨 대로 했는데 왜 화를 내세요?" 모직업자의 말, "네놈은 시키지 않아도 내 머리 위라고 해서 똥을 싸지 않으리라는 보장이 없지. 똥 덩어리를 훔쳐 아무도 거들떠보지 않을 곳에 치워." 예, 라고 대답한 오일렌슈피겔은 나무장작에 똥을 얹어서 곳간으로 들고 갔다. 그러자 모직업자가 말했다. "그 따위야 밖으로 들고 나가라고. 어딜 들고 들어와." 오일렌슈피겔이 말했다. "주인장께서 똥이라면 지긋지긋하다 하시는 건 저도 잘 알지요. 누군들 좋아하겠어요. 저도 당신이 시키는 대로 하고 있을 뿐이에요." 주인은 성이 머리끝까지 올라 곳간으로 뛰어가 나무장작을 오일렌슈피겔의 머리통을 향해 던지려고 했다. 그때 오일렌슈피겔은 집을 뛰쳐나가며 말했다. "어째서 내가하는 짓들은 고맙다는 소리를 못 듣는 걸까." 주인은 서둘러 나무장작을 집으려고 하다가 손바닥이 온통 똥 범벅이 되었다. 그는 똥을 털어 내고 우물로 가서 손을 씻었다. 그 사이 오일렌슈피겔은 휑하니 사라졌다.

1_월요 휴일, 이른바 '푸른 월요일'의 관습은 14세기경 직물 수공업에서 시작된 듯하다. 일설에 따르면, 푸른 염료(Waid)로 염색할 때는 12시간 이상 물감에 담갔다가 같은 시간만큼 바람을 쏘여야 했는데, 일요일에 24시간 염료에 담가둔 양털은 월요일 온종일 바람을 쏘여야 하므로 일꾼들은 하릴없이 놀게 되는 데서 이런 관습이 유래했다고 한다.

2_원문에 '활'(Bogen)은 양털을 고르는 기구라고 되어 있으나 이 공정 과정은 확실치 않다.

제52화

오일렌슈피겔이 어떻게 모피업자에게
고용되어 고약한 냄새를 다른
지독한 냄새로 쫓아 버리려고
방안에서 똥을 누었던지

언젠가 오일렌슈피겔이 떠돌다가 아셰르스레벤 시로 왔
는데, 때는 바야흐로 엄동설한에 굶기 십상인 궁기의 계절
이었다. 그는 생각했다. '이 겨울을 어떻게 견디어 낸다?' 이
런 때는 일꾼을 찾는 손들도 뜸해서, 오직 한 모피업자만

이 털가죽 일을 다루는 직공이 찾아오면 일꾼으로 쓸까 하고 있었다. 오일렌슈피겔은 '어떻게 하지? 엄동설한에 먹을 것도 없지. 고생께나 하게 생겼는걸. 겨울이 지나야 고생도 끝나겠지'라는 생각에 모피 직공으로 취직했다.

그렇게 해서 그가 작업장에 엉덩이를 붙이고 가죽에 바느질을 하려는데 그 고약한 냄새에 익숙하지 않아서 "어이쿠, 못 견디겠네. 이것들은 보기에는 하얀데 똥보다 더 지독한 냄새를 풍기는군" 하고 입방아를 찧었다. 주인이 말했다. "냄새가 고약하다면서 앉아서 견디겠냐. 양가죽에 붙어 있는 털이니 고약한 냄새를 풍기는 게 당연하단 말이야." 오일렌슈피겔은 입을 다물고 '독으로 독을 이긴다'〔依毒制毒〕는 속담을 생각하며 지독한 방귀를 한 방 날렸다. 주인과 안주인은 코가 비뚤어질 판이었다.

모피업자가 말했다. "이 무슨 짓이야! 냄새 나는 방귀를 뀌고 싶으면 마당 뒷간에 가서 실컷 뀌고 올 것이지." 오일렌슈피겔의 대꾸는 이러했다. "사람에겐 방귀 냄새가 양털가죽 냄새보다 훨씬 몸에 좋을걸요" "건강에 좋건 나쁘건 방귀를 뀌고 싶으면 마당으로 나가는 거야." "주인장, 그렇게 되기는 쉽지 않지요. 방귀는 언제나 따뜻한 곳을 좋아해서 추운 곳이 싫단 말이에요. 확인하고 싶으면 한 방 갈겨 보세요. 곧바로 코로 스며들지요. 따뜻한 곳에서 나와서 따뜻한 곳으로 돌아가는 셈이죠." 모피업자는 입을 다물었다. 자신이 개구쟁이 장난꾼의 놀림감이 되었다고 생각하니, 그를 오래 부릴 마음이 사라졌다.

　오일렌슈피겔은 앉아서 방귀도 뀌고 마름 바느질을 계속했지만, 고약한 냄새를 못 견디어 헛구역질도 하고 트림을 하거나 재채기를 하다가 입가에 침을 흘리기도 했다. 주인은 앉아서 그를 쳐다보기만 하고 저녁때까지 아무 말도 하지 않았다. 저녁을 먹으며 주인이 그에게 말했다. "여보게, 내가 보기에 자네는 이 일이 지겨운가 봐. 행동거지를 보건대, 자네는 아무리 봐도 진짜 모피 직공 같지 않아. 그렇지 않다면 신출내기라서 이 일에 익숙지를 않거나. 한 사나흘이라도 이 털가죽 옆에서 자게 되면 콧대에 주름 잡힐 일도 없어지고, 고약하네 지독하네 하는 냄새 타령도 하지 않게 되고, 일이 지겨워지는 법도 없어질 테지. 그러니까, 자네! 여기에 머물고 싶지 않으면 내일이라도 말을 타고 떠나도 되네." 오일렌슈피겔이 대답했다. "주인어른 말씀이 지당하십니다요. 저는 이 일에 오래되지 않았거든요. 익숙해지도록 나흘만 여기서 머물게 해주시면 제 능력을 알아보실 겁니다."

　그 말에 주인은 만족했다. 주인도 틸의 손을 빌리고 싶었고 그의 바느질 솜씨도 나쁘지 않았으므로.

제53화

오일렌슈피겔이 어떻게 모피업자가
시킨 대로 말린 모피라든지
젖은 털가죽 속에서 잠을 잤던지

　모피업자는 기분이 나아져서 아내와 함께 잠자리에 들었
다. 오일렌슈피겔은 옷걸이에 걸려 있던 완제품 가죽이라
든지 손질된 말린 가죽, 젖은 모피들을 한데 돌돌 뭉쳐 옥
탑방으로 가져가서는, 그 속에 기어들어가 아침이 올 때까
지 푹 잤다. 다음 날 주인이 일어나 옷걸이에 걸려 있어야

할 모피들이 안 보이자 오일렌슈피겔에게 물어보려고 급히 옥탑방으로 달려갔다. 골방에 오일렌슈피겔은 보이지 않고, 말린 모피와 젖은 가죽들만 뒤죽박죽으로 방안에 흩어져 있었다.

　주인은 크게 개탄하며 목이 멘 채로 하녀와 아내를 불렀다. 시끄러운 소리에 오일렌슈피겔은 눈을 뜨고 모피 뭉치 가운데서 몸을 일으켜 세웠다. "주인어른, 무슨 일 생겼어요? 그렇게 돼지 멱따는 소릴 지르게." 주인은 모피와 가죽 뭉치 가운데 누가 숨어 있는지 몰라 의심쩍게 물었다. "자넨, 어디 있는 거야?" "여기에요"라는 틸의 대답에 주인이 말했다. "네놈은 엿이나 먹어! 옷걸이에서 모피를 거둬 낸 게 네놈이야? 말린 모피도 석회 범벅인 젖은 가죽도 뒷죽박죽으로 만들어, 내 모피를 모조리 못 쓰게 해 놓은 놈이 바로 네놈이로구나. 아이고, 어쩌다 이렇게 어리석은 짓을 다 하다니!"

　"주인어른, 저는 하룻밤밖에 이 속에서 자지 않았는데 왜 화를 내세요? 제가 이 작업에 익숙지 않다고 해서, 주인어른께서 어젯밤에 말씀하신 것처럼 이 속에서 나흘 밤을 잔다면 얼마나 더 성깔을 부릴지 모르겠네요." 주인의 말, "네놈은 거짓말쟁이 악동이야. 내가 언제 완제품 모피와 젖은 털가죽들을 옥탑방으로 가져가 그 속에서 자라고 시켰단 말이냐." 그러면서 그는 고약한 일꾼을 두들겨 패려고 몽둥이를 찾았다. 그 사이에 오일렌슈피겔은 사다리를 타

고 내려와 문밖으로 빠져 나가려 했다. 그때 안주인과 하녀
는 사다리 앞을 가로막아 그를 붙들려고 했다. 그러자 그는
숨넘어가는 목소리로 "의사를 불러와야 해. 주인어른이 다
리가 분질러졌어"라고 소리 질렀다.

　두 여인네는 그를 보내고 사닥다리를 타고 올라갔다. 그
리고 서둘러 틸의 뒤를 좇아 사닥다리를 내려오던 주인은
발을 헛디뎠고 아내와 하녀는 아래로 굴러 떨어졌으며 셋
이 다 함께 뻗어 버렸다. 그렇게 해서 오일렌슈피겔은 집안
에 그들을 버려두고 집 밖으로 도망쳐 나갔다.

제54화

오일렌슈피겔이 어떻게 베를린에서
모피업자에게 늑대가죽 대신
늑대를 마름질해 주었던지

밥벌이할 곳을 찾아왔다가 못 찾는 경우, 다른 곳 출신 이라면 굶어 죽기 십상인데 슈바벤 사람들은 어떻게 하든 버티어 내는 것이 대부분이다. 그렇지만 일하기보다는 맥주 퍼마시기를 좋아해서 작업장이 엉망인 사람들도 더러 있다.

어느 때인가 베를린에 한 모피업자가 살았다. 솜씨도 있고 재주도 있었다. 거기다 돈도 많고 근사한 작업장도 갖고 있었다. 일을 잘하는 덕으로 이 지역의 영주라든지 기사에다 도시의 지체 높은 어른들을 고객으로 많이 모시고 있었다.

한번은 이런 일이 벌어졌다. 영주가 겨울철 마차 경주와 마상 창시합을 성대하게 개최하고 여러 기사들과 명사들을 초대했다. 유행에 뒤떨어지지 않으려는 것은 인지상정. 앞서 말한 모피업자에게도 많은 늑대 모피 주문이 쇄도하였다. 오일렌슈피겔은 그 소문을 듣고, 모피업자에게 와서 일하게 해 달라고 부탁했다. 한창 일손이 필요했던 모피업자는 그가 찾아온 것을 기뻐하며 '늑대'도 잘 마름질할 수 있느냐고 물었다. "그 일이라면 작센 지방에 제 이름이 꽤 알려져 있습죠"라는 것이 그의 대답이었다. 주인은 "그래, 그렇다면 잘 왔네. 이리로 오게. 급료를 맞추어 봐야지"라고 말했다. "그래요. 주인어른께서는 정직한 분으로 보이니까, 제가 일하는 것을 보신 다음 직접 결정하시죠. 저는 다른 직공들과 함께 일을 못 하는 성미라 꼭 혼자 일하게 해 주십시오. 그래야 방해받지 않고 뜻한 대로 작업을 할 수 있으니까요."

모피업자는 오일렌슈피겔에게 작은 방 하나를 내어 주고 털을 벗겨 손질한 많은 늑대가죽과 각종 크고 작은 가죽 본들을 건네주었다. 그리하여 그는 늑대가죽을 마름질하게 되었다. 그는 모피를 재단해서 그 속으로 건초를 쑤셔 넣고 막대기 다리까지 붙여 마치 살아 있는 늑대를 만들었다. 그는 가죽들을 모조리 재단해서 늑대로 마름질하고 이렇게 말했다. "주인어른, 늑대가 만들어졌어요. 다른 일은 없나요?" "그래, 그러면 할 수 있는 한 바느질을 많이 해 주게." 그렇게 말하면서 주인이 작은 방으로 들어와 보니까, 바닥에는 크고 작은 늑대들이 나뒹굴고 있었다.

모피업자는 이 꼴을 보고 "이게 웬일이냐. 이런 엉뚱한 일을 저질러 놓고. 이만저만 큰 손해가 아니야. 네놈은 감옥에 갇혀 벌을 달게 받아야 해"라고 소리쳤다. 오일렌슈피겔이 대답했다. "주인어른, 그게 보답이란 말이에요? 저는 주인장 시킨 대로 한 것뿐이에요. 제게 늑대를 만들라 시킨건 주인어른입니다요. 늑대의 모피를 마름질하라 했으면 그렇게 했을 텐데. 전혀 고마워하지도 않을 줄 알았으면 이따위로 힘들여 마름질하지도 않았지요." 그렇게 오일렌슈피겔은 어느 곳에서도 좋은 평판을 남기지 못하고 베를린을 떠나 라이프치히로 향했다.

제55화

오일렌슈피겔이 어떻게 라이프치히에서
살아 있는 고양이를 토끼가죽 속에
쑤셔 넣고 배낭에 담아 살아 있는
토끼라며 모피업자에게 팔아먹었던지

떠들썩하게 함께 어울려 지내는 사육제 저녁에 라이프치
히 모피업자들을 골탕 먹인 오일렌슈피겔의 솜씨를 보면,
그가 얼마나 개구쟁이 장난질에 능했던지 짐작이 간다. 그
들이 살코기를 먹고 싶어 한다는 소문을 듣고, 그는 속으

로 생각했다. '일은 일대로 했는데 베를린의 모피업자들은 내게 한 푼도 주지 않았어. 이곳의 조합원들이 그 값을 치르게 해야지.'

그렇게 해서 그는 어느 여인숙으로 찾아들었다. 여관 주인은 살찐 귀여운 고양이 한 마리를 기르고 있었다. 오일렌슈피겔은 그 고양이를 저고리 밑에 감추고 주방장에게 토끼가죽을 한 장 달라고 말했다. 그것으로 근사한 판을 벌일 참이었다. 주방장이 그에게 토끼가죽을 주었다. 그는 토끼가죽 속에 고양이를 넣고 바느질로 누벼 버렸다. 그리고 사냥복을 차려입고 농부인 양 변장을 했다. 그리고 고기를 사냥복 밑에 감춘 채 시청 앞에 서 있는데, 저쪽에서 어떤 모피업자가 달려왔다. 오일렌슈피겔은 그에게 "좋은 토끼고기가 있는데……" 하면서 사냥복 밑에 감춰 둔 토끼를 보여주었다. 흥정은 잘 되었다. 모피업자는 토끼 값으로 은화 네 닢, 또 토끼가 들어 있는 낡은 배낭 값으로 6페니히를 오일렌슈피겔에게 지불했다.

모피업자는 토끼를 동업조합장에게 들고 갔다. 조합원들은 함께 어울려 신나게 판을 벌이고 있었다. "아주 근사한 산토끼를 사 왔어. 이런 특등품은 최근 일 년 동안 본 적이 없다"고 그가 말하자, 모두들 그 토끼 주변으로 모여들어 한번 만져 보고 싶어 했다. 토끼는 사육제 먹을거리로 남겨 놓자고 의논이 되어 울타리가 쳐진 잔디밭 뜰에 산 채로 풀어 놓았다. 거기에 어린 강아지를 데려와 여흥으로 토끼

사냥을 벌일 참이었다. 모피업자들이 모여 토끼를 풀어 놓고 그 뒤로 개를 부추겼다. 그런데 이 토끼라는 녀석은 달리지도 못하고 나무 위로 뛰어올라 야옹야옹 울며 자꾸 집 안으로 들어가려고 야단이었다.

그 꼴을 본 패거리들은 소리소리 질렀다. "조합원 여러분, 뛰어가서 저놈을 잡아요! 저놈이 고양이를 미끼로 우리를 바보 멍텅구리로 만들었어. 잡아다 두들겨 패. 한 사람도 빠지지 말고." 그러나 오일렌슈피겔은 사냥복을 벗어던진 채 모습을 바꾼 뒤라, 그들은 그의 자태를 알아볼 수가 없었다.

제56화

오일렌슈피겔이 어떻게 브라운슈바이크의
다메라는 곳에서 무두장이의
걸상과 벤치로 가죽을 삶아 냈던지

　　오일렌슈피겔은 라이프치히를 떠나 브라운슈바이크 시
의 한 무두장이의 집에 이르렀다. 가죽을 무두질해서 구둣
방으로 넘기는 곳이었다. 때는 겨울이었다. 그는 이 무두장
이의 집에서 겨울을 나야지 생각하고 이 집에 일꾼으로 고
용되었다. 그곳에서 일주일이 지났을 무렵, 주인이 식사 초

대를 받아 오일렌슈피겔이 무두질을 맡게 되었다.

"가마솥 가득히 가죽을 삶아서 무두질하게"라는 주인의 말에, "땔나무는 어떻게 할까요?"라고 그가 물었다. "물어볼 것도 없지. 나뭇단 쌓아두는 곳에 장작이 없더라도 나무걸상이나 벤치는 가득하단 말이야. 그것으로 가죽을 무질하라고." 네, 라고 오일렌슈두피겔은 대답했고 주인은 초대받은 집으로 갔다.

오일렌슈피겔은 가마솥에 불을 지피고 그 속에 가죽을 차례차례 던져 넣었다. 그리고 손끝으로 집으면 손가락에도 찢길 정도로 삶아 냈다. 집안에 있는 모든 걸상이나 벤치들을 두 토막 내어 아궁이에 던져 넣고 가죽들을 더 삶아 댔다. 일이 끝나자, 그는 가마솥에서 가죽들을 건져 올려 언덕처럼 쌓아 놓고, 그 집에서 빠져 나와 도시를 떠나 방랑의 길을 계속했다.

그런 일이 벌어진 줄은 까맣게 모른 채, 무두장이는 하루 종일 실컷 먹고 마시고서는 저녁이 되어 잠자리에 들었다. 다음 날 아침 무두장이가 일어나 직공의 일솜씨를 보려고 작업장으로 나와 보니, 가죽들은 흔적을 알아볼 수 없을 정도로 삶이져 못 쓰게 되어 있고, 온 집안의 의자라고는 죄다 못 쓰게 되어 있었다.

어깨에 힘이 쭉 빠진 주인은 방으로 돌아와 부인에게 이렇게 말했다. "여보, 고약한 일이 벌어졌구먼. 내가 보기에 새로 온 직공 놈은 틀림없이 오일렌슈피겔이야. 그놈은 언제나 일부러 뭐든지 시키는 대로만 한단 말일세. 놈이 우리 집 의자라고는 죄다 불쏘시개로 삼아 가죽이 흐물거릴 정도로 삶아 놓았단 말이야." 부인은 울상을 짓고 말했다. "빨리 그놈을 뒤쫓아 가 잡아 와야지." "아니야. 그런 놈은 지긋지긋해. 그런 녀석은 내버려 두는 게 상책이야.¹ 시간이 있으면 한번 불러들여야지"라는 것이 주인의 대답이었다.

1_오일렌슈피겔이 도망치게 놔두는 장면은 〈제45화〉에서도 확인할 수 있다. 이러한 대응은 오일렌슈피겔을 '광대'로 간주하여 어울려 놀아 보겠다는 뜻이 담겨 있다.

제57화

오일렌슈피겔이 어떻게 뤼베크에서
물이 든 술병을 포도주가 든 것처럼 속여
포도주 저장고 관리인에게 건네주었던지

오일렌슈피겔은 뤼베크 시로 발을 들인 뒤 아무에게나
개구쟁이 장난을 걸지 않도록 몸을 사렸다. 까닭인즉, 뤼베
크 시의 법규가 유달리 엄격했기 때문이다.

그 무렵 뤼베크 시청 지하 포도주 저장고를 지키는 관리
인은 잘난 척하는 교만한 사람이었다. 그는 자기만큼 똑똑

한 사람이 없다고 생각하였으며, 자기를 속여 사기를 치거나 자기보다 더 똑똑한 사람이 있으면 나와 보라고 공공연히 말하거나 듣고자 했다. 그래서 많은 사람들이 고개를 설레설레 흔들 지경이었다.

오일렌슈피겔은 이 창고지기의 허황된 이야기를 전해 듣고서는 개구쟁이 악동 심보를 누를 수가 없어 녀석을 한번 손봐야겠다는 생각이 들었다. 그래서 똑같은 술병 두 개를 만들어 하나는 물을 채우고 하나는 비워 두었다. 물이 담긴 술병은 저고리 밑에 숨기고 빈 술병은 드러내 놓은 채 저장고로 가서, 포도주 1리터를 담아 달라고 흥정을 했다. 오일렌슈피겔은 관리인에게 들키지 않도록 포도주를 받은 술병은 저고리 밑에 숨기고, 그가 보지 않는 사이에 물이 들어 있는 술병을 끄집어내어 큰 술통의 자물쇠 받침대 위에 올려놓았다. "관리인 아저씨, 1리터에 얼마에요?" "10페니히야." "그건 너무 비싸요. 6페니히밖에 없으니 깎아 줘요." 관리인이 화가 나서 말했다. "너 같은 놈이 상부의 가격 지침에 이래라 저래라 한단 말이냐. 그 값은 정가야. 마음에 안 들면 포도주를 술통에 도로 넣을게." 오일렌슈피겔이 말했다. "잘 알았습니다. 6페니히밖에 없으니 이것으로 안 된다면 이 포도주를 다시 술통에 부어 주세요."

관리인은 심술이 나서 술병에 담긴 포도주를 술통 윗구멍으로 쏟아부었다. 그가 포도주라고 생각한 것은 그냥 맹물일 뿐이었다. 그가 구시렁댔다. "지불할 돈도 없는 놈이 포도주를 얼마에 달라느니 마느니 하다니! 멍텅구리 같구먼." 오일렌슈피겔은 술병을 챙겨들고 자리를 뜨며 말했다. "내가 보기엔 당신이 바보멍청이야. 아무리 똑똑한 양반도 바보한테 속기도 한다니까. 포도주 저장고 관리인이라고 잘난 척해도 다 마찬가지라네." 그러고서 그는 포도주가 든 술병은 망토 밑에, 지금까지 물이 들었던 빈 술병은 드러내놓고 들고 나갔다.

제58화

오일렌슈피겔이 어떻게 뤼베크에서
교수형을 당할 참에 기지로
위기를 빠져나갔던지

오일렌슈피겔이 지하 포도주 저장고를 나서면서 지껄인 말을 귀담아듣고 관리인 람브레히트는 자리를 박차고 뛰쳐나가 나졸을 불렀다. 그리고 뒤를 쫓아 길거리에서 그를 붙들었다. 붙잡힌 그에게는 술병 두 개가 있었고, 하나는 빈 것, 또 하나는 포도주가 든 것이었다. 오일렌슈피겔은 절도

죄로 고소되어 감옥에 갇혔다. 그를 교수형에 처해야 마땅하다는 의견도 나왔고 그저 개구쟁이 장난에 지나지 않는다고 말하는 사람도 있었다. 또 다른 사람들은 저장고 관리인이 아무도 자기를 속일 수 없다고 흰소리 쳤고, 그렇게 허풍을 떠니 오일렌슈피겔에게 당했다는 의견이었다.

그러나 오일렌슈피겔에게 원한이 맺혔던 사람들은 "도둑질은 도둑질이다" "절도죄로 교수형에 처해야 마땅하다"고 말했고, 마침내 그에게 교수형 판결이 내려졌다. 그가 시 변두리의 교수대로 끌려 나가는 처형 당일, 말을 탄 사람, 걷는 사람들로 해서 온 시내가 북새통이 되었다. 그 때문에 뤼베크 시 참사회는 죄인을 살려 주라는 탄원을 넣어 교수형 집행이 어려울지도 모른다는 소문이 떠돌기도 했다. 시민들 가운데는 여러 가지 기상천외한 악동 노릇을 한 개구쟁이가 어떻게 고꾸라지는가를 지켜보겠다는 사람들도 없지 않았다. 또 그가 지닌 마술 재주로 어떻든 고비를 넘기겠지 하는 사람도 없지 않았다. 그러나 대체로 시민들은 그의 교수형이 사면되기를 바랐다.

형장으로 끌려가는 오일렌슈피겔은 입을 꾹 다물고 한마디 말도 없었다. 모두들 의아하게 여기며 그도 이제는 체념했나 보다고 생각했다. 그러나 그것도 처형장까지의 일이었다. 형장에 이르자, 그는 천천히 입을 열어 시 참사회원 전원의 참석을 요청하며 오직 한 가지 소원을 들어 달라고 공손히 부탁했다. 그렇다 해도 목숨을 살려 달라느니 돈과 보화를 달라는 것도 아니고 또 임종 미사를 올려 달라거나 기부를 해 달라거나 영원히 남을 기념비를 세워 달라는 것도 아니며 손해를 끼치는 것이 아니었다. 그저 존경하는 뤼베크 시 참사회가 금전적 손해를 한 푼도 입지 않고 손쉽게 할 수 있는, 아주 보잘것없는 부탁을 드리겠다는 것이었다. 시 참사회 의원들은 한편에 모여 의논한 결과, 그가 소원하는 것들은 처음부터 공개적으로 말하였으니 일단 들어보자는 데 의견이 일치되었다. 그가 어떤 소원을 말할지 듣고 싶어 하는 사람도 적지 않았다. 의원 일동은 그가 말한 소원을 마저 들어보고 마지막 청원은 들어 주겠노라고 말했다.

오일렌슈피겔이 입을 열었다. "앞서 말씀드린 대로 구명 탄원 같은 소원은 말하지 않겠습니다요. 그렇지만 제 소원을 들어 주시겠다면 약속의 표시로 손뼉을 쳐 주십시오." 그들은 함께 시키는 대로 손뼉 치기와 구두 언약으로 그것을 약속했다. 그러자 비로소 오일렌슈피겔이 말했다. "자, 그러면 존경스러운 뤼베크 시의회의 여러분, 제게 굳은 약속을 해 주셨으니 소원을 말씀 드리겠습니다. 소원은 이런 것입니다. 제가 교수형을 당하면, 포도주 저장고 관리인이 사흘 동안 매일 아침 와서 식전(食前)의 입으로 제 궁둥이에 입을 맞추는 것입니다. 그러니까 처음에는 관리인, 다음에는 교수형 집행인······." 그러자 참사회원들은 침을 뱉으며 "씨도 안 먹힐 소리야!"라고 말했다. 오일렌슈피겔의 말, "저는 존경하는 뤼베크 시 참사회가 손뼉과 혓바닥으로 약속한 것을 혹시라도 거짓으로 뒤집지는 않으리라 확신합니다." 그들은 이 사건에 대해 평의한 결과, 은사(恩赦)라든가 그럴듯한 이유를 붙여 그를 풀어 주기로 결정했다. 그리하여 오일렌슈피겔은 그곳을 떠나 헬름슈타트로 가는 여행길에 올랐고 그의 모습을 다시는 뤼베크에서 볼 수 없게 되었다.

제59화

오일렌슈피겔이 어떻게 헬름슈타트에서 커다란 지갑을 만들게 되었던지

지갑 건으로 오일렌슈피겔은 또다시 개구쟁이 악동 짓을 저질렀다. 이야기인즉, 헬름슈타트 시에 점포를 내고 있는 지갑가게에 가서 그는 커다란 멋진 지갑을 만들어 줄 수 있느냐고 물었다. 가게 주인이 말했다. "그럼요. 얼마나 큰 지갑을 원하시는데요?" 크면 클수록 좋다는 것이 오일렌슈피겔의 대답이었다. 커다란 지갑을 들고 다니는 것이 당시의 유행이었으므로.

지갑가게 주인은 그를 위해 커다란 지갑을 만들었다. 얼마 뒤에 오일렌슈피겔이 와서 그 지갑을 보고는 "이 지갑 가지고서는 안 되겠는데. 손지갑이잖아. 아주 커다란 지갑을 만들어 달라니까. 값은 쳐 준댔지"라고 말했다. 그래서 주인은 암소 한 마리의 가죽을 죄다 써서 지갑을 만들었다. 지갑은 새끼 망아지 한 마리가 들어갈 만한 크기로, 들어 올리는 데만 장정 한 사람이 필요할 지경이었다.

그때 가게로 찾아온 오일렌슈피겔은 그 지갑도 마음에 차지 않아서 이 정도로는 충분히 크다고 할 수 없다고 말했다. 그러고는 더 커다란 지갑을 만들어 준다면 선금으로 2굴덴을 내겠다는 것이었다. 지갑가게 주인은 2굴덴을 받고 다시 새 지갑을 만들었는데, 거기에는 수소 세 마리 분의 가죽이 들었고 나르는 데만 해도 장정 세 사람이 쩔쩔 맬 정도인 데다 곡식 같으면 1백 리터는 충분히 들어갈 만한 대물이었다. 오일렌슈피겔이 와서 보고는 말했다. "주인장. 그래, 이 정도면 아주 큰 지갑이야. 그렇지만 내가 말한 지갑은 이런 유의 지갑이 아니야. 이 지갑도 필요 없어. 아직 보자란다니까. 1페니히를 써내 써도 인제나 2페니히가 남아 있어서 먼지나 날리는 지갑 바닥을 긁어 대지 않아도 되는, 돈이 충분히 들어 있는 지갑을 만들어 주면 사들일 참이었지. 빈 지갑이라면 쓸모가 없어요. 내가 바라는 것은 돈이 두둑이[1] 들어 있는 지갑일세. 그런 것이 있어야 세상에 체

면이 서는 법이라니까." 오일렌슈피겔은 "선금은 돌려 줄 것 없네"라며 지갑은 남겨 둔 채 떠나 버렸다. 그가 준 돈은 2굴덴이었지만 잘라서 못 쓰게 만든 가죽 값은 적어도 10굴덴어치는 넘었을 거라나 뭐라나.

1_원어 'gross'에는 '커다랗다'는 뜻 외에도 '두둑하다'는 뜻이 있다.

제60화

오일렌슈피겔이 어떻게 에어푸르트 푸줏간에서 불고깃감을 사기 쳤던지

오일렌슈피겔은 에어푸르트 시에 와서도 그의 이름이 곧 바로 여러 사람들과 학생들 사이에 퍼졌기 때문에 개구쟁이 악동 노릇을 그만둘 수가 없었다.

어느 날 고기를 사고파는 푸줏간들이 늘어선 골목을 지나가는데 한 가게 주인이 그를 보고 뭣 좀 사가지고 집에 들어가지 않겠느냐고 말했다. 오일렌슈피겔은 "무얼 들고 들어가라는 거요?"라고 물었다. 푸줏간 주인이 말했다. "불고깃감." 오일렌슈피겔은 알겠다고 말하고는 불고깃감을 들고 걸어가 버렸다. 푸줏간 주인이 뒤쫓아 가며 말했다. "아니, 그게 아니야. 고기 값은 치러야지." 오일렌슈피겔이 말했다. "뭘 들고 들어가라고는 했지만 돈을 내라는 말은 안 했잖아요." 그리고 주인이 가져가라고 한 불고깃감을 가리키며 그 자리에 있던 사람들이 증인이라고 말했다. 다른 가게 주인들이 몰려와서 "그럼, 정말이고 말고" 하며 입을 모았다. 이 가게 주인은 다른 푸줏간에 고기를 사러 오는 손님을 호객 행위로 가로채곤 해서 미움을 사고 있었다. 그래서 그들은 오일렌슈피겔이 불고깃감을 손에 넣도록 말을 맞추었다. 푸줏간 주인이 당하고 있는 사이에 오일렌슈피겔은 고기를 저고리 밑에 감추어 가 버리고, 상인들은 남아서 그럭저럭 화해를 했다.

제61화

어떻게 에어푸르트의 푸줏간 주인이 오일렌슈피겔에게 불고깃감을 또다시 사기당했던지

일주일이 지나서 오일렌슈피겔은 다시 푸줏가에 나타났다. 그러자 바로 그 푸줏간 주인이 그를 골리느라고 "어서 옵쇼. 불고깃감, 골라잡으슈"라며 불러 세웠다. 그가 알겠다고 말하고 불고깃감에 손을 뻗치자, 푸줏간 주인은 재빨리 고기를 감추었다. 오일렌슈피겔이 말했다. "기다려 주게. 고기는 그대로 둬요. 돈을 내면 될 게 아닌가." 주인이 매대에 고기를 다시 올려놓자, 오일렌슈피겔은 "당신에게 도움이 되는 말을 해 주면 내가 고기를 가져도 되겠지?"라고 물었다. 푸줏간 주인이 답했다. "네가 말하는 따위는 별 게 아니겠지만 내게 도움이 될 만한 말을 지껄이면 불고깃감을 가져가도 되네."

오일렌슈피겔은 "내 말이 네 마음에 안 들면 고기에는 손도 안 댈게"라면서 말을 이었다. "내 말은 '자, 돈주머니, 돈주머니를 푸세요'인데. 어때요, 마음에 드시는지?" 푸줏간 주인의 대답, "그 말은 마음에 썩 드는군. 내 입맛에 맞아." 그러자 오일렌슈피겔은 주변에 몰려든 사람들을 둘러보며 "여러분도 들으셨지? 이 불고깃감은 이제 내 거야"라고 말했다. 그렇게 그는 푸줏간 주인에게 "그럼 말씀대로 고기는 가져가네"라는 한마디를 남긴 채 고기를 집어 들고 가 버렸다. 두 번이나 병신 취급을 당하고서도 무어라 대꾸 한마디 못한 채 멍하니 선 푸줏간 주인은 손해만 본 것이 아니라 그 자리에 있던 이웃사람들의 비웃음과 조롱마저 받아야 했다.

제62화

오일렌슈피겔이 어떻게 드레스텐에서
목공이 되어 별로 환영받지 못했던지

　얼마 있지 않아 오일렌슈피겔은 헤센 지방을 떠나 보헤미아의 숲을 바라보는 엘베 강변의 드레스텐에 가서 목공으로 행세했다. 전부터 데리고 있던 일꾼이 일정한 근무를 마치고 편력의 길로 떠났기 때문에 일손이 모자라서 사람을 찾고 있던 한 가구사가 그를 고용했다.

　마침 가구사가 혼례식에 초청을 받아 길을 나서며 오일

렌슈피겔에게 말했다. "여보게, 내가 결혼식에 불려 가니 해 떨어지기 전에는 못 돌아올 거야. 일 잘하고 게으름 피우지 말게. 작업대 위의 널빤지 넉 장을 아교로 단단히 붙여 상판을 마련해 두게." 오일렌슈피겔이 물었다. "어느 널빤지를 쓸까요?" 주인 목수는 한데 붙일 널빤지들을 쌓아 놓고 아내와 함께 식장으로 갔다.

오일렌슈피겔은 올곧게 작업하는 일꾼이 아니고 엉뚱하게 뒤집어서 일하는 데 이골이 난 놈이었다. 그는 가구사가 쌓아 올린 무늬가 돋보이는 책상용 널빤지 가장자리에 구멍을 서너 개 내어 못질을 하고, 가마솥에다 아교를 풀어 그 끓는 물 한가운데에 널빤지를 죄다 집어넣었다. 그리고 그것을 다시 지붕 아래 옥탑방으로 끌고 가 아교가 햇빛에 마르도록 창밖으로 바람을 쏘이게 내걸었다. 그러는 사이에 날이 저물어 작업 마감 시간이 되었다.

저녁이 되어 거나하게 취한 가구사가 돌아와 낮에 한 작업에 대해서 오일렌슈피겔에게 물었다. 그가 대답했다. "주인어른, 넉 장의 널빤지들을 하나 되게 아교로 잘 붙여 놓으니 작업 마감 시간이 되더군요." 주인은 그 말을 듣고 아주 만족해서 아내에게 "괜찮은 일꾼이야. 오래 데리고 있게 잘 대해 줘요"라고 말하고 잠자리에 들었다. 다음 날 아침 가구사는 오일렌슈피겔이 미리 작업한 상판을 가져오도록 시켰고, 그는 그것을 옥탑방에서 끌고 내려왔다. 주인은 개구쟁이가 널빤지를 못 쓰게 만든 것을 보자마자 "이 빌어

먹을 놈아, 네가 그래 진짜 목공 수련을 받았단 말이야!"라고 고함을 질렀다. 왜 그런 질문을 하느냐는 물음에 "이렇게 근사한 판때기들을 못 쓰게 했으니까 그렇지"라고 가구사는 답하였다. 오일렌슈피겔이 말했다. "나는 주인어른이 시킨 대로 했어요. 나무를 못 쓰게 되었다면 그건 주인어른 말씀 탓이에요." 가구사는 화가 나서 소리쳤다. "이 악동 놈아, 내 작업장에서 썩 꺼져! 네까짓 놈의 도움은 필요 없어." 그리하여 오일렌슈피겔은 그곳을 떠났다. 그는 시키는 대로 했음에도 별로 환영받지 못하는 팔자였다.

제63화

오일렌슈피겔이 어떻게 안경 직공이 되어 이곳저곳에서 일자리를 놓치게 되었던지

신성로마제국 황제를 뽑는 선제후 영주들 사이가 어그러 지고 대립해서 로마 황제가 없던 때, 주플렌부르크 백작이 여러 선제후에 의해 황제로 선출되었으나 힘으로 제국을 장악하려는 분란이 끊이지 않았다. 그래서 새 황제는 프랑 크푸르트를 방패로 삼아 여섯 달 동안 진지를 구축하여 그 를 공격하려는 세력들을 견제했다. 황제는 기병과 보병 등

대군을 통솔하고 있었으므로 오일렌슈피겔은 그곳에 가면 할 일이 있으리라 생각하였다. "낯선 영주들도 올 테고 그들이 나를 거두어 주겠지. 영주 가문의 문장이 박힌 옷이라도 한 벌 얻어 걸치고 심부름꾼 대열에라도 끼게 된다면 잘된 게지"라면서 그는 길을 떠났다.

각지의 군대들이 모여들고 있었다. 프리트부르크 근교의 베테라우라는 곳에서 군대를 이끌고 가던 트리어의 대주교가 프랑크푸르트로 향해 가던 오일렌슈피겔과 마주치게 되었다. 그의 이상한 옷차림을 본 대주교가 직업이 무어냐고 물었다. 오일렌슈피겔이 대답하여 말했다. "우러러 받드는 존경스러운 대주교님, 저는 브라반트에서 온 안경 직공입니다요. 그곳에서는 할 일이 없어서 일을 찾아 떠돌고 있습죠. 우리처럼 손재주로 먹고 사는 사람들은 굶어 죽기 십상이에요." 대주교가 말했다. "자네 직업은 날로 더 잘 될 걸세. 사람들이 점점 더 몸이 약해지고 시력이 떨어져서 안경이 더 많이 필요해질 거야."

오일렌슈피겔은 대주교에게 아뢰었다. "예, 존경하옵는 대주교님. 말씀하시는 그대롭니다. 다만 우리 수공업자들의 작업을 어렵게 하는 게 한 가지 있습죠." "그게 무언가?" 오일렌슈피겔이 말했다. "솔직히 말씀드려도 화를 안 내시겠다면……" "화낼 리가 있나"라고 대주교가 말했다. "나는 너희 같은 자들을 잘 알고 있네. 그러니까 있는 그대로 편히 말해 보게." "대주교님, 이렇게 가다간 안경 수공업에 손을 털지 않을까 걱정입니다. 장사가 안 되는 까닭은 이렇습니다요. 대주교님을 비롯한 높은 어른들, 곧 교황님, 추기경님, 주교, 황제, 왕, 영주, 시 참사, 고관들, 시의회와 영주 지배의 각급 재판관들(신의 가호를!)이 옳고 그른 시비곡절을 안경도 안 걸치고 손가락 사이로 바라보기만 하시기 때문입니다요. 요즈음 세월은 재판도 돈 나름이거든요. 옛 책을 읽으면 그때는 누구도 부당한 짓을 못 하도록 귀족들은 모두 법률서를 잘 읽고 배우기도 했다던데. 그래서 책 읽느라 많이들 안경을 쓴 까닭에 장사도 꽤 잘 되었다고 합니다. 요새 성직자들의 공부란 옛날과 비교가 안 되죠. 그래서 안경이 쓸모없이 되었지요. 그들은 사들인 책으로 공부한답시고 이것저것 외워서 책을 펼치는 것도 겨우 한 달에 한 번 꼴. 그러니 우리 안경장이들이 버티기 힘들 수밖에요. 저도 이 나라 저 나라로 떠돌아 다녔지만 어디서도 일자리 하나 못 잡았어요. 안경은 갈수록 인기가 없어져 시골 강아지도 물고 다닐 생각은 않는다니까요."

대주교는 오일렌슈피겔이 말하는 뜻을 새겨듣고 "프랑크푸르트로 따라오게. 내 문장이 찍힌 옷을 입혀 주겠네"라고 말했다. 그는 대주교 말씀을 따라 주플렌부르크 백작이 새 로마 황제로 자리 잡을 때까지 그 밑에서 일하다가 다시 작센 지방으로 떠났다.

제64화

오일렌슈피겔이 어떻게 힐데스하임의 상인집 요리사로 취직하여 온갖 개구쟁이 장난을 쳤던지

건조 상너를 뒤로 하면 길 오른 편으로 부유한 상인들이 살고 있었다. 언젠가 그런 장사치 가운데 한 사람이 자기 집 정원에 가려고 성문 앞을 지나고 있었다. 도중에 그는 푸른 풀밭에 오일렌슈피겔이 드러누워 있는 것을 보고 알은 체하며 무슨 일을 하는 직공이냐고 물었다. 개구쟁이 장난기를 속에 감춘 채, 오일렌슈피겔은 자신이 요리사이며 일을 찾고 있다고 약삭빠르게 대답했다. 상인이 그에게 말했다. "시키는 대로 일을 잘하겠다면 자네를 고용해 줌세. 새 옷도 주고 월급도 잘 쳐 주겠네. 자네 같은 요리사를 고용하면 부엌일에 매일 입이 한 발이나 나오는 우리 집 여편네에게 고맙다는 말 한마디는 듣겠지." 오일렌슈피겔은 잘 받들어 모시겠노라고 약속했다.

그리하여 고용주가 된 상인이 그에게 이름이 무어냐고 물었다. "예, 주인어른. 제 이름은 '바르토-로-메-우스'입니다." 상인이 말했다. "이름 하나 길구나! 이름 한 번 부르다가 해 떨어지겠다. 그냥 '톨'이라 하자.""예, 나리. 무어라고 부르든 이름 따위야 그게 그거지요.""좋았어, 자네는 괜찮은 일꾼일세. 자, 함께 우리 집 정원으로 가세나. 영계백숙 끓이는 데 속을 채울 야채를 들고 가야 하네. 일요일에 손님들을 초대했으니까 정성껏 잘 대접해 드려야지."

장사치 상전을 모시고 정원에 도착한 오일렌슈피겔은 프랑스 요리처럼 맛깔스럽게 닭 몇 마리의 속을 채울 로즈마리를 뜯었다. 나머지 닭 속에는 양파라든지, 달걀, 그리고 야채 등으로 채울 참이었다. 그리고 그들은 다시 함께 집으로 갔다.

그런데 그의 부인이 이상한 복장을 한 뜨내기를 보고 무슨 일을 하는 일꾼인지, 그를 어떻게 할 참인지, 빵에 곰팡이 스는 게 걱정되어서 집에 먹보를 데려왔냐고 따져 물었다. 상인이 대답했다. "기뻐하라고. 당신이 부릴 머슴이야. 이 사람은 요리사라고.""흥, 그래요. 서방님 나리. 틀림없이 맛난 요리를 만들어 주겠군요.""그러니까 기뻐하라는데도. 내일이면 그의 솜씨를 알 테니까."

상인이 오일렌슈피겔을 '톨'이라 부르면 그는 '예, 주인어른'이라고 대답했다. "바구니를 들고 푸줏간으로 따라오게. 살코기와 불고깃감을 살 테니까." 그래서 그는 상인을 따라갔다. 상인이 살코기와 불고깃감을 사면서 "톨아, 불고깃감은 아침 일찍부터 불에 올려놓고 타지 않게 천천히 느릿하게 식혀가며 구워야 하는 거야. 다른 고기들은 점심식사 때에 맞추어 늦지 않도록 일찍부터 조리해 두게." 알았다고 대답한 오일렌슈피겔은 다음 날 일찍 일어나자마자 음식들을 불 위에 올렸지만 불고기만은 올리지 않았다. 식혀서 타지 않게, 라는 상인의 말 그대로, 그는 불고깃감을 꼬치에 꽂아 지하실의 아인베크산 맥주통 사이에 식혀 두었다.

시청 서기라든지 여러 친구들을 초청했던 상인은 손님들이 왔는지, 요리 준비는 잘 되어가고 있는지 새내기 일꾼에게 물었다. 오일렌슈피겔은 대답했다. "불고기 말고는 다 잘 마련되었습니다요.""불고깃감은 어디 있지?""지하실 맥주통 사이에 두었어요. 서늘하게 식혀 두라는 주인어른의 지시대로요. 거기보다 시원한 곳은 집안 어디에도 없습죠.""그러면 고기는 구웠겠지?""아니요, 아직. 주인장께서 언제 필요로 하시는지 알 수가 없어서……." 그리고 있는 사이에 손님들이 몰려들자, 상인은 새내기 요리사의 지하실 불고기 이야기를 들려주었고, 모두들 박장대소를 하며 안주거리로 삼았다. 부인은 손님들 앞에서 망신스러운 나머지 남편에게 소리를 질러 댔다. "그놈은 개구쟁이 악동이에요. 그런 머슴을 집에 두다니 견딜 수 없어요. 내보내요." 장사꾼 남편이 말했다. "그래, 좀 참아. 고스랄 시내에 갈 때 그놈이 필요하거든. 돌아와서 내쫓을게." 장사치는 겨우 부인을 달래어 설득시켰다.

그날 밤 모두들 즐겁게 먹고 마시고 있을 때 상인이 말했다. "톨아, 내일은 고스랄에 가야 하니 마차에 기름을 먹여 준비를 해 놓게. 손님 가운데 하인리히 하멘슈테데라는 수도승이 한 분 있는데 댁이 그쪽이라서 합승을 하시기로 했네." 오일렌슈피겔은 알았다고 대답하고 어떤 기름을 발라야 할지 물었다. 상인은 1실링짜리 지폐를 던져 주며 "마차용 그리스를 사 오게. 집사람에게 묵은 기름을 얻어서 함께 바르면 되네." 오일렌슈피겔은 시키는 대로 했다. 그리고 모두가 잠들자, 그는 마차 안이고 밖이고 어디고 잔뜩 기름칠을 했고, 특히 뒷좌석에는 범벅이 되도록 기름을 발라 댔다.

다음 날 아침 일찍 일어난 상인과 수도승은 오일렌슈피겔을 불러 마차에 말을 매게 했다. 오일렌슈피겔은 그대로 했다. 두 사람은 뒷좌석에 앉았고, 마차가 달리자 수도승이 말했다. "이런 제기랄. 왜 자리가 이렇게 끈적거려. 기름

투성이야. 마차에 흔들리지 않도록 꽉 잡고 싶어도 두 손마저 기름 범벅이야." 두 사람은 오일렌슈피겔에게 마차를 멈추게 했다. 화가 치민 두 사람은 마차 앞뒤가 온통 기름 범벅이라고 투덜댔다. 마침 그때 장터로 가는 농부가 마차에 짚단을 산더미처럼 싣고 지나가고 있었다. 두 사람은 그에게서 짚 몇 단을 사서 마차를 말끔히 닦아 내고, 다시 마차 위로 올라탔다.

상인은 화가 치미는 대로 "이 몹쓸 개구쟁이 악동 놈아! 너 같은 놈은 편할 날이 없을 거야. 교수대에 달릴 놈"이라고 악담을 퍼부었다. 오일렌슈피겔은 그대로 했다. 마차가 옥문의 교수대 아래에 이르자, 그는 조용히 마차를 멈춰 세우고 말을 마차에서 떼어 냈다. 상인은 고함을 질렀다. "이 무슨 짓이야. 무얼 노리는 게야, 이 악동 놈아!" 오일렌슈피겔의 대답인즉, "주인어른께서 교수대로 가라고 해서 이곳으로 왔습죠. 여기서 잠시 쉬실 셈인가요?" 상인이 마차 밖으로 내다보니 교수대 바로 아래였다. 어떻게 하겠는가. 그들은 이 어릿광대 장난질에 배꼽을 잡고 웃으며 말했다. "이 개구쟁이 놈아, 말을 매고 똑바로 달려라. 뒤도 돌아보지 말고." 그런데 오일렌슈피겔은 마차 연결고리의 못을 빼 놓았었다. 그가 그렇게 한 마장쯤 달리니, 마차는 따로따로 분리되어 포장마차는 뒤에 서 있었다. 그러나 오일렌슈피겔은 혼자 뒤도 돌아보지 않고 자기가 탄 마차만 똑바로 몰아갔다.

상인과 수도승은 뒤에서 목청껏 그를 부르면서 지칠 대로 지쳐서야 간신히 그를 따라잡았다. 상인은 그를 때려죽일 기세였지만, 수도승의 만류로 간신히 오일렌슈피겔은 목숨을 부지했다. 그렇게 여행이 끝나고 집으로 돌아오자 부인이 어땠느냐고 물었다. "기가 막혔지. 그나저나 이렇게 무사히 돌아왔네"라고 남편이 대답했다. 상인은 오일렌슈피겔을 불러 "이봐, 오늘 밤은 여기서 머물게. 마음대로 먹고 마시고. 그렇지만 내일은 이 집을 비우고 떠나 주었으면 하네. 더 이상 네놈을 우리 집에 둘 수가 없어. 어디서 난 놈인지 몰라도 네놈은 순 악질 개구쟁이야"라고 말했다.

오일렌슈피겔은 "하나님 맙소사, 시키는 대로 죽자고 일했는데도 고맙다는 말 한마디 못 듣다니요! 제가 일하는 게 마음에 안 드신다니 말씀대로 내일 방을 비우고 길을 떠나야겠네요"라며 체념했다. "그래, 그렇게 하게"라고 주인은 매정하게 말했다. 다음 날 그는 일어나서 오일렌슈피겔에게 말했다. "실컷 먹고 마신 다음 집을 비우게. 나는 교회에 가네. 두 번 다시 꼴을 보이지 말게." 오일렌슈피겔은 입을 꾹 다물고 있었다.

상인이 집에서 나가자마자, 오일렌슈피겔은 의자며 책상이며 긴 의자며 할 것 없이, 끄집어낼 수 있는 것이라면 구리, 주석, 밀랍까지도 모조리 길거리로 끌어내었다. 이웃 사람들은 모든 집안 살림이 길가에 나와 있으니 무슨 일인가 하고 의아해했다. 이 말이 상인의 귀에 들어가자 한달음에 달려와 오일렌슈피겔에게 말했다. "야, 이놈아! 이게 무슨 짓이야. 두 번 다시 꼴도 보기 싫다 했는데.""네, 주인 나리, 이 집을 비우라고 하셔서 먼저 시키신 일을 해치우고 나서 길을 떠날 참이었죠." 그는 말을 이어 "주인어른, 손을 좀 빌려 주셔요. 이 통은 너무 커서 혼자 힘으론 옮길 수가 없네요.""그만두지 못해!"라고 상인이 소리쳤다. "빨리빨리 떠나기나 하라고. 이 물건들은 목돈을 들인 것들이라고. 길가 먼지 구덩이에 버려지다니." 오일렌슈피겔이 말했다. "이 무슨 얄궂은 짓인가. 만사를 시키는 대로 했는데 고맙다는 소리 한 번 못 듣다니. 이건 거짓말이 아니야, 나는 불행한 시대에 태어났단 말이야."

그리하여 오일렌슈피겔은 그곳을 떠났으나 상인은 그가 밖으로 끌어내었던 물건들을 또다시 집안으로 들여야 했고, 이웃 사람들은 그 꼴을 보는 내내 배를 잡고 웃었다.

제65화

오일렌슈피겔이 어떻게 파리에서
말시장의 중개상인이 되었으며
한 프랑스인이 그의 말 꼬리를 쏙 뽑았던지

비스마르 해변에서 오일렌슈피겔은 말시장의 한 상인에게 못된 개구쟁이 장난질을 쳤다. 이 말장수는 거래 전에 말 꼬리를 당겨 보지 않고서는 결코 말을 사는 법이 없었다. 그는 자기가 사지 않을 말도 꼬리를 당겨 보곤 했는데, 그렇게 꼬리를 당겨 보는 것으로 그 말이 오래 살겠는지 어떤지를 가늠하는 것이었다. 긴 말 꼬리를 당겨 봐서 탄력이 없으면 오래 살 말이 아니라고 해서 사들일 생각을 않고, 꼬리털이 빳빳하면 그 말이 오래 살 것이며 건강하다고 믿고 거래를 하는 식이었다. 비스마르에서는 그런 믿음이 넓게 퍼져 있어서 모두들 그 관행을 따랐다.

오일렌슈피겔이 그런 사실을 알게 되자 이렇게 생각했다. '무지한 사람들 사이에 이런 잘못된 생각이 고쳐지도록, 이렇거나 저렇거나, 개구쟁이 장난을 쳐야지.' 그는 마술 재간이 좀 있었으므로[1] 말을 한 마리 구해 뜻대로 부릴 수 있게 마술을 걸었다. 그리고 그 말을 장터로 데려가서 말 꼬리를 잡아당기는 말장수가 올 때까지 구매자가 나오지 않도록 높은 값을 매겨 내놓았다. 그는 그 말장수에게는 싼 값을 불렀다. 말장수는 값에 비해 뛰어난 말인 것을 알아보고 다가와서는 말 꼬리를 꼭 쥐고 잡아당겼다. 그 순간 꼬리가 빠져 그의 손안에 남았다. 마치 그가 말 꼬리를 뽑아버린 듯 보였지만 미리 수작을 부려 놓은 사람은 바로 오일렌슈피겔이었다.

뜻밖의 사태에 어안이 벙벙해서 멍하니 서 있는 말장수에게 오일렌슈피겔이 고함을 질렀다. "이런 고약한 사람을 보았나! 여러분, 보십시오. 이놈이 내 말을 못 쓰게 만들어 놓았소." 시민들이 와서 보니 말장수는 말 꼬리를 손에 쥔 채 서 있었고, 말은 꼬리 부분이 빠져 있었다. 말장수는 어리둥절해서 떨고 있었다. 시민들이 중재에 나서, 말장수는 오일렌슈피겔에게 10굴덴을 지불하고 말은 오일렌슈피겔이 맡는 것으로 타협을 보았다. 오일렌슈피겔은 말을 데리고 그 자리를 떠나서 다시 꼬리를 달아 주었다. 그 뒤로 말장수는 다시는 말 꼬리를 잡아당기는 짓을 안 하게 되었다고.

1_이 책에서 유일하게 마술의 도움을 빌린다는 측면에서 이 이야기는 특이한 구조이다. 주인공이 마술을 부린다는 것은 그의 천부적 개구쟁이 재능을 부정하면서 파우스트 박사의 악마 메피스토의 마술을 닮아간다고 볼 수 있다.

제66화

오일렌슈피겔이 어떻게 뤼네부르크에서 피리 악사에게 심히 몹쓸 장난을 쳤던지

　뤼네부르크에 한 피리 악사가 살았는데, 그는 원래 떠돌이였으며 눈 속임 사기판으로 먹고살았다. 그가 여러 친구들과 맥주를 마시며 떠들고 있다가 마침 오일렌슈피겔과 그 자리에서 마주치게 되었다. 피리 악사는 오일렌슈피겔을 골려 주려고, "자네가 할 수 있으면 내일 낮 집에서 함께 밥이나 먹자"며 그를 초대했다. 오일렌슈피겔은 그 말뜻을 깊이 새겨 보지도 않고 그러겠다고 대답했다. 다음 날 그는 초대 손님으로서 피리 악사의 집으로 갔다. 대문 앞에 이르렀으나 문은 아래위 모두 닫혀 있고 창문 하나 열려 있지 않았다. 오일렌슈피겔이 그 앞을 서너 번 왔다 갔다 하고 있는 사이에 한낮이 다 가 버렸다.

집은 그대로 닫혀 있었다. 비로소 그는 한 대 얻어맞은 것을 알고 그 자리를 떠났지만 다음 날까지 아무 말도 않고 입을 다물고 있었다. 오일렌슈피겔은 장터에 있는 피리 악사를 찾아가 그에게 말했다. "이봐요, 이 양반아! 당신은 손님을 초대할 때는 외출을 해서 집을 비워 놓고 아래위 문을 닫아 두는 모양일세." 피리 악사가 대답했다. "내가 말한 것을 잘못 들으셨나 보지. 자네가 할 수 있으면 오늘 낮 집에서 함께 밥이나 먹자고 했지. 그런데 문이 닫혀 있었다. 그러니까 자네는 할 수가 없었던 게야. 집으로 못 들어온 거지." 오일렌슈피겔이 말했다. "그런 줄은 몰랐지. 좋은 걸 가르쳐 줘서 고맙네. 아직 배울 게 많다니까." 피리 악사가 웃으며 말했다. "자네를 골려 먹으려는 생각은 추호도 없네. 그래, 가 보라고. 우리 집 문은 열려 있고 화롯가에는 삶은 고기도 구운 고기도 널려 있을 거야. 나도 뒤따라 갈 테니까 먼저 가 있으라고. 다른 손님은 부르지 않았으니 손님은 자네 혼자야."

오일렌슈피겔은 옳거니 하며 서둘러 피리 악사의 집으로 갔다. 모든 게 그의 말 그대로였다. 하녀는 불고기를 뒤집어

굽고 부인은 식사 준비에 정신이 없었다. 그는 집안으로 들어가 부인에게 전했다. "하녀를 데리고 빨리 와 달라는 댁 주인 말씀입니다요. 커다란 생선을 한 마리 얻어서 집으로 운반하는 걸 도와 달라던데요. 철갑상어란 말씀이에요." 다녀오는 사이에 불고기는 자기가 뒤집어 놓겠다는 말도 잊지 않았다. 부인이 말했다. "그래 줄래요, 오일렌슈피겔 씨? 하녀를 데리고 금세 갔다 올게요." 그가 말했다. "잘 다녀오셔요."

부인과 하녀가 장터로 가는 길에 악사와 딱 마주쳤다. 그가 왜 그리 급히 뛰어가느냐고 물었다. 둘이 대답했다. "오일렌슈피겔이 집으로 와서는, 당신이 커다란 상어를 한 마리 얻었으니 집으로 운반하는 걸 도우라던데요." 피리 악사는 화가 나서 부인에게 소리쳤다. "이 여편네야, 집도 제대로 하나 못 보냐! 그놈이 그런 소리를 했을 때는 개구쟁이 장난질을 치려는 것이겠지." 그런 사이에 오일렌슈피겔은 집 대문을 아래위 모두 닫아 버렸다.

피리 악사와 그의 아내가 하녀를 데리고 집으로 돌아와 보니 문이 닫혀 있는지라. 악사는 아내에게 말했다. "이제 알겠지? 당신이 왜 상어를 실어 날라야 했는지." 그들은 쾅쾅 문을 두들겼다. 오일렌슈피겔이 대문 너머로 말했다. "문을 쾅쾅 두드리지 말게. 아무도 들여보내지 않을 테니까. 이 집 주인어른 지시거든. 다른 손님은 부르지 않았으니 나 혼자 안에 있으랬어. 그만 저쪽으로 갔다가 내가 다 먹고 나면 돌아오시게."

피리 악사가 말했다. "내가 그리 말한 건 거짓말이 아니
었어. 그렇지만 이런 뜻으로 말한 건 아니었네. 어쩔 수 없
군. 제 마음대로 처먹게 내버려 두어야지. 언제고 이 개구쟁
이 악동 짓에 대한 앙갚음은 꼭 하고 말 테니까." 그러고는
부인과 하녀를 데리고 이웃집으로 가서 오일렌슈피겔이 밥
을 다 먹을 때까지 기다렸다.

오일렌슈피겔은 요리를 마치고 상을 차려 트림이 날 만
큼 배불리 먹어치웠다. 그러고 나서 대문을 열어젖히자 피
리 악사가 들어와 말했다. "이놈아! 착한 사람이라면 네놈
같은 짓은 하지 않는 법일세." 그러자 오일렌슈피겔은 "혼
자서 하라는 지시를 받았는데 둘이서 하라는 말인가? 나
만 손님으로 초대받았는데 손님을 여럿 데리고 가면 주인
쪽에서도 언짢아하지" 하면서 그 집을 뒤로 하고 떠나갔다.
그 뒷모습을 보며 피리 악사가 소리쳤다. "아무리 네놈이
개구쟁이 악동이라 해도 반드시 앙갚음은 해 줄 거야." 그
가 되받았다. "누구에게도 뒤지지 않는 솜씨라야 명장이라
불리지."

그래서 피리 악사는 곧바로 가죽을 다루는 갖바치에게
로 가서 여관에 오일렌슈피겔이라는 어른이 묵고 있는데
그의 말이 죽었으니 사체를 좀 치워 달란다고 집 주소를
가르쳐 주었다. 평소에 알고 지내던 피리 악사의 말이라 갖
바치는 그러겠다고 대답했다. 그는 가죽 벗기기 작업용 두

바퀴 수레를 끌고 가르쳐 준 숙소로 가서 오일렌슈피겔을 뵙겠다고 말했다. 오일렌슈피겔은 문밖으로 나와서 무슨 일이냐고 물었다. 갖바치는 피리 악사가 집으로 와서는 댁의 말이 죽었다고 하더라며, 그 때문에 찾아왔다고 전했다. 그리고 당신이 오일렌슈피겔이냐, 말이 죽었다는 게 사실이냐고 물었다.

오일렌슈피겔은 휙 뒤돌아서서 바지를 내리고 엉덩짝을 까고 말했다. "여기를 잘 보고 피리 악사에게 전해 주게. 오일렌슈피겔은 이 골목에는 온 적이 없어. 그러니까 자네는 그놈이 어느 길목에 있는지를 알 수가 없다고 말이야." 화가 머리끝까지 난 갖바치는 피리 악사의 집 앞으로 달려가 두 바퀴 수레를 거기에 세워 놓은 채 피리 악사를 고소했고, 그는 갖바치에게 10굴덴이나 손해배상금을 물지 않을 수 없었다. 한편 오일렌슈피겔은 말에다 안장을 놓고 마상에서 흔들리며 그 도시를 떠나갔다.

제67화

오일렌슈피겔이 어떻게 지갑을 잃어 버려 늙은 농부 할머니에게 놀림을 당했던지

옛날 뤼네부르크의 게르다우라는 마을에 결혼한 지 오십 년이 다 된 노부부가 살고 있었다. 장성한 아이들은 결혼하여 분가해 살았다. 그런데 그 당시 마을 성당에 심보가 곱지 않은 꾀 많은 사제가 한 분 있었다. 그는 언제나 잔치 자리에 나가 먹고 마시기를 좋아했다. 이 사제는 마을 사람들이 적어도 일 년에 한 번은 잔치를 벌이고, 하루나 이틀

자기와 하녀를 모셔다가 최선을 다해 접대하도록 길을 터 놓았다.

　그런데 결혼 오십 년이나 된 그 두 늙은이는 오랜 세월 동안 성당의 축일이나 아기의 세례 등에도 잔치를 베푼 적이 없었다. 신부는 먹을거리가 시원치 않아서 부아가 났기 때문에, 어떻게 하면 그들이 자기를 초대하게 만들까 궁리하였다. 사제는 심부름꾼을 보내 그들이 결혼한 지 얼마나 되었는지 물었다. 농부가 대답했다. "그 따위야 잊어 먹은 지 오래되어서……." 사제의 말인즉, "그런 위태위태한 상태에서는 영혼의 구제란 생각할 수 없네. 함께 더불어 오십 년을 살면 결혼의 복종 의무가 사라진단 말일세. 수도원 사제들의 서약과 마찬가지로 결혼의 복종 의무도 사라진단 말일세. 귀밑머리 파뿌리 되도록 몇 년이나 살았는지 잘 생각해서 나중에 보고하러 와요. 그러면 당신네들 영혼의 구원을 위해 조언을 해 드리지. 그리하는 게 당신과 교구의 여러 분들에 대한 내 의무니까." 그가 시킨 대로 늙은 농부 부부는 머리를 맞대고 기억을 더듬어 보았지만 결혼 햇수를 똑똑히 댈 수가 없었다. 둘은 몹시 걱정이 되어 영혼의 구원이라는 게 휴지조각이 되지 않도록 현명한 지혜를 내려 주십사 하고 사제를 찾아갔다.

　사제가 말했다. "정확한 햇수를 모른다면 영혼을 위해 다음 일요일 다시 두 분의 결혼식을 올려 드리지. 오십 년을 넘겨 혼인이 무효가 되어 버렸으면 안 되니까 말씀이야.

그러려면 살찐 수소와 양, 돼지를 잡고 자식들과 일가친척들을 불러 한판 잘 먹이시라고. 나도 그 자리에 가겠네."

"네, 신부님. 그렇게 해 주셔요. 닭 몇 십 마리의 문제가 아닙죠. 우리가 그렇게 오래 함께 살았는데 지금 와서 혼인이 무효라니 말이나 되나요." 그렇게 말하고 농부는 집으로 돌아가 잔치 준비에 착수했다. 사제는 이 혼례에 동료 신부들이라든지 고명한 성당의 고위직 몇 분도 초대했다. 그 가운데는 엡스도르프의 수도원장도 끼어 있었다. 그는 언제나 손질이 잘 된 말을 두어 필 가지고 있었고 잔치를 즐기는 성품이었다.

오일렌슈피겔은 그 수도원에 얼마 동안 붙어살았는데, 원장이 그에게 말했다. "내 작은 말을 타고 나를 따라오게. 자네도 환영받을 걸세." 그는 말씀대로 따랐다. 그들이 도착해서 먹고 마시며 즐기고 있는 사이, 새색시가 되는 할머니는 관습대로 식탁의 윗자리에 앉아 있었다. 그러나 피로가 겹쳐 기분이 언짢아지자 사람들이 할머니를 밖으로 모셔 나갔다. 그들은 정원 뒤편의 게르다우 강으로 나왔고 할머니는 강물에 발을 담갔다.

수도원장과 오일렌슈피겔이 엡스도르프로 돌아가는 길에 그 광경을 보았다. 작은 말을 타고 가던 오일렌슈피겔은 늙은 색시의 기분을 돌리려고 멋진 뜀박질을 해 보였다. 그러는 사이 그의 허리춤에서 빠져나간 것은 한창 유행하던 끈 달린 지갑이었다. 사람 좋은 할머니가 그것을 보고 일어나서는 지갑을 집어 들고 강가로 돌아와 엉덩이 밑에 깔고 앉았다. 오일렌슈피겔은 한참이나 말을 타고 가다가 그제서야 지갑이 없어진 것을 알아차렸다. 그 길로 게르다우로 되돌아간 그는 사람 좋은 할머니에게 자기의 낡은 가죽 지갑을 보지 못했느냐고 물었다. 할머니의 말, "아, 가죽 지갑[1]이라면 내 혼례식 때 받은 건데……. 그거라면 지금도 엉덩이 밑에 깔고 앉았지. 그걸 말하는 게요?" 오일렌슈피겔이 말했다. "그 이야기는 옛날이야긴데, 할머니가 새색시 때 말씀이라면요. 그때 지갑이라면 낡고 헐어서 곰팡이가 슬었을지도 모르죠. 그런 낡은 지갑 따위를 말할 리가 있나요."

오일렌슈피겔도 대단한 개구쟁이 장난꾸러기였지만 늙은 농사꾼 할머니에게 놀림을 당하고 지갑이 없는 불편한 신세를 견뎌야 했다. 게르다우 마을의 여인네들은 지금도 여전히 이 새색시의 가죽 지갑을 지니고 있다는데, 그 마을의 늙은 과부댁들이 잘 보관하고 있다지요. 궁금하시면 문의해 보시기를.

1_가죽의 껄끄러운 감촉 따위로 남녀의 외설스러움을 넌지시 말하고 있다.

제68화

오일렌슈피겔이 어떻게 뮐첸 교외에서 런던산 녹색 옷감을 하늘색이라고 우겨 농부를 속여 먹었던지

오일렌슈피겔은 언제나 삶은 고기와 구운 고기가 먹고 싶어서 어디서 그런 것들을 구할 수 있을까 눈여겨보았다. 그런 어느 날 그가 뮐첸 시의 연시(年市) 장터에 갔더니 많은 벤드 사람들[1]과 다른 여러 지역 사람들이 와글거리고 있었다. 그는 여기저기 기웃거리며 어디 좋은 일감이 없을

까 하고 눈독을 들였다.

마침 어떤 시골사람 하나가 런던산 녹색 옷감 한 필을 사 들고 집으로 돌아가는 길이었다. 오일렌슈피겔은 농부한테서 옷감을 사취할 생각으로 어느 마을에 사느냐고 물었다. 그러고서는 스코틀랜드 떠돌이 수도승과 깡패 직공을 한 패거리로 끌어들여 셋이 함께 시골 농부가 지나는 길가에 미리 와서 대기하였다. 세 사람은 서로 시내를 향해 반 마장씩 거리를 두고 서서 녹색 옷감을 가진 그 농부를 만나면 옷감이 하늘색이라고 말을 맞추어 연기를 하기로 했다.

그렇게 해서 옷감을 든 농부가 집으로 가느라고 시내를 벗어나자 오일렌슈피겔이 그에게 말을 붙였다. "어쩌면 이렇게 고운 하늘색 옷감을 샀을까" 농부가 대답했다. "이건 녹색 빛깔이지 하늘 색깔이 아냐." 틸이 말했다. "그건 하늘빛이야. 20굴덴을 걸어도 돼. 저기 오는 사람이면 녹색인지 하늘색인지 구별할 테지. 그 말만 해 주면 다른 말 않겠지?" 오일렌슈피겔이 첫 번째 남자에게 손짓을 하자 그가 다가왔다. 농부가 그에게 말했다. "이봐요, 이 옷감 색깔로 다투고 있는데 녹색인지 청색인지, 어느 쪽이 맞는지 말씀 좀 해 주시오. 당신 말대로 따를 테니까." 그 남자는 옷감을 들어 올려 보고는 말했다. "이 옷감은 진짜 하늘 색깔이네." 농부는 말했다. "아니야, 너희 둘은 짰어. 나한테서 옷감을 뺏으려고 꾸민 게 틀림없어." 그러자 오일렌슈피겔이 말했다. "좋아. 그러면 한 걸음 양보해서 저기 오는 수도승에게 맡기도록 하지. 저분 말로 결판을 냅시다." 농부도 동의했다.

수도승이 다가오자 오일렌슈피겔이 말했다. "사제님, 이 옷감의 색깔이 어떤 빛깔인지 똑바로 말씀 좀 해 주십시오." 수도승이 말했다. "이런 것쯤은 자기 눈으로 확인하면 될 걸." 농부의 말인즉, "그렇죠, 사제님. 말씀 그대로예요. 그렇지만 거짓말이라는 걸 알겠는데 제게 뒤집어씌우려고 해요." 수도승이 말했다. "여러분들 말싸움에 왜 내가 말려들어야 합니까. 그것이 검거나 희거나 내 알 바 아닙니다." "사제님이 말씀을 해 주셔야 해요. 제발 부탁입니다"라고 농부가 매달렸다. "굳이 꼭 그렇게 말해 달라고 한다면……." 하고 수도승이 말했다. "내가 보기엔 이 옷감 색깔은 청색이네." 오일렌슈피겔이 이어서 말했다. "사제님 말씀 들었지? 옷감은 내 거야." 농부의 말, "정말이지, 사제님. 사제님이 검은 옷감을 걸친 수도승만 아니었다면 거짓말쟁이로 한 패거리라고 여겼을 텐데. 그래도 수도승인데 그 말을 믿어야지."

그리하여 농부는 오일렌슈피겔 패거리에게 옷감을 넘겨주지 않을 수 없었다. 패거리 셋은 다가오는 겨울을 대비해 새 옷을 차려입은 반면, 농부는 다 찢어진 저고리를 걸친 채 지내야 했다.

1_8, 9세기경 독일에 이주한 서슬라브 민족. 이곳 월첸 시 근처에는 하노버 벤드인 지역이 있었는데, 의상, 풍습, 언어 등 독특한 문화권을 형성해 18세기까지 그 흔적이 남아 있었다.

제69화

오일렌슈피겔이 어떻게 하노버의
목욕탕에 똥을 누어 놓고 그걸로
청결의 집이라고 우겼던지

　하노버의 라인 성문 맞은편에 있는 목욕탕 주인은 목욕
탕이라는 말은 듣기 싫어서 '청결의 집'이라 부르고 있었다.
하노버 시에 왔을 때 오일렌슈피겔은 그것을 눈여겨보고,
그 목욕탕으로 가서는 옷을 벗고 탕으로 들어가 이렇게 말
했다. "여러분, 안녕하세요. 주인어른과 종업원 여러분, 그

리고 또 이 청결의 집에 오신 고객 여러분." 목욕탕 주인은
신이 나서 그를 반갑게 맞으며 말했다. "손님, 우리 집을 청
결의 집이라고 잘 말씀해 주셨습니다. 그 말씀 그대로 우리
집은 몸을 깨끗이 하는 집이지 한낱 목욕탕이 아닙니다. 먼
지는 햇살 속에도, 흙 속에도, 재 속에도, 모래 가운데도
있는 걸요."[1] 오일렌슈피겔이 그 말을 이어받았다. "이 집이
청결의 집이라는 건 분명해요. 모두들 때 묻은 더러운 몸으
로 들어와 깨끗이 해서 나가니까."

　　그렇게 말을 마치자마자 오일렌슈피겔은 목욕탕 가운데
있는 물통 속에다 커다란 똥을 누었다. 구린 냄새가 코를
찔렀다. 주인이 말하기를, "알았다, 알았어. 언행불일치라는
게 어떤 것인지. 당신 말은 듣기 좋았지만 하는 짓이란 도무
지 구린내만 풍기네. 청결의 집에서 당키나 한 짓이오." 오
일렌슈피겔이 말했다. "이곳은 바로 청결의 집 아닌가요?
그래서 나는 바깥보다 안쪽을 싹 치우려 했거든. 그렇지 않
으면 무얼 하러 여기 온담." 목욕탕 주인의 말, "그런 청결
행위는 뒷간에서나 하는 거야. 우리 집은 사우나 목욕탕이
란 말일세. 땀을 흘려서 깨끗이 하는 거지. 그런 곳을 뒷간
으로 만들어 버리다니." 오일렌슈피겔의 응수, "그것도 몸
속에서 나오는 더러움이긴 마찬가지. 몸을 깨끗이 하려면
안이나 밖이나 청결하게 해야지." 목욕탕 주인은 화가 나서
"그런 것은 뒷간에서 씻어 내는 거야. 그렇게 하면 오물 청
소부가 그걸 도살장으로 운반하거든. 똥을 씻어 내거나 청

250

소하는 일은 내가 할 일이 아니지"라고 말하면서, 목욕탕에서 오일렌슈피겔을 쫓아내려고 했다. 오일렌슈피겔은 "주인어른, 돈 낸 만큼 탕물에 몸이나 적시게 해 주셔요. 당신은 돈을 벌 욕심이고 나도 실컷 탕물을 끼얹어야지." 주인은 목욕탕에서 나가기만 하면 돈은 돌려주겠으나, 어슬렁거리고 있으면 문밖으로 내쫓겠다고 말했다. 여기서 다투면 불리하겠다고, 맨손으로 면도날에 맞서는 셈이라고 생각한 오일렌슈피겔은 탕문을 나서며, "응가 값으로 근사한 목욕을 했네"라고 말했다.

그는 옷을 차려입고 목욕탕 주인이 늘 종업원들과 함께 밥을 먹는 방으로 들어갔다. 주인은 그를 그 방에 가두고 두 손이 뒤로 묶이도록 하겠노라고 협박했으나, 그건 위협에 지나지 않았다. 그럭저럭 하는 사이에 접이식탁이 오일렌슈피겔의 눈에 띄었다. 욕실에서 완전히 깨끗해지지 않았다고 생각한 그는 식탁을 열어 그 위에 똥을 누고 다시 닫았다.

이윽고 목욕탕 주인은 먼젓번 사건에 대해 용서를 하고 그를 풀어 주었다. 오일렌슈피겔은 그에게 이렇게 말했다. "주인장, 이 방에서야 겨우 나는 완전히 깨끗해졌네요. 점심때가 되면 내 생각이 몹시 날 테죠. 그럼 잘 지내쇼. 안녕."

1_어느 곳이든 먼지 없는 곳은 없다. 따라서 어디로 가든 때는 묻는다. 그러므로 '목욕을 해서 몸을 깨끗이 하는 것이 좋다'라는 문맥으로 읽어야 할 것이다.

제70화

오일렌슈피겔이 어떻게 브레멘 시에서 농가의 아낙들로부터 우유를 사들여 그것을 한데 쏟아부었던지

오일렌슈피겔이 브레멘에서 진기하고 우스꽝스런 장난을 쳤다. 언제인지 그가 그곳 장터에 왔을 때 한 아낙네가 우유를 들고 오는 것을 보았다. 우유가 잔뜩 모이는 장날을 기다려 그는 커다란 통을 마련하고 그것을 장터에다 가져다 두었다. 그리고 장터의 우유를 몽땅 사들여 한 방울 안 남기고 통 속에 쏟아붓고서는 아무개 아낙은 몇 되, 또 아무개 아낙은 몇 되 몇 홉 식으로 차례차례 장부에다 기재했다. 우유가 다 모이면 각자에게 값을 치를 테니 그때까지 잠시 기다려 달라고 오일렌슈피겔은 아낙들에게 당부했다. 그래서 아낙들은 시장바닥에 둥그렇게 원을 그려 퍼질러 앉았다.

오일렌슈피겔이 닥치는 대로 우유를 사들였기 때문에 우유를 들고 오는 아낙들도 없어지고 커다란 통도 거의 가득 차게 되었다. 그러자 오일렌슈피겔은 장난스럽게 "지금은 현금 지닌 게 없네. 그러니 두 주일을 기다릴 수 없으면 이 통에서 우유를 다시 퍼내어 가도 좋아"라는 말만 남기고 휑하니 모습을 감추고 말았다.

아낙네들은 엉망진창이 되어 소동을 벌였다. 어떤 아낙은 몇 되, 다음 아낙은 몇 되에 몇 홉을 더하고, 또 다른 아낙은 얼마라도 우유를 더 퍼내려는 통에 아낙네들은 서로 양동이나 물통이나 병을 머리에 내던지고 주먹질을 하며 눈이나 옷에 우유를 끼얹거나 땅바닥에 쏟기도 하니, 마치 우유비가 내린 듯했다. 이 꼴을 본 시민들과 타지 사람들은 모두 농가의 아낙들이 장터로 와서 벌인 소동에 배꼽을 잡고 웃었다. 그리고 이 장난으로 인해 오일렌슈피겔은 큰 박수를 받았다.

제71화[1]

오일렌슈피겔이 어떻게 열두 명의
장님들에게 돈 12굴덴을 주었으며 그들은
공짜로 먹고 마실 수 있다고 생각했다가
마침내 혼쭐이 났던지

오일렌슈피겔이 이곳저곳을 떠돌다가 어느 땐가 다시 하
노버에 들어 희한한 사건을 저질렀다. 그가 한때 말을 타고
성문 근처를 한 마장 둘러보고 있는데 열두 명의 장님을
만나게 되었다. 그는 그들에게 다가가 "여러분, 어디에서 오

셨나요?"라고 물었다. 장님들은 멈춰 서서 말을 붙인 장본인이 말 탄 사람이라는 걸 알고, 그가 지체 높은 양반이라 생각해서 각자 모자와 두건을 벗고 말했다. "어르신, 우리는 방금 이 도시를 떠나왔는데, 그곳 부자어른이 돌아가셔서 주변 사람들이 추도 미사를 올리고 우리에게도 보시를 베푸셨습니다요." 그날은 몹시도 날씨가 추웠다. 그래서 오일렌슈피겔은 장님들에게 "너무 춥지요? 여러분들이 혹 얼어 죽지나 않을까 걱정이에요. 자, 여기 12굴덴을 드릴 테니 시내로 돌아가세요. 나는 방금 그곳 숙소에서 떠나왔어요"라면서 숙소를 알려주고, "겨울을 나고 서리가 내리지 않는 길을 걸어 여행할 수 있을 때까지 내가 준 12굴덴으로 지내십시오"라고 말했다. 장님들은 선 채로 고개를 깊이 숙이고 정중하게 몇 번이나 감사를 드렸다. 그런데 맨 처음 장님은 다음 번 장님이 돈을 받은 것으로 알고, 다음 번 장님은 세 번째 장님이 돈을 가진 줄 알았으며, 이 장님은 네 번째 장님이, 하는 식으로 끝 번 장님은 틀림없이 첫 번째 장님이 돈을 가지고 있으려니 생각했다. 그렇게 일행은 오일렌슈피겔이 알려준 숙소를 향해 시내로 갔다.

장님 일행은 여인숙에 도착하자, 한 친절한 어른이 말을 타고 우리 앞에 다가와 겨울이 다 가기까지 이것으로 먹고 살라며 고맙게도 12굴덴을 베풀어 주셨노라고 저마다 떠들어 댔다. 여인숙 주인은 그 돈에 눈이 멀어 일행을 받아들이고, 어느 장님이 12굴덴을 가지고 있는지 알아보거나 따지기는커녕, "여러분, 추운 길 오시느라 고생하셨습니다. 잘 대접해 올리겠습니다"라고 말했다. 주인은 돼지를 잡고 칼질을 해서 요리를 만들어 장님 일행에게 크게 한 상 차려 내고, 일행이 12굴덴쯤 먹어 치웠으리라 생각될 무렵 "여러분, 셈을 쳐 주셔야지요. 12굴덴도 곧 바닥날 것 같으니까"라고 말했다. 장님들은 그렇겠거니 해서 각자 돈을 가지고 있는 사람이 주인에게 값을 치르라고 서로에게 말했다. 첫 번째 장님은 그 돈을 가지고 있지 않았고 다음 차례도, 세 번째도, 네 번째도 없기는 마찬가지. 마지막 장님도 첫 번째 장님과 다르지 않아서 12굴덴을 지니고 있지 않았다. 그들은 돈이 없다고 말하며 머리를 긁적였다. 일행은 그렇게 당했던 것이다. 여인숙 주인도 같은 처지였다.

주인은 주저앉아 생각했다. '저들을 쫓아내면 밥값 한 푼 못 건지고, 그렇다고 붙잡아 두자니 공짜로 밥만 축내지. 무일푼 장님들이니 그림자 잡고 싸우기야.' 그래서 주인은 그들을 매질한 뒤 뒤꼍의 돼지우리에 가두어 놓고 보릿단과 건초를 내어 놓았다. 장님들이 돈을 다 썼을 때가 되었다고 생각될 무렵, 오일렌슈피겔은 변장을 하고 시내로 말을 몰아 여인숙에 들이닥쳤다. 그가 마당의 마구간에 말을 매려고 했을 때 장님 일행이 돼지우리에 드러누워 있는 모습이 보였다. 그는 숙소로 들어서서 주인에게 "주인장, 불쌍한 장님들을 이렇게 돼지우리에 붙들어 두다니 말이 되는가. 몸을 망가뜨릴 먹이를 주다니, 도무지 측은지심이 없구먼." 그러나 주인이 말했다. "저 일행을 물속에 처박아 버리고 싶다니까. 밥값을 치러 준다면야 이야기는 달라지지만." 그러면서 그는 장님 일행과 얽힌 자초지종을 들려주었다.

오일렌슈피겔이 말했다. "주인장, 왜 저들은 보증인을 내세우지 못할까." '보증인 한 사람만 있어도……'라고 생각한 주인은, "이보쇼, 내가 받아들일 수 있는 확실한 보증인만 있으면 불쌍한 장님들은 내보내겠네"라고 대답했다. "좋아요. 시내를 뒤져서 당신을 위해 보증을 설 사람이 있는지 알아보지." 오일렌슈피겔은 그리 말하고는 사제에게 갔다. "신부님, 당신의 교우(敎友)에게 선행을 부탁드립니다요. 여인숙 주인이 어젯밤 나쁜 신령에 붙들려서 귀신 쫓는 굿을 해 주십사고 신부님께 전합니다." 신부가 말했다. "알았네. 그러나 이삼 일 기다려야겠네. 그런 일은 서두르다가는 그르칠 수도 있으니까." "내가 가서 안주인을 데려올 테니 신부님 입으로 직접 말씀해 주세요." "알았네. 아낙을 데려오게"

그 길로 오일렌슈피겔은 여인숙 주인에게 돌아가 말했다. "보증인을 세우게 됐네. 신부님일세. 내 이야기를 듣고서는 틀림없이 이 일을 맡아 지네 몫을 챙겨 주시겠대. 내게 자네 부인을 데리고 오라시네. 직접 약속해 주신다고." 그 말을 듣고 주인은 신이 나서 그와 함께 아내를 사제님께 보냈다. "신부님, 여인숙 주인의 아낙이 왔어요. 아까 제게 약속하신 것을 당신 입으로 부인에게 들려주세요." "그래요,

부인. 이삼 일만 말미를 주면 주인장 근심 걱정은 덜어 줄 수 있겠네."

주인 아낙네는 오일렌슈피겔과 함께 숙소로 돌아와 주인에게 자초지종을 보고했다. 주인은 흔쾌히 장님들을 풀어 주었다. 오일렌슈피겔도 길 떠날 채비를 하고 몰래 줄행랑을 쳤다.

사흘째 되는 날, 여인숙 아낙네는 성당으로 가서 사제에게 장님 일행의 밥값 12굴덴을 달라고 재촉했다. 사제는 "부인, 남편이 그렇게 말하라고 시키던가?"라고 물었고, 아낙은 그렇다고 대답했다. "그 따위 소릴 지껄이는 것이 귀신 지랄이야." "귀신 지랄이라니요? 밥값이나 지불해 주어요." "네 남편은 귀신에 씌었다고 그러더구나. 당사자를 데려와. 하나님 성령으로 악마를 쫓아 남편을 살려 줄 터이니." "그런 말은 밥값을 물어야 할 거짓말쟁이 악동들의 수법이죠. 우리 집주인이 귀신에 씌었는지 오늘이라도 잘 살펴보셔요."

그렇게 종알대던 아낙은 집으로 돌아가 신부님 말을 곧이곧대로 남편에게 일러바쳤다. 그는 긴 창과 방패를 들고 사제관의 신부에게로 뛰어갔다. 그 꼴을 보고 사제는 큰 소리로 이웃들에게 도움을 청하고 성호를 그으며 "이웃 여러분, 살려 주세요! 이놈은 귀신에 들씌워져 있소"라고 고함을 쳤다. 주인은 "이놈의 가짜 수도승 같으니라고. 잊지 말고 밥값을 갚아"라고 소리 질렀다.

선 채로 성호를 긋고 있는 사제를 향해 숙소 주인이 덤벼드는 것을, 마을 사람들이 간신히 둘 사이에 비집고 들어 말렸다. 이 여인숙 주인과 사제는, 한쪽에서는 더도 덜도 말고 밥값을 갚으라고 독촉해 대는가 하면, 한쪽에서는 "나는 빚 따위는 한 푼도 없네. 저놈은 악령에 씐 놈이고, 굿을 해서 귀신을 몰아내야 한다"고 계속 말다툼이었다. 두 사람의 시비는 그렇게 평생 사는 동안 계속되었다.

1_이 우스개 이야기는 전승, 개작, 그리고 번안 등이 많은데, 그 가운데 한스 작스(Hans Sachs)의 1553년 작품집 《부활절 놀이》(*Fastnachtsspiel*)에 실린 〈오일렌슈피겔과 장님들〉이 대표적이다.

제72화

오일렌슈피겔이 어떻게 브레멘에서
손님 불고기에 궁둥이로 버터를 녹여 발라
아무도 입을 대려 하지 않게 만들었던지

　　오일렌슈피겔은 브레멘에서 저지른 개구쟁이 짓[1]으로 그
를 모르는 사람이 없을 정도로 유명해졌다. 시민들이 그의
장난질이나 개구쟁이 짓을 좋아하여 그를 붙들어서 오일렌
슈피겔은 오랫동안 브레멘에 머물렀다. 브레멘 시에는 그곳
태생이거나 외지 장사꾼이거나 가리지 않는 시민 모임이 열

렸고 그 자리에서는 돌아가며 불고기와 치즈와 빵을 대접하게 되어 있었다. 타당한 이유 없이 결석하는 회원은 자기 몫의 회비를 간사에게 지불해야 하는 규정이었다.

오일렌슈피겔도 장난꾸러기 광대 몫으로 그 잔치 자리에 불려 나갔다. 마침 잔치의 순번이 돌아와 오일렌슈피겔은 동료 장사치들을 숙소로 초청하였고, 불고기를 사와 불판 위에 올렸다. 점심때가 되어 일행은 장터에 모여서 어떻게 경의를 표하며 오일렌슈피겔을 방문할지 서로들 의논했다. 갔다가 허탕이나 치지 않을는지, 그가 진짜 먹을거리를 장만하고 있는지, 누구 아는 사람 없느냐는 식으로 서로 말을 이어 나갔다. 그러다가 결국은 함께 가 보자는 쪽으로 의견의 일치를 보았다. 골탕을 먹더라도, 한 사람 한 사람 따로 당하는 것보다 함께 당하는 쪽이 덜 창피하다는 것이었다.

그리하여 일행이 오일렌슈피겔이 투숙하고 있는 여관에 이르자, 그는 한 조각의 버터를 궁둥이에 찔러 넣고 불고기가 익고 있는 불 위에 가져다 댔다. 버터는 불고기 위로 방울방울 떨어지고 있었다. 숙소 대문간에 지켜 서서 그가 무엇을 조리하고 있는지 살피던 회원들은 오일렌슈피겔이 그렇게 불 곁에서 버터를 불고기에 떨어트리고 있는 꼴을 목격했다. 그들은 "손님들이 악마냐! 이 따위 불고기를 누가 먹어?"라고 고함을 질렀다. 그러자 오일렌슈피겔은 그들에게 규정대로 회비를 청구했다. 일행은 그런 불고기를 먹지 않게 된 것을 다행으로 여겨 싫은 기색 없이 돈을 치렀다.

1_〈제70화〉에서 농촌 아낙네들의 우유를 한데 쏟아붓게 했던 개구쟁이 장난을 일컫는다. 따라서 브레멘을 무대로 하는 〈제72화〉는 〈제70화〉에 이어지는 것이다. 구성상 〈제71화〉은 두 이야기 사이에 계획 없이 끼어들었다.

제73화

오일렌슈피겔이 어떻게 작센의
한 도시에서 돌을 뿌리고, 그 까닭을
묻는 질문에 장난꾸러기의 씨를
뿌리고 있다고 대답했던지

그런 일이 있고 얼마 되지 않아, 오일렌슈피겔은 베세르 강변의 한 도시로 흘러들어 시민들 사이의 흥정이라든지 뒷거래를 지켜보는 가운데 이 집 저 집 열네 군데 여인숙을 두루 빠짐없이 투숙해 보았고, 그들의 장삿속을 바닥

부터 알게 되었다. 그가 어느 집에서 빌린 것이 이웃집에서 발견되고[1] 모르는 것을 듣고 보며 견문을 넓혀가는 가운데 그들은 서로가 서로에 지쳐 갔다. 시민들 쪽에서 그런 것처럼 오일렌슈피겔 또한 시민들 사는 꼴이 지겨워졌다.

그래서 그는 강변에서 작은 돌을 주워 와서 시청 근처의 뒷길을 오가며 여기저기에 씨 뿌리듯 던졌다. 그 자리에 외지의 장사꾼들이 나와서 보고 무얼 하고 있느냐고 묻자, 그는 "개구쟁이 씨앗을 뿌리고 있는 중일세"라고 대답했다. "그딴 것은 뿌릴 것도 없지. 개망나니라면 이 도시에 와글와글 하는데"라고 상인들이 말했고, "그래. 그렇지만 그들은 집안에만 있으니 밖으로 내보내야지"라고 그가 대꾸했다. "왜 경건하게 사는 사람들의 씨는 안 뿌리지?"라고 그들이 물으면, "그런 사람들은 이런 데서 싹 틔우기가 쉽지 않거든" 하는 것이 그의 대답이었다.

이 말이 시의회에 들어가자, 오일렌슈피겔에게 출두 지시가 떨어지고 씨앗들을 주워서 시를 떠나라는 추방령이 내려졌다. 지시에 따라 그는 10마일쯤 떨어진 다른 도시로 왔는데, 돌씨를 가지고 디트마르셴으로 갈 참이었다. 그러나 씨 뿌리기 소문이 당사자보다 한발 앞서 그 도시에 도달해서 그는 이 도시에서는 먹고 마시지 않고, 씨앗을 들고 바로 통과하겠다는 서약을 해야 했다. 그래서 어쩔 수 없이 작은 배를 한 척 빌려서 헌 쓰레기들과 돌씨가 든 큰 자루를 배에 실으려고 지면에서 들어 올렸다. 그 순간 자루가

찢어져 돌씨와 자루만 남게 되었다. 오일렌슈피겔은 그 길로 달아나 버렸지만 다시 돌아온다나 뭐라나.

1_그가 이 도시의 여기저기서 유명해진 사실에 대해 에둘러 하는 말이다.

제74화

오일렌슈피겔이 어떻게 함부르크의
이발소에 고용되어 주인 집 창문을 통해
가게로 들어갔던지 등등

언제인가 오일렌슈피겔이 함부르크 시로 와서 호프 장터
에 서서 주변을 두리번두리번 살피고 있는데, 이발소 주인
이 와서 어디에서 왔느냐고 물었다. 오일렌슈피겔의 대답,
"저기에서 이쪽으로 왔어요." 이발사가 물었다. "손재주는
있겠지?" "머리 손질쯤이야 간단하죠." 이발소 주인은 그를

고용하기로 했다.

　이발소는 호프 장터에 있었고 둘이 서 있는 맞은편이었
다. 가게의 커다란 유리창이 도로변으로 나 있었다. 이발소
주인은 오일렌슈피겔에게 이렇게 말했다. "건너편 집을 잘
보게. 커다란 창문이 나 있지. 거기로 들어가게. 나는 곧 뒤
따라 갈 테니까." 오일렌슈피겔은 예, 라고 대답했다. 그리
고 곧장 그 집의 커다란 유리창을 왕창 깨고 안으로 들어
가, "아무도 없어요? 일꾼 왔습니다"라고 인사를 드렸다. 가
게에서 실을 뽑아 베를 짜고 있던 이발사 아낙네는 이만저
만 놀란 게 아니어서 "이게 무슨 짓이야! 창문으로 들어오
다니. 마귀가 시킨 짓은 아니겠지. 출입문이 좁기라도 했단
말이야"라고 소리 질렀다. "아줌마, 그렇게 화내지 마세요.
아저씨가 시킨 대로 한 것뿐인데요. 저는 새로 온 일꾼입니
다." "주인에게 손재수를 안기다니 기특한 일꾼이군." "아주
머니, 주인어른 시키는 대로 해서는 안 된다는 법이라도 있
습니까?"

　이럭저럭 하는 사이에 집으로 돌아와, 오일렌슈피겔이
저지른 사건의 자초지종을 듣고 본 주인이 말했다. "이놈
아, 네놈은 우리 집 유리창을 안 깨고 출입문을 통해 들어
올 수는 없었더란 말이냐. 창문으로 들어오다니 무슨 심보
야." "커다란 창이 있으니 거기로 들어가라, 나는 곧 뒤따라
가겠다고 말하지 않았어요. 그래서 나는 시키는 대로 했을
뿐이에요. 한 발 앞서 가라고 해 놓고 바로 따라오지 않은

것은 주인아저씨예요." 이발사는 그의 손을 빌려야 했기에 끽소리도 않고 '저놈 덕으로 장사가 잘되면 이 일은 적당히 봐주고 급료에서 빼면 되겠지'라고 속으로 생각했다.

그리하여 이발소 주인은 오일렌슈피겔에게 사흘쯤 일을 시켜 보기로 했다. 주인이 그에게 면도날을 갈아세우도록 시키자, 그는 "예, 예"라고 고분고분 대답했다. 주인이 "양 날 다 매끄럽게 갈아야 해"라고 말하자, 오일렌슈피겔은 알아들은 양, 면도날만이 아니라 손잡이 부분도 날이 시퍼렇게 서도록 갈기 시작했다.

일꾼의 솜씨를 보려고 들렀던 주인의 눈에 들어온 것은 날이 선 면도칼의 손잡이였다. 오일렌슈피겔은 여전히 숫돌에 면도칼을 갈며 날을 세우고 있었다. 그 꼴을 본 이발사는 꽥 소리를 질렀다. "이게 무슨 짓이야. 큰일 날 짓거리를!" 오일렌슈피겔이 대답했다. "큰일 날 짓이라니요? 주인장이 시키는 대로 했고 면도날을 못 쓰게 만든 것도 아닌데." 이발사는 화가 날 대로 났다. "네놈은 심보가 고약한 악동 개구쟁이야. 면도날 세우기는 그만두고 바로 꺼져! 처음 온 곳으로 말이야." 오일렌슈피겔은 예, 라고 대답하고 먼젓번 들어왔던 가게 창을 통해 밖으로 뛰쳐나갔다. 이에 더 화가 난 이발사는 한 손에 몽둥이를 들고 그 뒤를 쫓았다. 그를 붙들어 깨진 유리창 값을 물릴 참이었다. 그러나 오일렌슈피겔은 재빨리 떠나는 배 하나를 집어타고 육지를 떠났다.

제75화

오일렌슈피겔이 어떻게 코흘리개 아낙네의 손님이 되어 접대을 받았던지

언제인가 궁정 잔치가 열려[1] 오일렌슈피겔도 말을 타고 갈 참이었다. 그런데 말이 절뚝거리는 통에 걸어서 가게 되었다. 그날은 날씨도 몹시 더웠고 배는 고파 허리가 꺾일 참이었다. 가는 길에 작은 마을이 있었지만 여인숙도 밥집도 하나 없었다. 바야흐로 한낮이었다.

그는 한 마을로 들어섰고 이곳에서 그는 얼굴이 꽤나 알려져 있었다. 그가 어느 집으로 들어가 보니 마침 아낙 하나가 두 손으로 우유를 굳힌 덩어리를 들고 한창 치즈를 만들고 있었다. 아낙의 코에서 굵은 콧물이 한 줄 흐르고 있었지만 우유 덩어리에 손을 뺏겨 두 팔을 쓸 수가 없었다. "안녕하세요"라고 인사하는 오일렌슈피겔에게 콧물이 온통 드러나 보였다. 아낙도 그걸 알았지만 소매로 콧물을 닦을 수도 코를 풀 수도 없었다.

아낙이 그에게 말했다. "오일렌슈피겔 아저씨, 잠시 쉬었다 가셔요. 갓 만든 맛난 버터를 대접할 테니 잠시만 기다려 줘요." 그러자 오일렌슈피겔은 팩 등을 보이며 문밖으로 나가 버렸다. 아낙이 등 뒤에 대고 소리쳤다. "잠시만요. 조금이라도 드시고 가시라니까." 오일렌슈피겔은 "아줌마, 일이란 때와 장소에 따라……"라며 다른 집으로 들어가 혼자 구시렁거렸다. "그 따위 버터는 딱 질색이야. 밀가루만 조금 넣으면 돼. 달걀노른자는 넣을 필요 없지, 콧물 덕택에 꽤 걸쭉할 테니까."

1_궁중이나 궁정 잔치에 틸은 자주 참석한다.〈제10, 15, 22, 23, 24화〉 등 참조.

제76화

오일렌슈피겔이 어떻게 우유죽에 콧물을 떨어트려 혼자 다 차지해 먹어 치웠던지

　　오일렌슈피겔이 우유죽을 혼자 먹어 치우려고 농부 아낙에게 못된 개구쟁이 장난을 쳤다. 오일렌슈피겔은 배고픈 참에 어느 농가에 들어섰는데, 아낙이 혼자 부뚜막에 퍼질고 앉아 우유죽을 끓이고 있는 모습이 눈에 띄었다. 맛 좋은 냄새가 코를 찔러서 먹고 싶어 환장할 지경이었다. 그는 아낙에게 우유죽을 좀 달라고 간청했다. 아낙이 말했다. "오일렌슈피겔 아저씨, 드리고말고요. 내 배를 못 채우는 한이 있어도 당신 혼자 먹을 만큼은 챙겨 드려야지." "아줌마, 그 말 그대로 될지 몰라요"라고 그가 대답했다.

아낙은 우유죽을 대접하였는데 흰 죽이 든 대접과 빵이 식탁 위에 놓였다. 그는 배가 고파서 바로 먹기 시작했다. 아낙도 농촌 관행대로 자리를 차고 앉아 함께 먹으려고 했다. '아낙이 끼어들면 곧 바닥이 드러나겠지'라고 생각한 오일렌슈피겔은 재채기를 하면서 커다란 콧물 방울을 터뜨려, 하필이면 그것을 우유죽이 든 대접 속으로 빠뜨렸다. 그러자 화가 머리끝까지 난 아낙이 "더러워서 못 참겠네. 우유죽은 혼자 다 드시오"라고 말했다. 그 말을 받아 오일렌슈피겔이 대답했다. "아주머니, 아까 말하지 않았어요. 당신 배는 못 채워도 내 먹을 만큼은 챙겨 주겠다고. 그러니까 와서 함께 드세요. 접시 바닥의 죽은 몇 입 핥아 드셔도 나는 아무렇지 않으니까요." 아낙이 말했다. "빌어먹는 게 낫지. 어찌 내 몫이 아니라 네 몫에서 준다는 것이냐?" 오일렌슈피겔은 "아주머니, 나는 말씀대로 한 것뿐이라니까요"라면서 우유죽을 깨끗이 몽땅 먹어 치우고 입을 닦으며 떠나갔다.

제77화

오일렌슈피겔이 어떻게 집안에서
똥을 누어 구린내를 벽 틈새로 이웃집에
불어 넣어 술판을 벌이고 있던
무리들을 못 견디게 만들었던지

오일렌슈피겔이 떠돌이 발걸음을 재촉하여 뉘른베르크
에 도착해서는 그곳에서 두 주일을 머물게 되었다. 그가 묵
고 있던 숙소 옆에 한 경건한 신자가 살았는데, 그는 부자
였고 교회도 잘 다녔지만 광대 패거리 따위는 질색인 위인

이었다. 자신이 있는 곳에 광대가 오거나 자리를 함께 하게
되면 그는 그만 자리를 박차고 일어서곤 했다. 그런 자가
일 년에 한 번은 근처 이웃들을 손님으로 불러 음식과 포
도주, 그리고 최고급 술을 내어 왕창 먹고 마시게끔 잔치를
벌였다. 혹 이웃 숙소에 외지에서 온 장사꾼 손님들이 있으
면 그들 두세 명도 함께 불러 환영하였다.

그렇게 이웃 손님들을 부를 시기가 되었는데, 마침 그때
오일렌슈피겔은 그 부유한 신자의 이웃 숙소에 묵고 있었
다. 부자는 관행대로 이웃들과 이웃집에 묵고 있던 외지에
서 온 손님들을 초대했다. 그러나 오일렌슈피겔은 광대 패
거리의 일원으로 간주되어 초청을 받지 못했다. 이웃 사람
들이 집에 묵고 있던 과객 일행과 더불어 신실한 부잣집의
손님으로 초청되자 오일렌슈피겔이 묵고 있던 숙소 주인도
초대받은 손님들과 함께 가게 되었다. 주인은 그에게 부자
가 자네를 광대 패거리로 여겨 부르지 않은 것이라고 일러
주었다. 그는 아무렇지도 않은 척했지만 신실한 부자가 그
렇게 자기를 골린 데 대해 분통이 터져, '나를 광대로 취급
한다면 한번 광대놀이를 선보여야겠군'이라고 속으로 다짐
했다.

잔치가 베풀어진 것은 성 마르틴 날 바로 다음 날이었다.
주인은 손님들과 함께 근사한 방 한가운데 자리를 잡고 일
행들에게 음식을 대접했다. 그 방의 벽 바로 건너편이 오일
렌슈피겔이 묵고 있는 방이었다. 모두 자리에 앉아 잔치 분

위기가 무르익을 무렵, 틸은 일행이 앉아 회식이 한창인 그 방의 벽면에 구멍을 하나 뚫었다. 그러고서는 풀무를 들고 와 똥을 한 바가지 누어 놓고 구멍으로 고약한 구린내를 불어 젖혔다. 악취가 너무 지독해서 아무도 그 방에 머물 수 없을 지경이었다. 일행들은 서로가 서로를 쳐다보며 옆엣사람이 똥 구린내의 장본인이라 여기고 옆엣사람은 또 옆엣사람대로 그 옆옆의 사람이 구린내의 주인이라 생각했다. 오일렌슈피겔이 계속해서 풀무로 바람을 일으키자 일행은 도저히 악취를 못 이기고 자리를 뜨지 않을 수 없었다. 구린내의 원인을 밝혀내려고 의자 밑을 뒤지거나 사방 구석구석을 살펴봤지만 아무런 도움이 되지 못했다. 아무도 어디에서 악취가 나는지 밝히지 못한 채 모두들 집으로 돌아가 버렸다.

오일렌슈피겔의 숙소 주인도 집으로 돌아왔다. 그러나 너무 지독했던 악취 탓에 기분이 언짢아져서 먹은 것들을 모두 토해 버리고, 방안에 구린내가 지독하다느니 어찌니 투덜댔다. 오일렌슈피겔은 웃음을 못 참고 말했다. "부자가 나를 손님으로 초대하지도 않고 음식 대접도 제대로 해주지 않았지만 나는 그쪽보다 훨씬 융숭하게 잘 대접해 준걸. 나를 회식에 불렀더라면 똥 구린내 따위도 없었을 것을……" 그러고서는 곧장 숙박비를 정산하자마자 말을 타고 떠나 버렸다. 비밀이 탄로 날 것이 두려웠기 때문이다.

그의 말을 곰곰이 되씹어 본 숙소 주인은 틸이 악취의

정체에 대해 무엇인가 알고 있다고 짐작했지만 정확한 뜻을 몰라 의아해할 뿐이었다.

오일렌슈피겔이 도시를 떠나고 난 뒤 주인은 온 집안을 뒤져 똥 범벅이 된 풀무를 발견하고 그가 벽 너머로 이웃집에 뚫어 놓은 구멍도 찾아냈다. 주인은 바로 짚이는 것이 있어서 이웃집 부자를 현장으로 데려와 오일렌슈피겔의 행동과 그가 떠나며 남긴 말을 들려주었다. 부자가 말했다. "이봐요, 이웃 양반. 광대 패거리들이 심보를 곱게 쓴 적이 없어요. 그래서 나는 그런 패거리들을 우리 집에는 들이지 않을 참이에요. 당신네 숙소에 닥친 어떤 재난도 그건 내 책임이 아니에요. 나는 당신 손님이 개구쟁이 악동인 줄 알았지. 말투나 행동을 보면 알지. 우리 집에서 하기보다 당신네 집에서 한 게 다행이지. 우리 집에서 그랬으면 그 악동놈은 내게 훨씬 더 고약한 짓을 했을걸."

오일렌슈피겔이 묵었던 숙소 주인이 말했다. "말씀은 잘 알겠습니다. 당신도 들으신 적이 있겠지요. 개구쟁이한테는 초를 두 자루 내어 놓으라고.[1] 그 말 그대로예요. 나도 그렇게 해야 할까 봐요. 우리 집에 묵는 손님들은 다 각양각색이거든요. 손님 가운데는 착한 손님도 있고 고약한 손님도 있게 마련인 걸요." 그리고 둘은 헤어졌다. 오일렌슈피겔은 그곳을 떠나서 두 번 다시 나타나지 않았다.

1_'개구쟁이를 알아보기 위해서는 더 밝은 빛을 비춰야 한다'는 속담.

제78화

오일렌슈피겔이 어떻게 약속한 대로 늑대를 잡아 아이스레벤의 여인숙 주인을 놀라게 했던지

아이스레벤 시에 한 여인숙 주인이 살았다. 그는 냉소적이고 삐뚤어진 심보에다가 세상에 겁나는 것이 없다고 허풍을 떠는 자로서 스스로 잘난 여인숙 주인이라고 믿고 있었다. 오일렌슈피겔이 이곳에 묵게 된 날은 큰 눈이 내리는 겨울철이었다. 마침 그곳에서 뉘른베르크로 길을 가던 작센 출신 장사꾼 세 사람과 맞닥뜨렸다. 그들이 여인숙에 도착한 때는 밤도 깊어 사방이 깜깜했다.

수다쟁이 주인은 그들을 맞이하며 숨 쉴 틈도 없이 어디서 오셨는지, 도중에 무얼 하시느라 늦게 숙소로 찾아드셨냐고 물었다. 그들의 대답인즉, "주인 양반, 그렇게 말도 못하게 막지 마시오. 도중에 늑대에게 당해서 혼나는 모험을 겪었지. 우연히 갑작스레 늑대를 만나 치고받고 했어. 덕분에 시간 좀 뺏겼지." 말이 끝나자마자 주인은 그들을 비웃으며 윽박질렀다. "늑대 한 마리 따위로 그렇게 시간을 뺏기다니 부끄럽지도 않냐?" 그는 혼자 들판에 나가 늑대 두 마리를 만나도 들고 패서 쫓아 버리지, 뭐가 무서워서 세 사람이 늑대 한 마리한테 쩔쩔매냐고 말했다. 장사꾼들이 자리에 들기까지 주인은 밤새 놀려 댔다. 그 자리에 동석했던 오일렌슈피겔도 듣기 거북한 빈정거림을 듣고 있었다.

오일렌슈피겔은 장사꾼들과 한 방을 쓰게 되었다. 잠자리에서 장사꾼들은 여인숙 주인에게 어떻게 앙갚음을 할 수 있을지 서로 의논했다. 그때 오일렌슈피겔이 말했다. "여러분, 내가 보기에 주인 녀석은 허풍쟁이야. 내가 말하는 대로 하면, 주인이 혼쭐이 나 다시는 늑대 이야기를 입에도 못 올릴 것이오." 그들은 그 말에 솔깃하여 그리 되면 돈을 주겠다고 했다. 오일렌슈피겔은, "여러분들은 장삿길을 떠나세요. 돌아오는 길에는 이 여인숙에 묵으시고 그때 나도 꼭 올 테니 주인에게 매운 맛을 보여줍시다"라고 말했다.

일은 그대로 진행되었다. 장사꾼 일행은 떠날 준비를 해서 오일렌슈피겔의 몫까지 숙비를 치르고 여인숙을 떠났다.

주인은 그들 뒤에서 "여러분, 초원에서 늑대와 맞닥뜨리지 않도록 조심하셔요"라며 큰 소리로 놀려 댔다. 장사꾼들은 "주인장, 경고해 주어서 고마우이. 우리가 늑대 밥이 되면 두 번 다시 여기 올 수가 없을 테고 당신이 늑대에 먹히면 우리가 여기로 와도 당신 낯짝을 못 보게 될 테니까"라고 말한 다음 말을 타고 떠났다.

오일렌슈피겔은 하르트 숲에 들어가 사냥을 했고 다행히 늑대 한 마리를 사로잡을 수 있었다. 늑대는 죽어서 세 장사꾼들이 다시 아이스레벤의 여인숙으로 돌아올 때까지 꽁꽁 얼려 두었다. 때가 되어 그는 죽은 늑대를 말안장 주머니에 넣어 아이스레벤으로 돌아왔다. 약속한 그대로 장사꾼들도 돌아와 있었다. 그는 아무도 늑대를 눈치채지 못하도록 조심했다.

저녁이 되어 밥을 먹으며 여인숙 주인은 늑대 사건을 안주 삼아 장사꾼들을 놀려 댔다. 그들은 이렇게 말했다. "늑대에 대해서는 할 말이 없어요. 주인아저씨가 초원에서 두 마리 늑대의 습격을 받으면, 먼저 흰 마리를 때려잡고 그런 다음 남은 한 마리를 마저 상대하겠지요?" 주인은 허풍을 떨며, "나 같으면 한꺼번에 두 마리 다 뼈도 못 추리게 해 놓지"라고 대답했다. 이런 이야기가 자리에 들기까지 밤새 계속되었다. 오일렌슈피겔은 한 방을 쓰는 장사꾼 일행이

올 때까지 입도 뻥긋하지 않았다.

일행이 방으로 돌아오자 오일렌슈피겔이 말했다. "쉿, 여러분. 자지 마세요. 우리가 벼르던 것은 다 같아요. 초에 불을 붙여 두세요." 그럭저럭 숙소 주인도 심부름꾼들도 자리에 들었을 무렵, 오일렌슈피겔은 침실에서 살짝 몸을 빼내어 미리 꽁꽁 얼려 놓았던 죽은 늑대를 난로 곁으로 옮겼다. 그리고 늑대가 꼿꼿이 설 수 있게 막대기로 괴고, 그 커다란 아가리를 쫙 벌려 어린이 구두 두 짝을 물고 있는 시늉을 냈다. 그런 다음 그는 다시 방으로 돌아와 큰 소리로 주인을 불렀다. 주인은 아직 잠이 들지 않았기 때문에 부르는 소리에 "무슨 일이야? 또 늑대에게 물리기라도 했다는 말이야"라고 소리를 되질렀다. 그러자 그들이 소리쳤다. "아이고, 주인장! 하녀나 머슴에게 마실 걸 좀 가져다 달라고 부탁해요. 목이 말라 못 견디겠어요." 주인은 화를 내며, "이렇게 하는 게 작센 식이지. 밤낮 없이 퍼마시니까 그렇지"라고 대꾸하고, 하녀를 깨워 그들 침실로 음료를 들고 가게 했다. 하녀는 일어나 난롯가로 가서 초에 불을 붙이려 했다. 하녀가 고개를 들어 올리자 늑대 아가리가 그대로 눈에 들어왔으므로 이만저만 놀란 게 아니었다. 아이들이 틀림없이 늑대 밥이 되었거니 생각해서 초도 내던지고 안뜰로 줄행랑을 놓고 말았다.

장사꾼 일행은 계속해서 마실 것을 가져오라고 소리치고 있었다. 주인은 하녀가 꿈속인 줄 알고 이번에는 머슴을 불렀다. 머슴이 일어나 또 촛불을 켜다가 늑대가 서 있는 것을 보고, 하녀마저 잡혀 먹힌 줄 알고 초를 팽개치고 지하 창고로 도망쳤다. 그런 소동이 일행의 귀에 다 들렸기 때문에 오일렌슈피겔은 "일이 계획대로 잘 되었으니 놀이는 재미있게 끝날 거야"라고 말했다.

오일렌슈피겔과 장사꾼들은 세 번째로 크게 소리쳤다. "마실 걸 달랬는데 하녀와 머슴은 뭣들 하고 나타나지도 않으니 주인장께서 촛불을 들고 몸소 나오시오." 자신들은 어두워서 잠자리에서 나올 수가 없다는 것이었다. 주인은 틀림없이 머슴도 깊이 잠든 줄 알고 일어났으나 화가 치밀었다. "악마가 작센의 술꾼들 모가지에 불을 지폈나!" 그리고 난롯가에서 촛불을 켜다가 늑대가 거기 서 있는 게 보였다. 늑대는 아가리에 구두를 물고 있었다. 주인은 "살인났다. 살려줘!"라고 멱따는 소리를 지르며 장사꾼들의 잠자리로 구르다시피 들어갔다. "여보게들, 살려주게. 무서운 짐승이 난롯가에 서 있어. 아이들도 하녀도 머슴도 모두 잡아먹혔네."

장사꾼 일행과 오일렌슈피겔은 곧장 준비를 해서 주인과 함께 난롯가로 모여들었다. 머슴은 지하 술 창고에서, 하녀는 안뜰에서, 그리고 아이들은 아내가 침실에서 데리고 나타났다. 그러고 보니 모두 무사하였다. 그 자리에서 오일렌슈피겔이 늑대를 발길질로 넘어뜨리자 짐승은 쓰러져 꿈쩍도 하지 않았다. 오일렌슈피겔이 말했다. "이건 죽은 늑대야. 그런데 그렇게 멱따는 소리를 지르다니. 당신네들은 겁쟁이도 이만저만 겁쟁이가 아니군! 이 집구석에서는 죽은 늑대가 물어뜯기도 하고 사람들을 한쪽 구석으로 몰아붙이기도 한단 말인가. 아까 당신은 들판에서 살아 있는 늑대를 두 마리 때려잡겠다고 말했지. 그건 모두들 마음속으로 하고 싶다고 생각한 것을 입에 올려 지껄여 본 것에 지나지 않아."

주인은 그 말을 듣고 자기가 바보 광대가 된 줄을 깨달았다. 그는 침실로 돌아가 자기의 허풍과 온 집안이 죽은 늑대 한 마리로 휘둘린 것을 부끄러워했다. 장사꾼들은 배꼽을 잡고 웃었고 오일렌슈피겔의 몫까지 숙박비를 지불하고 떠났다. 그다음부터 여인숙 주인은 무서운 게 없다는 식의 허풍을 떨지 않게 되었다.

제79화[1]

오일렌슈피겔이 어떻게 쾰른의 여인숙
여닫이식 식탁에 똥을 누어 놓고
주인에게 찾아보라고 했던지

그 뒤 바로 오일렌슈피겔은 쾰른의 여인숙으로 왔으나 정체가 드러나지 않도록 이삼 일 동안은 꿈쩍도 하지 않았다. 그런 사이에 그는 여인숙 주인이 장난꾸러기 악동임을 눈치챘다. '여주인이 악동 같으면 손님에게 좋을 게 없으니 다른 숙소를 찾아야지'라고 그는 마음먹었다. 그날 밤 주인은 오일렌슈피겔이 다른 숙소를 물색하고 있음을 알아차렸다. 그래서 주인은 다른 손님들에게는 잠자리에 들게 하면서 그에게는 아무 말도 하지 않았다.

오일렌슈피겔이 말했다. "주인장, 어떻게 된 거에요? 나도 당신이 잘 자라고 인사한 손님들과 똑같은 값을 치렀는데, 이 긴 의자 위에서 꼬꾸라져 자란 말씀이신가." 주인은 "침대덮개가 몇 장 있었는데……" 하면서 방귀를 한 방, 두 방 연거푸 붕붕 뀌었다. 그러고 나서 "베개는 여기 있네" 하면서, 또 냄새가 지독한 세 번째 방귀를 붕 뀌었다. 주인이 말했다. "됐소. 이것으로 침대가 마련되었네. 내일까지 이것으로 대충 때우라고. 아침에 일어나면 눈에 띄게 뭉쳐 두시고." 오일렌슈피겔은 아무 말 없이 '그래, 개구쟁이한테는 개구쟁이 짓으로 갚아 주어야지' 하면서 그날 밤은 긴 의자 위에서 자기로 했다.

그런데 그 여인숙 주인은 근사한 여닫이식 접이식탁을 가지고 있었다. 오일렌슈피겔은 식탁의 여닫이문을 열고 그 안에 똥을 한 덩어리 누고는 다시 문을 닫아 두었다. 다음날 일찍 눈을 뜬 그는 주인 방 앞에서 "주인장, 잘 자게 돌봐 주셔서 고마워요"라고 인사했다. 그리고 침구 한가운데에 똥을 누어 놓고서는 이렇게 말하는 것이었다. "이것이 침대용 깃털이불이고요. 베개와 덮개와 깔개는 침대에 함께 모아 두었어요." "손님, 잘하셨습니다. 일어나면 나중에 챙겨 볼게요"라는 주인 말에, 오일렌슈피겔은 "그러셔요. 찾으려면 눈에 뜨일 테죠"라는 말을 남기고 숙소를 나섰다.

점심에는 여러 손님들의 예약이 있었기 때문에 주인은 깨끗한 여닫이식 접이식탁으로 점심 접대를 할 참이었다. 주인이 식탁 문을 열자 지독한 구린내가 풍기고 그 가운데 똥 덩어리가 눈에 띄었다. "그놈이 '눈에는 눈' 식으로 앙갚음을 했군. 내 방귀에 똥으로 되갚다니" 하고 구시렁거렸지만 주인은 그를 다시 데려오게 했다. 오일렌슈피겔은 다시 여인숙으로 돌아왔다. 그래서 그 둘은 개구쟁이 장난을 끝내기로 하였고 오일렌슈피겔은 그 뒤부터 제대로 된 침대에서 잘 수 있었다는 이야기올시다.

1_이 글을 포함해서 〈제80, 85, 86, 88, 90, 91, 92, 95화〉의 삽화 9개는 원본에 빠져 있다.

제80화

오일렌슈피겔이 어떻게 여인숙 주인에게 쇠돈 소리를 들려주고 숙박비를 치렀던지

오일렌슈피겔이 쾰른의 여인숙에 오래 묵고 있었을 때 생긴 일이다. 불 지피는 것이 늦어져 한낮이 다 되어 가도 아침 준비가 되지 않았다. 배에서 꼬르륵 소리가 날 지경이라 오일렌슈피겔은 기분이 영 말이 아니었다. 그 꼴을 보다 못한 주인이 "식사가 준비될 때까지 기다릴 수 없으면 대충 있는 것으로 때우시게"라고 말했다. 오일렌슈피겔은 방에서 나와 밀빵 하나를 먹고 아궁이 옆에 자리 잡고 앉았다.

12시가 되자 식탁에 보가 깔리고 음식이 들어왔다. 주인은 손님들과 함께 자리에 앉았으나 오일렌슈피겔은 부엌을 떠날 생각을 않았다. 주인이 말했다. "왜 그래, 밥 안 먹을 참인가?" 오일렌슈피겔이 말했다. "응, 먹고 싶지 않아. 불고기 냄새로 배가 가득차서"

주인은 입을 다문 채 손님들과 식사를 계속했다. 밥을 다 먹고 나서 모두들 셈을 치른 다음, 떠날 사람들은 떠나고 머물 사람들은 남게 되었다. 그러나 오일렌슈피겔은 아궁이 곁에 앉은 채 꿈쩍도 않았다.

화가 난 주인이 청구서를 들고 와서 밥값으로 쾰른 백통전 2페니히를 지불하라고 요구했다. 오일렌슈피겔이 말했다. "주인장, 당신은 밥도 안 먹은 사람한테서 돈을 거두는 그런 사람인가요?" 주인은 미움이 가득한 어조로 대답했다. "줄 것은 주어야지. 당신이 먹지는 않았지만 냄새로 배를 채웠어. 불고기 굽는 철판 앞에 앉아 있었으니 식탁에 앉아서 그걸 먹은 것과 다름없지. 그러니 밥값을 내셔야지."

오일렌슈피겔은 페니히 백통전을 한 개 끄집어내어 그것을 계산대 위에 던지며 말했다. "주인장, 이 소리 들립니까요?" "잘 들리고말고." 그러자 그는 재빨리 동전에 손을 뻗쳐 그것을 지갑 속에 집어넣고 말했다. "불고기 냄새와 쇠돈 소리는 그게 그거지." 주인은 백통전을 받을 수 있으려니 했다가 헛짚은 꼴이어서 부아를 참을 수가 없었다. 오일렌슈피겔은 그것으로 충분하니 밥값을 내지 않고 고소를 하겠다고 어깃장을 놓았다.

주인이 밥값을 단념하고 고발하지 않은 것은 앞서 여닫이식 접이식탁 사건 때처럼 앙갚음 당할까 겁이 났기 때문이었다. 여인숙 주인은 그냥 그를 떠나게 했다. 오일렌슈피겔은 식대를 내지 않은 채 숙소를 나서서 라인 지역과 작별하고 다시 작센 땅으로 향했다.

제81화

오일렌슈피겔이 어떻게
로스토크를 떠났던지

　오일렌슈피겔이 개구쟁이 장난을 치고 급히 로스토크를
떠나 찾아든 곳은, 가난하여 먹을거리조차 제대로 없는 여
인숙이었다. 주인은 아이들만 주렁주렁한데 오일렌슈피겔
은 어린애들이라면 질색이었다. 그가 말을 마구간에 매어
놓고 집안의 난롯가에 들어와 보니, 난로에 불기라고는 전
혀 없고 방안은 텅 비어 가구 하나 없었다. 그는 진짜 가난

뱅이 소굴로 굴러들었다고 여기며 "주인장, 근처 이웃들은 고약한 것들일세"라고 말을 붙이자, 주인이 "손님 말씀대로 집안의 물건들을 몽땅 도둑맞았다니까요"라고 답했다. 오일렌슈피겔은 웃음을 못 참고 이 집에서는 주인도 손님도 없는 거라고 생각했다.

그는 이 여인숙에 묵기로 했으나, 아이들이 번갈아 가며 현관문 뒤에서 똥오줌을 갈기고 있는 모습이 눈에 띄었기 때문에 도무지 그들이 마음에 들지 않았다. 그는 주인에게 말했다. "지저분한 녀석들! 다른 장소가 없는 것도 아닌데 현관문 뒤에서 똥오줌을 갈기다니." 주인의 대답은 이러했다. "손님, 그런 걸 따지지 마셔요. 난 아무렇지도 않은 걸요. 내일이라도 치우면 그만이죠." 오일렌슈피겔은 그 뒤로 입을 다물었다. 그러다가 그도 똥오줌이 마려워 난롯가에 똥을 한 바가지 싸 놓았다. 그때 주인이 와서 말했다. "이게 뭐야. 뒷간이 먼 것도 아닌데 난롯가에서 똥을 다 누다니." "주인장, 그 따위 것으로 야단치지 마시오. 나는 아무렇지도 않은 걸. 오늘 중에 치우면 될 걸, 뭐." 오일렌슈피겔은 그렇게 말하고는 말을 집어타고 대문에서 작별을 고했다.

여인숙 주인이 그의 등 뒤에다 대고 소리쳤다. "기다려. 난롯가의 똥오줌은 치우고 가야지!" 오일렌슈피겔의 대꾸, "마지막에 남는 사람이 대청소하면 되지. 그리하면 내 것 네 것 가릴 것 없이 똥덩어리도 한꺼번에 치우게 되잖아."

제82화

오일렌슈피겔이 어떻게 한잔하다가
개의 가죽을 벗기고 그것으로
안주인에게 술값을 치렀던지

오일렌슈피겔이 슈타스푸르트 시의 한 여인숙에 들있더
니 주인아낙 혼자였다. 그녀는 털이 복슬복슬한 강아지 한
마리를 기르고 있었다. 안주인은 몹시 개를 귀여워하였고
강아지는 한가롭게 그녀의 무르팍에 앉아서 내려올 생각도
않았다.

오일렌슈피겔이 난롯가에 앉아 맥주잔을 기울이고 있는데 숙소 안주인은 강아지가 마실 수 있도록 대접에 맥주를 따라 주었다. 안주인이 맥주를 마실 때마다 그렇게 개 버릇을 들여 놓았던 것이다. 오일렌슈피겔이 앉아서 술을 마시자, 강아지가 뒷발로 일어서서 그에게 아양을 떨며 목으로 뛰어오르기도 했다. 그 꼴을 보며 안주인이 "우리 귀염둥이에게도 접시에 술을 따라 마시게 해 주어요. 그렇게 해 달라는 거예요"라고 말했다. "그러지, 뭐"라고 그가 대답했다.

　안주인이 요긴한 일로 바깥출입을 하게 되자, 오일렌슈피겔은 자기도 마시면서 강아지에게도 맥주를 따라 주었다. 살코기도 한 점 집어서 먹었다. 덕택에 강아지는 배가 차서 난롯가에 길게 드러누웠다.

　그러다가 오일렌슈피겔이 "계산을 해야 하는데……" 하면서 주인아낙에게 말을 붙였다. "아줌마, 댁에서는 손님들이 술을 마시거나 밥을 먹고 나서 돈이 없으면 외상이 통하는지 모르겠네?" 안주인은 그 손님이라는 것이 설마 강아지를 말하는 것인지는 짐작도 못하고, 틀림없이 오일렌슈피겔 자신일 거라고 생각하였다. "손님, 우리 집에서 외상은 통하지 않아요. 맞돈을 내던지, 아니면 저당 잡힐 것을 맡기던지." 그가 말했다. "내 몫이야 당연하다 해도 남의 몫이야 당사자가 책임져야지."

　안주인이 외출 나간 틈을 노려 오일렌슈피겔은 강아지를 저고리에 숨겨 마구간으로 데려가서는 눈 깜짝할 사이에 가죽을 벗겼다. 그리고 개가죽은 저고리 밑에 숨긴 채로 다시 숙소의 난롯가로 돌아왔다. 그는 안주인을 불러 정산을 해 달라고 말했다. 오일렌슈피겔은 그녀가 청구한 술값의 절반만 지불했다. 주인아낙이 물었다. "맥주는 혼자 드셨는데 나머지 반은 누가 갚아요?" "아니야. 내가 혼자 마신 게 아니에요. 손님이 있었지. 녀석도 함께 마셨는데 도무지 무일푼이어서요. 그렇지만 잡힐 만한 물건이 있으니 나머지는 그것으로 계산할 수밖에요." "손님이 누구에요? 무얼 잡히려는데……" "녀석이 입고 있던 근사한 저고리예요."

오일렌슈피겔은 자기 저고리 아래서 개가죽을 끄집어내고는 말했다. "아줌마, 잘 보셔요. 이것이 나하고 한잔했던 손님의 저고리예요." 안주인이 놀라서 살펴보니 그것은 자기가 기르고 있던 강아지의 가죽이었다. 그녀는 화가 불같이 나서 "네놈 따위는 벼락 맞아 죽어라. 어쩌려고 우리 집 강아지 가죽을 벗긴 거야!"라며 저주를 퍼부었다.

그가 말했다. "아줌마, 그건 모두 당신 탓이야. 실컷 욕하시오. 강아지에게 맥주를 따라 주라고 말한 사람은 아줌마야. 손님이 땡전 한 푼 없다고 했는데 외상이 통하지 않는다며. 맞돈을 내든지, 저당 잡힐 것을 맡기라고 한 것노 모두 아줌마란 말씀이야. 녀석이 돈은 없지, 술값은 갚아야지. 할 수 없이 자기 저고리를 저당 잡힌 거야. 이걸 맥주값으로 받아 두시구려." 안주인은 더 펄펄 뛰며 야단이었다. "썩 이 집에서 나가거라! 두 번 다시 얼씬도 하지 말라고." 오일렌슈피겔이 말했다. "이 집에서 걸어서는 못 나가 겠네. 말을 타고 작별해야지." 그는 말에 안장을 채우고 대 문으로 말을 타고 나가면서 이렇게 말했다. "아줌마, 내가 댁의 외상값을 마련할 때까지 이 저당 잡힌 가죽을 잘 보 관해 주시오. 초청 받지 못해도 한 번 더 올 테니까. 그때는 아줌마와 함께 마시지 않을 테니 맥주 값을 낼 일은 없겠 지."

제83화

오일렌슈피겔이 어떻게 능지처참
형벌에 쓰는 수레바퀴에 드러누워 바로
그 안주인과 지껄여 댔던지

오일렌슈피겔이 슈타스푸르트 시에서 저지른 개구쟁이
짓을 들어 보셔요. 시 인근 마을에 변장을 하고 바로 그 여
인숙을 찾아든 그는, 집안에 수레바퀴가 눈에 띄자 그 바
퀴 위에 드러누워 안주인에게 "안녕" 인사를 하고, 오일렌
슈피겔의 소문은 들은 게 없느냐고 물었다. "그 악동 개구

쟁이 소문은 못 들었냐고? 그 녀석 이름은 듣기도 싫다"고 안주인이 말했다. "단단히 화가 나신 모양인데 무슨 일을 당했어요? 그 녀석 가는 곳에 필시 악동 짓거리겠지만" 하고 오일렌슈피겔이 묻자, 그녀가 답했다.

"나도 잘 알지. 그놈은 여기도 왔었지. 우리 집 강아지 가죽을 벗겨서 그 가죽으로 자기가 마신 맥주 값을 치르고 갔다니까."

"그 따위 짓거리가 다 있어?"

"그런 녀석은 끝내 빌어먹을 거야."

"그럼요. 그런 녀석은 능지처참의 형에 처해질 거예요."

"그리 되는 게 당연하지."

그러자 오일렌슈피겔은 본색을 드러내어 말했다.

"내가 바로 그 장본인일세. 그럼 가 볼까. 안녕!"

제84화

오일렌슈피겔이 어떻게 여인숙 안주인의 맨살 궁둥이를 아궁이의 뜨거운 재 위로 올려놓았던지

악의적인 비방은 고약한 앙갚음을 당하기 마련이다. 오일렌슈피겔이 로마 여행에서 돌아오는 길에 커다란 여관이 있는 한 마을에 이르렀다. 마침 바깥주인은 집에 없었다. 그는 안주인에게 오일렌슈피겔을 아느냐고 물었다. 그녀가 말했다. "아니요. 그 사람은 모르지만 보통내기 개구쟁이가 아니라는 소문은 들었죠." "아줌마, 아줌마는 그 사람을 모른다면서 어떻게 개구쟁이라는 말을 입에 담죠?"라고 오일렌슈피겔이 말했다. 안주인의 대답은 이러했다. "그 사람을 모른다는 게 어쨌다는 거예요. 그런 건 문제가 아니죠. 어떻게 해 볼 도리가 없는 악동이라는 게 세상 소문인 걸." 오일렌슈피겔이 말했다. "아줌마, 그가 무슨 끔찍한 망나니짓을 했나요? 개구쟁이 악동이라지만 소문만 들은 것이겠지." 안주인이 대답했다. "우리 집에 드나드는 손님들한테서 들은 이야기를 옮긴 것뿐이에요." 오일렌슈피겔은 입을 다물었다.

다음 날 그는 일찍 일어나 아궁이의 뜨거운 재를 긁어모으고 나서 안주인의 침대로 갔다. 그리고 그녀를 깨우고 번쩍 들어 올려 드러난 맨살 궁둥이를 그 뜨거운 재 위에 올려 심한 화상을 입혔다. 그가 말했다. "이봐요, 아줌마. 이제부터는 오일렌슈피겔이 개구쟁이라는 걸 말해도 돼요. 방금 피부로 느꼈을 테니까. 아줌마 눈앞에 있는 내가 바로 그 당사자거든. 이제 녀석이 어떤 놈인지 아시겠지." 안주인은 아파서 우는 소리를 질렀지만 오일렌슈피겔은 여관을 뒤로 하고 웃으며 말했다. "이것으로 로마 여행을 끝내야지."

제85화

오일렌슈피겔이 어떻게 숙소 잠자리에 똥을 누고 사제의 짓이라고 둘러댔던지

오데르 강가의 프랑크푸르트에서도 오일렌슈피겔은 짓궂은 악동 짓을 했다. 그곳에서 오일렌슈피겔은 한 사제와 길동무가 되어 함께 여인숙에 묵게 되었다. 그날 저녁 숙소 주인은 정성껏 생선이라든지 고기를 대접했다. 두 사람이 식탁에 앉으려 하자 안주인이 사제를 윗자리에 앉히고 맛있는 음식을 그의 앞에 내어놓으며 "신부님, 잡수세요"라고 말했다. 오일렌슈피겔은 아랫자리에 앉아 주인과 안주인의 수작을 지켜보고 있었으나 주인 내외는 전혀 개의하지도 않고 먹으라는 인사도 없었다. 그렇다고 숙박비를 깎아 주는 것도 아니었다.

식사가 끝나고 잘 시간이 되어 오일렌슈피겔과 사제는 한 방에서 자게 되었다. 침대마다 쾌적한 잠자리가 마련되고 둘 다 그 위에 드러누웠다. 다음 날 아침 사제는 여느 때와 같이 눈을 떠서 아침기도를 드린 다음 숙박비를 정산하고 다시 길을 나섰다. 오일렌슈피겔은 9시를 알리는 종이 울릴 때까지 늦잠을 자고 사제가 누웠던 잠자리에 응가를 했다.

안주인은 머슴에게 사제와 다른 손님들이 일어났는지,

셈은 끝냈는지 물었다. 머슴이 대답했다. "네, 신부님은 일찍 일어나서 기도를 마치고 숙박비도 정산하고 출발하셨어요. 그렇지만 같이 왔던 분은 아직 얼굴을 못 봤는뎁쇼." 안주인은 그가 아픈지 걱정이 되어 침실로 와서는 오일렌슈피겔에게 안 일어났냐고 물었다. 그는 "네, 영 몸이 말을 안 듣네요"라고 대답했다. 그러는 사이 안주인이 사제의 잠자리에서 깔개를 벗기려고 이불을 들어 올리자 침대 한가운데에 똥이 한 바가지였다. 안주인은 놀라 "하나님 맙소사! 이게 뭐야"라며 소리 지르자, 오일렌슈피겔이 말했다. "아줌마, 하나도 놀랄 일이 아니구면. 어제 저녁때 맛좋은 음식은 신부님 앞으로 가져갔었지. 밥 먹는 중에도 계속 많이 드시라고 했으니 그럴 수밖에. 신부님은 그렇게 먹었는데 침대 위에 이것뿐이라니. 온 방안이 똥 칠갑이 안 된 게 이상하네."

안주인은 죄 없는 사제에게 "다시 오면 재워 주나 봐라"고 욕을 퍼붓고 오일렌슈피겔에게는 "당신은 착한 사람이니 기꺼이 재워 드리겠다"고 말했다.

제86화

파리와 모기[1] 등을 꽉 채운 오일렌슈피겔의 구운 사과를 어떻게 홀란드 장사치가 접시에서 빼돌려 꿀꺽 먹어 삼켰던지

오일렌슈피겔이 홀란드 사람한테 멋지게 앙갚음을 한 이야기올시다. 언제인가 홀란드 상인들이 투숙하고 있던 안트도르프의 여인숙에서 오일렌슈피겔은 가벼운 병에 걸려 고기를 먹지 못하고 달걀 반숙을 삶아 먹을 판이었다.

손님들이 이미 식탁에 앉아 있을 때 오일렌슈피겔도 달걀 반숙을 들고 자리로 왔다. 그러자 그를 농부로 생각한 한 홀란드 장사치가 "여보쇼, 농부 양반. 여기 주인 요리 솜씨가 입에 맞지 않아서 반숙을 삶아 달랬는가?"라면서 달걀 두 개를 집어 들었다. 그는 반숙을 깨트려 차례로 쪽쪽 빨아 먹고 껍질은 도로 오일렌슈피겔 앞에다 놓으며 "잘 보셨지. 이제 껍질이라도 핥든지. 노른자위는 먹어 치웠네"라고 말했다. 그 말을 듣고 손님들은 깔깔대고 폭소를 터뜨렸고 오일렌슈피겔도 함께 따라 웃었다.

그날 저녁에 오일렌슈피겔은 잘 익은 사과를 하나 사서 속살을 후벼 파고서는 파리라든가 모기들로 속을 가득 채워 살짝 구워 내었다. 그리고 껍질을 벗겨서는 생강가루를 뿌렸다. 식사 때가 되어 모두들 식탁에 자리를 잡고 앉자 오일렌슈피겔은 구운 사과를 올려놓은 접시를 들고 들어왔다. 그러고서는 사과를 더 들고 나올 것처럼 시늉을 했다.

그가 식탁에서 등을 돌리자 기다리고 있었다는 듯이 홀란드 장사치가 재빨리 팔을 뻗어 접시에 담긴 구운 사과를 날름 집어삼켜 버렸다. 얼마 되지 않아 그 장사치는 구역질을 하였고 뱃속의 내장까지 모두 토해 낼 지경이었다.

그의 구토 증세에 여인숙 주인도 다른 손님들도 모두 오일렌슈피겔이 사과에 독극물을 넣은 줄 알았다. 오일렌슈피겔이 말하기를, "독극물이라니 말도 안 되는 소리! 어떤 음식이라도 허기진 놈 내장은 부담스럽지. 그래서 위장 청소를 해 준 거야. 저 친구가 꼭 그 구운 사과를 홀랑 삼키고 싶다고 말했으면 그러지 말라고 경고했을 거야. 달걀 반숙에 모기가 들어 있지 않았다고 해서 구운 사과에 파리가 들어 있지 말라는 법이 없지. 그러니까 구토증이 날 수밖에!"

그러는 가운데 홀란드 장사치는 정신을 차렸고 큰일은 벌어지지 않았다. 그는 오일렌슈피겔에게 "홀랑 집어먹거나 구워 먹거나 간에, 이제 아무리 맛있는 박새 요리를 들고 나온다 해도 자네와는 함께 먹지 않겠네"라고 말했다.

1_원전에는 'Schaffonie'[박새]로 나온다.

제87화

어떻게 오일렌슈피겔이 브레멘 장터에서
항아리들을 모조리 깨부수도록
아낙네와 수작을 꾸몄던지

　브레멘 주교한테 저지른 오일렌슈피겔의 개구쟁이 악동
장난에도 불구하고 그는 다시 주교를 찾아 여행길에 올랐
다. 주교는 오일렌슈피겔이 심한 악동 짓으로 자기를 웃기
곤 해서 심심풀이 상대로 그를 좋아했고 그의 말도 공짜로
돌봐 주었다.

이참에 오일렌슈피겔은 개구쟁이 장난질에도 진절머리가 난 듯이 성당에 나가려 했다. 주교는 웬일이냐고 빈정댔지만 그는 뒤돌아보지도 않고 성당으로 가서 기도를 올렸다. 그런 꼴을 보고 주교는 이런 수 저런 수로 그를 방해하고 도발해 보려 했다.

그런데 오일렌슈피겔은 장터에 앉아서 항아리를 파는 도공의 아내인 한 아낙과 몰래 계약을 맺었다. 항아리 값을 모두 선불해 주고 그가 눈짓을 하거나 지시를 하면 약속한 대로 하라는 수작을 꾸며 놓은 것이었다. 오일렌슈피겔은 지금껏 성당에 있었던 것처럼 꾸미고서는 다시 주교한테로 갔다. 그러자 주교는 다시 그에게 농담을 퍼부었다. 마침내 오일렌슈피겔은 주교에게 이렇게 말했다. "어르신, 저와 함께 시장으로 납시겠습니까? 장터에 항아리를 파는 아낙이 있습니다요. 주교님과 내기를 걸었으면 해요. 제가 아무 소리 하지 않아도 아낙이 일어나서 몽둥이로 항아리를 두 조각내도록 만들겠습니다. 저는 그 아낙에게 말을 걸거나 눈도 찡긋하지 않을 게요." 주교가 대답했다. "꼭 한번 보고 싶은 걸." 그러고서는 항아리 파는 아낙이 그런 짓을 할 리 없으니 30굴덴을 걸겠다고 했다. 그렇게 간단히 내기는 악수하는 것으로 성립이 되었다.

주교는 오일렌슈피겔과 함께 시장으로 나왔다. 오일렌슈피겔은 주교에게 아낙을 가리켜 주고 시청 쪽으로 갔다. 그리고 주교 곁에서 마치 항아리 파는 아낙에게 그렇게 하라는 듯 몸짓과 얼굴 표정으로 이렇게 저렇게 지시했으나 아낙은 꿈쩍도 하지 않았다. 마지막에 가서 짜 놓은 그대로 신호를 보내자, 아낙이 일어서서 막대기를 들고 항아리를 하나도 남김없이 두들겨 깨부수었다. 그 광경을 보고 장터에 있던 모든 사람들이 웃어 댔다.

주교는 주교관으로 돌아와 오일렌슈피겔을 곁으로 불러서는 어떻게 그 아낙에게 항아리를 두들겨 깨트리게 했는지 밝히면 내기 돈 30굴덴을 주겠다고 말했다. "네, 어르신. 기꺼이 말씀 드리죠"라고 대답한 오일렌슈피겔은, 항아리 값을 먼저 치르고 둘이서 수작을 꾸민 것이지 절대 마술을 쓴 것은 아니라고 자총지종을 이야기했다. 그러자 주교는 배꼽을 잡고 웃으며 30굴덴을 지불하고, 이일을 아무에게도 말하지 않으면 살찐 수소도 한 마리 주겠다고 말했다. 오일렌슈피겔은 알겠노라고, 절대 입 밖에 내지 않겠노라고 약속하고 길 떠날 채비를 해서 그곳을 떠났다.

오일렌슈피겔이 떠나고 주교는 거느리고 있던 기사들이랑 시종들과 함께 식탁에 앉았을 때 "나는 도공의 아낙이 항아리를 남김없이 깨트리게 하는 기술을 알고 있다"고 말했다. 그들은 아낙이 항아리를 깨는 꼴은 볼 생각이 없었지만 그 재주는 알고 싶어 했다. 주교가 말했다. "그대들이 살찐 수소를 한 마리씩 우리 조리실에 가져다 놓으면 모두에게 그 술수를 가르쳐 드리지."

때는 바야흐로 가을이고 소가 살찌는 계절이었다. 누구나 '수소 한 마리 걸지, 뭐. 마술을 배우게 되면 수소 두세 마리가 대수인가'라고 생각했다. 그래서 기사들과 시종들은 각자 소를 바쳤고 모두 더해 보니 열여섯 마리였다. 소 한 마리 값이 4굴덴이니 오일렌슈피겔에게 넘긴 30굴덴의 두 배[1]가 굴러들어온 셈이었다.

수소들이 모여 있는 곳에 오일렌슈피겔이 들이닥쳐 "이 수익의 반은 내 차지"라고 말했다. 주교는 그에게 "자네는 나하고 한 약속을 지키게. 나도 자네에게 한 약속은 지키겠네. 자기편 어른에게 맛있는 부분은 남겨 주어야지"라고 말하고, 살찐 수소 한 마리를 갖도록 해 주었다. 그는 고맙게 그것을 받았다.

주교는 기사들과 시종들을 모아 놓고 이제부터 그 재주를 알려 줄 테니 잘 들으라면서 오일렌슈피겔이 미리 항아리 값을 치러 놓고 아낙과 수작한 자초지종을 털어놓았다. 이야기가 끝나자, 그 자리에 있던 사람들은 어안이 벙벙하니 속았다는 표정으로 누구 하나 입을 열 기력도 없었다. 머리를 긁적거리거나 목을 긁으며 모두들 이번 거래를 후회했다. 그들은 수소를 뺏겨 화가 나 있었지만, 소를 바친 분이 다름 아닌 자애심 깊은 주교라는 것에 만족하고 스스로 위로할 수밖에 없었다. 어차피 장난에서 시작된 것에 의견도 나왔다. 다만 그들이 가장 속상했던 것은 그런 터무니없는 술수에 수소를 바친 자신들의 어리석

음이었고, 그 소 가운데 한 마리를 오일렌슈피겔이 차지한
것이었다.

1_원문에는 '세 배'라고 되어 있으나 '16(마리)×4(굴덴)＝64'라는 계산
에 맞추어 수정했다.

제88화

아인베크 장터로 자두를 싣고 가던 농부가
어떻게 오일렌슈피겔을 두 바퀴 수레에
태웠다가 자두에 똥이 묻었던지

어느 때인가 지체 높으신 브라운슈바이크의 여러 제후들이 부하들을 거느리고 아인베크 시에서 다른 나라의 영주들, 제후들, 기사들, 그리고 시종들을 초청하여 마차 경주와 마상 창시합을 개최했다. 때는 바야흐로 여름, 자두 등과일이 익는 계절이었다.

아인베크 근교의 올덴부르크 마을에 자두 밭을 가꾸는 신앙심 깊고 솔직한 농부가 있었다. 그가 머슴을 시켜 두 바퀴 수레에 가득 자두를 실어 아인베크 시장으로 실어 나르려 했다. 사람들이 많이 모여드니 보통 때보다 자두가 잘 팔리리라는 계산이었다.

그가 시 근교에 다다랐을 무렵, 오일렌슈피겔이 푸른 나무 그늘 아래 늘어져 있었다. 영주의 궁정에서 배 터지게 먹고 마셔서[1] 이제는 마음대로 먹지도 마시지도 못하고, 산 사람이라기보다 시체처럼 뻗어 있었다. 신심 깊은 농부가 지나가자 오일렌슈피겔은 일부러 모기 우는 소리로 말했다. "아, 착한 양반. 보시는 바와 같이 병이 들어 사흘 밤 사흘 낮을 여기 드러누워 있는데 아무도 도와주는 사람이 없네

306

요. 하루만 더 이렇게 지내면 틀림없이 목말라 굶어 죽을 거예요. 제발 시내로 좀 데려다 주세요." 착한 농부는 "이봐요. 그렇게 해 주고 싶은 마음은 굴뚝같지만 수레에 자두를 가득 싣고 있어서 당신을 태우면 내 자두가 못 쓰게 된단 말씀이에요"라고 말했다. 오일렌슈피겔은 "제발, 좀 태워 주어요. 수레 앞쪽으로 어떻게든 기어들어 가볼 테니까"라고 대답했다. 농부는 병이 깊은 늙은이 시늉을 하고 있는 개구쟁이를 간신히 두 바퀴 수레에 실어 환자 다루듯 더욱 느리게 수레를 몰았다.

얼마 가는 동안에 오일렌슈피겔은 자두의 볏단을 치우고 살짝 엉덩이를 들어 올려 가련한 농부의 자두에 똥을 누고 다시 볏단을 덮었다. 이제 농부가 시내로 들어서자 오일렌슈피겔은 소리쳤다. "멈춰, 멈춰 줘. 차에서 내려 줘. 이 성문 앞에서 내릴 테니까." 착한 농부는 이 개구쟁이 악동을 수레에서 내려 주고서는 샛길로 해서 장터로 수레를 몰았다.

시장에 닿자, 농부는 두 바퀴 수레에서 말을 떼어 내 숙소에 매어 두려고 그 자리를 떠났다. 그 사이에 여러 사람들이 장터로 왔다. 그런 사람들 가운데 시장에 물건이 들어오면 가장 먼저 덤벼들면서 정작 물건은 거의 산 적이 없는 사람이 있었다. 이번에도 그자가 수레에 달려들었다. 그리고 볏단을 옆으로 치우다가 손이 온통 똥 칠갑이 되었다.

그러는 사이에 농부도 숙소에서 돌아왔다. 오일렌슈피

겔도 변장을 하고 다른 길로 장터에 나타나 농부에게 "시장에 무얼 가져왔냐?"고 물었다. 농부가 "자두요"라고 대답하자, 오일렌슈피겔이 "당신은 악질 악동이구먼. 똥 묻은 자두라니 말이나 돼. 그런 자두를 싣고 오다니 당신 같은 양반은 출입 금지를 시켜야 해." 농부가 들여다보니 그 말 그대로였다. "시내로 들어오는 길목에 환자가 뻗어 있었는데, 여기 있는 자네와 생김새가 똑같더구먼. 옷은 다르지만……. 그 사람을 성문까지 태워다 준 것뿐이라니까. 이런 고약한 짓을 한 놈은 그 악동 놈이야." 오일렌슈피겔은 끄떡도 않고 말했다. "그런 악동은 얻어맞아야 해." 그리하여 신심 깊은 그 농부는 어디에서도 자두를 팔지 못하고 도살장 쓰레기통에다 내다 버릴 수밖에 없었다.

1_개구쟁이 짓으로 유명해진 오일렌슈피겔은 자주 궁정이나 명사의 부름을 받아 대접을 받기도 한다. 여기에서는 일부러 '연기'를 하는 것으로 보면 된다.

제89화

오일렌슈피겔이 어떻게 마리엔탈에서 새벽 미사에 참석하는 수도사의 숫자를 헤아렸던지

오일렌슈피겔이 여러 지역을 편력하며 다니다 나이 늘어 몸을 움직이기도 힘들게 되자, 늘그막에 회한에 사로잡혀 얼마 되지 않는 재산을 정리해서 수도원에 들어가려고 했다. 이 세상을 하직할 때 지옥에 떨어지지 않도록 그동안 저지른 죗값을 치르고자 여생을 하나님에게 봉사하면서 생

애를 마감할 참이었다.

그래서 그는 마리엔탈의 수도원장에게 가서 수도사로 받아 주기를 간청하고 죽은 다음에는 재산을 수도원에 바치겠다고 말했다. 원장은 이 개구쟁이 장난꾸러기에게 호감을 보이며 "당신은 아직 기운도 있으니 원하는 대로 받아는 주겠네. 그렇지만 일은 좀 해야 하네. 직분을 줄 테니 일을 맡아 주어야겠어. 보다시피 나를 비롯해서 놀고먹는 사람은 아무도 없어. 다 자기 직분이 있다네." 오일렌슈피겔이 대답했다. "좋습니다, 원장님. 즐겁게 일하겠습니다." "좋아. 그러면 고된 일은 힘에 부칠 테니 문지기를 하게나. 그러면 방안에 있는 것만으로 충분하고 번거로움도 없겠지. 식료품과 맥주를 지하창고에서 운반하는 것과 문을 열고 닫는 직분일 따름이니까." 오일렌슈피겔은 말했다. "원장님, 늙은 병자를 배려해 주셔서 고맙습니다. 원장님이 하라는 일은 뭐든지 하고, 해서는 안 된다는 일은 아무것도 하지 않겠습니다." "자, 이게 열쇠야. 아무에게나 문을 지나게 해서는 안 돼. 두서너 명만 들여보내면 충분하네. 마구잡이로 드나들면 그들 때문에 이 수도원이 밥을 굶게 돼요." "원장님 시키는 대로 하겠습니다."

그렇게 해서 수도원 문 앞에 오는 사람들은 그 수도원 소속이든 아니든 관계없이 네 번째까지만 통과되고 그 이상은 아무도 들어오지 못하게 되었다. 불평불만이 쌓여 수도원장 앞으로 민원이 들어가자 원장이 오일렌슈피겔에게 말했다. "그대는 유명한 장난꾸러기 아닌가. 우리 수도원 소속 직원들도 출입 허가를 하지 않았다면서" "원장님," 오일렌슈피겔이 말했다. "저는 원장님 지시를 충실히 지키느라고 말씀하신 대로 네 번째 사람까지만 받아 주고 그 이상은 들여보내지 않았습니다." 수도원장은 "자네 하는 짓은 개구쟁이 짓이라니까"라고 말은 했지만, 사실 그를 수도원에서 내쫓고 싶은 심정이었다. 원장이 다른 문지기를 임명한 것도 세 살 버릇이 여든까지 간다는 속담대로 그가 악동 버릇을 아직 고치지 않았음을 알아차렸기 때문이었다.

그래서 원장은 그에게 다른 일을 맡기고 말했다. "잘 듣게. 밤중에 새벽 미사에 참석하는 수도사들을 헤아리는 일이네. 한 사람이라도 놓치게 되면 자넬 내쫓을 걸세." 오일렌슈피겔은 "원장님, 그건 힘든 일입니다. 그렇지만 해야 하는 일이라면 힘껏 해 볼 수밖에요"라고 대답하고, 한밤중에 계단을 두세 개 빼 두었다. 언제나 가장 먼저 새벽 미사에 참석하는 사람은 부원장이었다. 이 신앙심 깊은 늙은 수도사는 조용히 계단으로 와서 내려가려는 순간 발을 헛디뎠다. 그러고는 굴러 떨어져 다리에 골절상을 입었다. 그가 고통에 못 이겨 소리를 지르자 다른 수도사들이 무슨 일이 벌어졌느냐고 달려왔다. 그때 차례차례 계단에서 굴러 떨어졌다.

오일렌슈피겔은 원장을 향해 이렇게 말했다. "원장님, 이것으로 제 임무를 다했습니다. 수도사의 숫자는 한 사람 남김없이 셈했습죠." 그리고 수도사들이 차례차례 계단에서 굴러 떨어질 때마다 하나씩 칼로 새겨 두었던 나무 산목을 보여주었다. 원장이 말했다. "자네 셈본은 고약한 개구쟁이 악동 셈본이야. 이 수도원을 나가 어디로든 없어져 버려." 그리하여 그는 메른으로 갔는데 그곳에서 병에 걸려 얼마 안 되어 죽었다.

제90화

오일렌슈피겔이 어떻게 메른에서
병이 들어 약방 약상자에 똥을 누고,
또 어떻게 성당병원으로 옮겨져
어미에게 달콤한 속삭임을 건넸던지

오일렌슈피겔이 마리엔탈을 떠나 메른에 이르렀을 무렵에는 심신이 병들어 완전히 기력이 없었다. 그 때문에 약을 받기 편리한 약방에다 숙소를 잡았다. 이 약방 주인은 장난꾸러기에다 악동 기질이 있는 자로서 오일렌슈피겔에게 잘 듣는 설사약을 조제해 주었다. 아침에 설사가 멎자 그는 일어나 막힌 것을 내보낼 참이었다. 그러나 온 집안에 자물쇠가 채워져 뒷간으로 갈 수가 없었다. 마음이 급하고 불안하기도 해서 그는 약국의 약상자 안에 똥을 누고 이렇게 말했다. "여기에서 나간 약이 다시 여기로 돌아오면 약방도 손해 볼 것 없고 나도 돈 낼 것 없지."

약방 주인이 눈치를 채고서는 그에게 욕설을 퍼붓고, 집에 묵게 할 수 없다며 병원(그 이름이 '성령'이었다)으로 보내버렸다. 병원으로 자기를 데려다 준 사람들에게 오일렌슈피겔이 말했다. "내게 성령이 깃들게끔 늘 노력하고 하나님께 빌기도 했는데, 이렇게 되면 거꾸로 된 것 아닌가. 내가 성령에 들게 되었으니까. 성령이 내 쪽으로 오지 않고 내가 성령한테 가다니." 사람들이 모두 폭소를 터뜨리고 그의 곁을 떠났다.

목숨이 다하는 것을 임종이라 한다. 오일렌슈피겔이 아프다는 소식이 어미에게 전해졌다. 어미는 곧장 길채비를 하고 그에게로 왔다. 늙고 가난한 이 노파는 임종을 앞둔 아들한테서 돈푼이나 넘겨받았으면 했다. 어미는 눈물을 글썽이며 말했다. "이 녀석아, 어쩌다 어디서 이렇게 병이 생겼니?" "엄마, 여기 침대와 벽 사이에서요." "애야, 좀 달콤한 이야기를 들려 줄 순 없겠니." "엄마, 여기 꿀. 꿀이라면 단 맛이 날 거야." "애야. 너를 생각나게 할 수 있는 멋진 교훈이라도 들려주렴." 오일렌슈피겔이 말했다. "그럴게, 엄마. 응가를 할 때는 바람 쪽으로 궁둥이를 내밀지 마세요. 그러면 구린내가 코를 감싸니까." 어미가 "애야, 돈 가진 것 있으면 좀 내놓고 가거라" 하자, 오일렌슈피겔이 이렇게 말했다. "엄마, 땡전 한 푼 없는 놈에게는 베풀고 가진 놈한테서는 뺏어야지. 내 재산은 아무도 모르는 곳에 숨겨 두었어요. 엄마가 무엇이든 찾아내면 그것은 내 것이니 마음대로 써도 돼. 내 재산은 남김없이 드릴 테니까."

그러는 사이에 오일렌슈피겔의 병이 더 깊어지자 참회를 하고 성찬을 받도록 사람들이 권했고, 그는 시키는 대로 했다. 그도 병상에서 더 이상 일어날 수 없다는 것을 깨달았으므로.

제91화

죄를 회개하라는 말에 어떻게
오일렌슈피겔이 못 다한
세 개의 악행을 후회했던지

병상에 있는 오일렌슈피겔이 그동안 저지른 죗값으로 마음의 고통에서 못 벗어나자, 그가 성찬을 받고 극락왕생하도록 베긴회[1]의 한 늙은 수녀가 참회를 권유했다.

오일렌슈피겔이 수녀에게 말했다. "나는 어차피 편히 죽지 못해. 죽음은 쓰디쓴 것, 왜 몰래 참회를 해야 되나요? 내가 여태껏 저지른 일들은 여러 나라, 여러 사람들에게 다 알려져 있는 걸. 내 작은 선행을 받은 사람은 내가 죽고 나서야 그 선행을 말할 것이고, 내 고약한 악동 짓에 당한 사람들은 내가 참회했다고 해서 입 다물고 가만있지 않을걸요. 지금 내가 후회하고 있는 것이 세 가지가 있지. 그걸 못 하고 남겨 놓은 것이 유감천만이야."

베긴회 노수녀가 말했다. "당신이 못 하고 남겨 놓은 것이 나쁜 일이라 해도 그건 하나님 뜻이에요. 그 죄를 참회하면 돼요." 오일렌슈피겔이 말했다. "유감스러운 것은 세 가지 일을 못 하고 남겨 두어서 이제 와서는 어떻게 해 볼 도리가 없다는 거예요." 베긴회 수녀가 말했다. "그게 뭔데요? 좋은 일인지, 나쁜 짓인지." 오일렌슈피겔의 답은 이러했다. "그 세 가지 가운데 첫 번째는, 내가 젊었을 때 어떤 양반이 길을 걷고 있었지. 그의 저고리가 외투 밖으로 삐죽이 나와 있었어. 나는 그 뒤를 쫓다가 그 옷이 미끄러져 내리면 주워 갈 참이었어. 그런데 곁에 가서 보니 그게 긴 저고리 가닥이더군. 나는 화가 나서 외투 밖으로 삐죽이 늘어져 있는 부분을 잘라 버렸으면 했는데, 그렇게 못 한 게 한이야. 또 다른 하나는, 작은 호주머니 칼로 이빨을 쑤시며 앉았다가 걸었다가 하는 사람을 본 적이 있는데, 그 칼로 그놈의 멱을 따지 못한 게 화날 일이었어. 세 번째는, 열매를 맺는 대지에 응가밖에 할 일이 없는, 아무 짝에도 소용없는 늙은 할망구들의 똥구멍을 모조리 막아 버리지 못한 게 유감이라니까."

늙은 수녀가 말했다. "도대체 무슨 말을 하는 거예요? 여하튼 잘 들었어요. 당신이 튼튼해서 힘만 있었다면 내 궁둥이마저 누비질 할 판이었다, 그런 말씀이지. 나도 육십 고개 아낙네니까." 오일렌슈피겔은 "그렇게 못 해서 유감천만이야"라고 말했다. 베긴회 수녀는 "악마에게나 잡혀가 버려"라고 말하며 그를 두고 떠나 버렸다. 오일렌슈피겔은 말했다. "아무리 신심이 깊은 베긴회 수녀라도 화가 나면 악마보다 더 고약하다니까."

1_세속에서 공동생활을 하는 준(準)수도회로서 13세기 십자군 전쟁의 미망인과 미혼여성을 주축으로 결성되었다. 이들은 일정한 장소에서 기숙하며 신앙생활을 하고 환자들을 돌보기도 하였다. 베긴회의 집들은 지금도 벨기에 일부 지역에 남아 있다.

제92화

오일렌슈피겔이 어떻게 유언을 남기고 사제는 손에 똥 칠갑을 하게 되었던지

성직자거나 속세 사람이거나 유언을 남기며 손을 더럽히지 않도록 오일렌슈피겔이 벌인 사건에 유의하십시오.

오일렌슈피겔을 참회시키려고 사제 한 분이 불려 왔다. 사제는 그에게 오면서 혼자 생각했다. '이 작자는 기상천외한 짓으로 많은 돈벌이를 해 온 놈이지. 목돈을 챙겼을 거야. 이 임종 자리에서 그 돈을 빼앗아야지. 그러면 콩고물이라도 떨어지겠지.' 오일렌슈피겔이 사제에게 고해성사를 시작하려고 입을 떼자마자, 사제는 기다렸다는 듯이 말했다. "오일렌슈피겔, 사랑하는 아들아. 임종을 맞이하여 네 영혼의 행복을 잘 생각해야 돼. 너는 개구쟁이 장난꾸러기로 많은 죄를 저질러 왔어. 그걸 회개해야지. 돈푼이나 있으면 하나님을 위해, 나처럼 가난한 사제들을 위해 희사하게나. 정직하게 번 것도 아니니 그렇게 하게. 그렇게 하겠다면 드러내 놓고 그 돈을 나에게 맡기게. 하나님에게로 갈 수 있도록 보장함세. 나에게 얼마라도 희사를 한다면 살아 있는 동안 자네를 생각하며 사후에 미사와 밤샘기도도 해 드리지." 오일렌슈피겔이 말했다. "네, 신부님. 그 말씀 잊지 않겠습니다. 낮에 한 번 더 나오십시오. 당신 손에 얼마 안 되지만 금화를 쥐어 드리겠습니다. 명심하십시오." 사제는 신이 나서 한낮도 안 되어 달려 왔다. 그가 없는 동안에 오일렌슈피겔은 깡통에 똥을 반쯤 채우고 그것이 안 보이게 그 위에다 금화를 좀 올려놓았다.

그러는 사이 사제가 다시 와서 말했다. "사랑하는 오일렌슈피겔, 나 왔네. 약속한 대로 내게도 얼마간 희사를 해 준다면 잘 받겠네." "네, 신부님. 욕심 부리지 않고 알맞게 적당히 이 깡통에서 한 주먹 움켜쥐면 돼요. 그렇게 되면 나를 생각하시겠죠." "그러면 뜻대로 함세. 될 수 있는 대로 많지 않게 깡통 속에서 움켜쥐겠네." 오일렌슈피겔은 깡통을 열고 말했다. "신부님, 이걸 보셔요. 깡통 안에는 돈이 가득가득 차 있어요. 이 가운데로 손을 넣어 한 움큼 끄집어내세요. 너무 깊숙이 집어넣지는 마시고요."

알아들었다고 대답은 했지만 사제는 한 면만 본 셈이었고 너무 욕심을 부린 탓으로 끝내 당하고 말았다. 그는 한가득 움켜쥐려고 손을 깡통 속으로 깊이 찔러 넣었다. 그러나 돈 아래쪽은 질척질척하고 물렁거렸다. 손을 다시 빼 보니 손목까지 똥 칠갑이었다. 사제는 "이 못된 악동 놈아. 죽어가는 임종 자리에서도 나를 속일 정도니 젊은 날 네놈에게 속임을 당한 것 따위는 불평할 수도 없겠다"고 구시렁거렸다.

오일렌슈피겔이 말했다. "그러니까 너무 깊숙이 손을 찔러 넣지 마시라잖아요. 욕심에 눈이 먼 거예요. 경고해 드

렸으니 내 탓으로 돌리지 마셔요." 사제는 "네놈은 여간 내
기 악동 놈이 아니야. 뤼베크에서 교수대를 조롱했듯 감히
나를 어릿광대로 만들다니!"라며 그를 버려두고 가 버렸다.
오일렌슈피겔은 "기다리세요. 돈을 잊으셨어요"라고 뒤에다
대고 소리쳤지만 사제는 들은 척도 하지 않았다.

제93화

오일렌슈피겔이 어떻게 재산을 셋으로
나누어 일부는 친구들에게, 일부는
메른 시의회에, 그리고 나머지를
그곳 성당 관계자에게 양도했던지

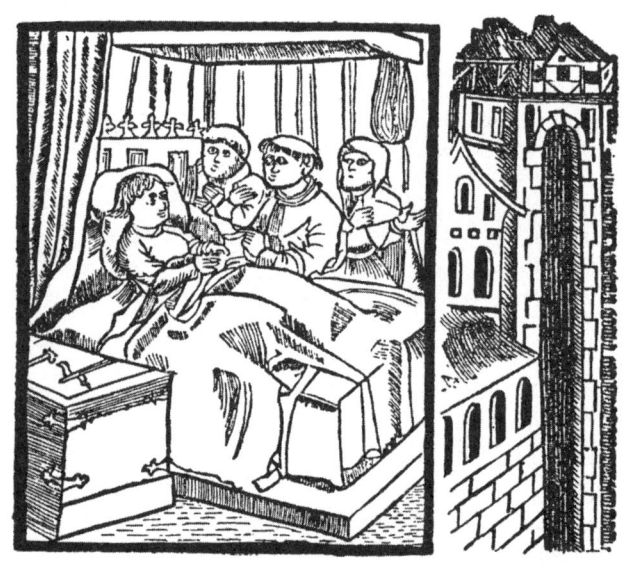

병이 점점 깊어지자, 오일렌슈피겔은 유언장을 써서 재
산을 셋으로 나누고 일부는 그의 친구들에게, 일부는 메른
시의회에, 그리고 나머지를 그곳 사제단에게 양도했다. 유언
장은 그가 죽으면 사체를 성지에 묻고 기독교 관행에 따라

추도 미사와 철야 기도로 장례 지내라는 내용이었다. 그리고 값비싼 자물쇠로 단단히 채워진 이 근사한 상자—지금은 아직 닫혀 있지만—는 4주가 지나면 모두 함께 열되, 상자 속에 있는 것은 싸우지 말고 사이좋게 나누어 가지라는 단서가 붙어 있었다.

세 당사자들은 이의 없이 그것을 받아들였다. 그리고 오일렌슈피겔은 숨을 거두었다. 모든 것이 유언장대로 집행되고 4주가 지나 그가 남긴 유산을 나누기 위해 시의회 사람들과 성당 관계 사람들, 그리고 친구들이 한 자리에 모여 상자를 열었다.

상자 속에는 돌덩어리뿐이었다. 서로가 서로의 얼굴을 쳐다보며 화를 참지 못했다. 시의회가 상자를 보관했으므로 그들이 몰래 보화를 빼내고 다시 상자에 자물쇠를 채운 게 아닐까, 하고 사제는 생각했다. 의원들은 친구들 가운데 누군가가 그의 와병 중에 재산을 빼돌려 상자에 돌멩이를 채워 두었다고 의심했다. 친구들은 친구들대로, 오일렌슈피겔의 참회 미사 때 모두가 방에서 나간 사이 성당 관계 사람들이 몰래 보화를 빼돌렸을 것이라고 생각했다. 그래서 서로가 불만에 쌓여 그 자리를 떠났다.

사제와 시의회 관계자들은 다시 오일렌슈피겔의 시체를 꺼내려고 무덤을 파헤쳤다. 그러나 아무도 그 자리에 버틸 수 없을 만큼 썩은 냄새가 진동해서 그들은 다시 무덤을 덮어 버렸다. 그리하여 오일렌슈피겔은 무덤 속에 누워 있

고 그를 기념하고자 돌 한 개가 무덤 위에 놓였다. 그것이
오늘날 보시는 바 오일렌슈피겔의 무덤이다.[1]

1_〈제96화〉 참조.

제94화

오일렌슈피겔이 죽어서 장례를 치르다가
어떻게 암퇘지가 관을 넘어뜨리고
그를 뒤집었던지

　오일렌슈피겔이 숨을 거두자, 사람들이 병원으로 모여들
어 그에게 수의를 입히고 받침대 위에 관을 안치해 두었다.
성당 사제들도 와서 추도 미사를 올리기 시작했다. 그때 병
원에서 기르고 있던 암퇘지가 새끼들을 거느리고 나타나
관의 받침대 밑으로 기어들어가 뛰어다니는 통에 오일렌슈

피겔은 받침대에서 굴러 떨어졌다.

여자들과 사제들이 돼지들을 문밖으로 쫓아내려고 했지만 기가 펄펄한 돼지들을 어떻게 할 도리가 없었다. 어미 돼지나 새끼 돼지들은 정신없이 병원 안을 뛰어다니며 사제거나 베긴회 수녀이거나 환자거나 건강한 사람들을 짓밟고, 마침내 오일렌슈피겔이 누워 있는 관까지 뛰고 차고 했다. 늙은 베긴회 수녀는 사람들을 부르고 비명을 질렀으며 사제들도 의식 도구들을 내팽개친 채 밖으로 달아나 버렸다. 가까스로 사람들은 새끼 돼지와 어미 돼지를 쫓아냈다.

베긴회 사람들이 관을 다시 받침대 위로 올리기는 했지만 관은 아래위가 뒤바뀌어 오일렌슈피겔은 엎드린 채 배를 아래로, 등을 위로 향하게 되었다. 사제 일행은 떠나면서 베긴회 사람들이 그를 묻어 주실 수 있는지, 그렇게 하신다면 자신들은 돌아오지 않을 참이라고 말했다. 그래서 베긴회 수녀들은 오일렌슈피겔을 뒤집어둔 채 성당 묘지로 운구했다. 관은 거꾸로 놓이고 그는 엎드린 채 무덤에 묻혔다.

그때 사제들이 다시 와서 "오일렌슈피겔이 보통 신자들처럼 묻히게 되면 그답지 않겠지. 그 친구 나름의 매장 방식을 알려주고 싶었을 거야"라고 말했다. 그러고 보니 관은 거꾸로 놓이고 그는 엎드려 있었다. 일행은 웃음을 터뜨리며 말했다. "저 친구는 비뚤어져서 거꾸로 묻히고 싶은 게야. 그러니까 그냥 그대로 두자고."

제95화

오일렌슈피겔이 성직자나 속세 사람들 손에 묻히기보다 얼마나 베긴회 수녀의 손에 묻히기를 원했던지

오일렌슈피겔의 매장 때 괴상한 일이 벌어졌다. 성당 묘지에서 사람들은 그가 누운 관 주변에 둘러서서 노끈 두 줄을 관에 걸쳐 무덤구덩이 속으로 끌어내릴 참이었다. 그 순간 다리 쪽 끈이 끊어져 관이 그대로 무덤구덩이로 떨어졌다. 오일렌슈피겔은 관 속에서 서 있는 꼴이 되었다.

그 자리에 있던 모두가 입을 모아 말했다. "그대로 서 있게 해 줘. 살아생전에도 별난 놈이었으니 죽어서도 별종이고 싶은 거겠지." 그래서 그들은 무덤구덩이를 메우고 오일렌슈피겔을 곧게 세워 둔 채 무덤 위에 돌 하나를 올려놓았다. 돌비석 한쪽에는 왕관을 쓴 부엉이가 거울에 앉아 있는 모습을 새겨 넣고, 다음과 같이 적었다.

"아무도 이 돌을 들어 올리지 말지어다. 여기에 오일렌슈피겔이 매장되어 서 있다.[1] 서기 1350년."

1_'아무개 매장되어 여기 잠들다'라는 일반적인 비명에 말장난을 친 것이다.

제96화

뤼네부르크의 오일렌슈피겔 무덤에
어떻게 묘비명이 새겨져 있는지

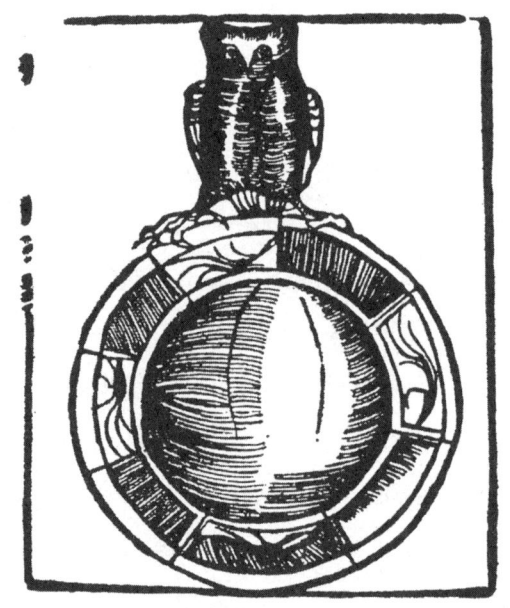

묘비명

아무도 이 돌을 들어 올리지 말지어다.
여기에 오일렌슈피겔이 매장되어 서 있다.

1515년 성 아돌프의 날(2월 11일)

자유도시 슈트라스부르크에서

요하네스 그리닝거(J. Grieninger)가 인쇄하다.